GENIALIDAD

Serie El Equilibrista: Vol. 2

Erasmus Cromwell-Smith II

ERASMUS CROMWELL-SMITH

Genialidad
®Erasmus Cromwell-Smith II.
®Erasmus Press.

ISBN: ISBN: 978-1-7369968-2-9
Librería del Congreso: 1-10614599251

Editorial: ECS
Editora: Elisa Arraiz Lucca
Diseño de portada e interiores: Alfredo Sainz Blanco
Correcciones de texto: Alicia Iglesias
www.erasmuscromwellsmith.com

Segunda edición
Impreso en EUA, 2021

Erasmus Cromwell-Smith Books

In English	**En Español**
The Equilibrist series	La serie El equilibrista
(Inspirational/Philosophical)	Inspiracional/Filosófica)
The Happiness Triangle (Vol. 1)	El triángulo de la Felicidad (V. 1)
Geniality (Vol. 2)	Genialidad (Vol. 2)
The Magic in Life (Vol. 3)	La magia de la vida (Vol. 3)
Poetry in Equilibrium (Vol. 4)	Poesía en equilibrio (Vol. 4)
(Young Adults)	**Jóvenes Adultos**
The Orloj of Prague (Vol. 5)	El Orloj de Praga (Vol. 5)
The Orloj of Venice (Vol. 6)	El Orloj de Venecia (Vol. 6)
The Orloj of Paris (Vol. 7)	El Orloj de Paris (Vol. 7)
The Orloj of London (Vol. 8)	El Orloj de Londres (Vol. 8)
Poetry in Balance (Vol. 9)	Poesía en Balance (Vol. 9)

The South Beach Conversational Method (Educational)

• Spanish • German • French • Italian• Portuguese

El Método Conversacional South Beach (Educacional)

• Inglés • Alemán • Francés • Italiano • Portugués

The Nicolas Tosh Series (Sci-fi)

•Algorithm-323 (Vol. 1)   •Tosh (Vol. 2)

As Nelson Hamel*

The Paradise Island Series (Action/Thriller)

Dangerous Liaisons Miami Beach (Vol. 1)

The Rb Hackers Series (Sci/fi)

The Rebel Hackers of Point Breeze (Vol.1

* In collaboration with Charles Sibley.

All books are or will be included in Audiobook

Para mis hijos:

"Los unicornios azules solo existen en la vida, si los podemos ver".

Nota del Autor

Mi padre, Erasmus Cromwell-Smith nació en el país de Gales en la aldea Hay-On-Wye, también conocida como la meca de los libros antiguos en Europa y quizá en el mundo entero. Por eso, él creció rodeado de libros antiguos, además de un trío de eclécticos anticuarios que le sirvieron de mentores y guías. Además, el futuro pedagogo obtuvo una beca para estudiar en la Universidad de Oxford seguida de otra para estudios de posgrado en Harvard, donde, en 1976, conoció y se enamoró de mi madre, Victoria Emerson-Lloyd. Mis padres vivieron juntos durante los años siguientes, hasta el día en el que mi madre desapareció sin razón alguna.

Solo, y sin el amor de su vida, mi padre comenzó una carrera como escritor ocasional, además de profesor de literatura inglesa y poesía en prestigiosas universidades de Nueva Inglaterra, hasta que algunas curvas imprevistas en los senderos de su vida alteraron completamente el futuro que tenía por delante.

En el año 2017, al ser diagnosticado de cáncer terminal en el cerebro, mi padre decidió desviarse de su currículo oficial y narrar una serie de secretos acerca de la peculiar historia de su vida, todo ello bajo el prisma de la poesía.

Mientras mi padre revisaba sus años de juventud narrando su vida a través de la serie de valiosas e inolvidables sesiones de tutoría que tuvo desde joven, su salud se fue deteriorando, hasta que un nuevo y avanzado tratamiento puso su cáncer en remisión.

Y entonces, repentinamente, el último día de clase del año 2017, ya cuando estaba despidiendo a los alumnos, reapareció mi madre, 40 años después de su desaparición.

La historia de este libro comienza precisamente en ese momento, en el momento de su reencuentro. Incluye, así mismo, una narración de cómo en el siguiente año académico, ya con mi madre a su lado y nuevamente viviendo juntos, vigoroso y rejuvenecido, mi padre decidió repetir el mismo formato del año anterior:

continuó con la narración de su vida a través del marco de la poesía.

Y así fue como durante las clases del año 2018, el profesor Cromwell-Smith se desvió otra vez de su currículo, llevando a sus estudiantes nuevamente al pasado, específicamente a mediados de los años 70 cuando mis padres se conocieron en Harvard. Narró tanto el período de cortejo entre ellos como el momento en el que sus corazones se conquistaron y, además el tiempo, casi dos años, en el cual vivieron juntos.

Este libro, Genialidad, trata sobre el inexorable triunfo del optimismo en la vida, así como del poder inmenso del amor incondicional. Está lleno de una serie de memorables anécdotas y experiencias existenciales en la historia de amor de mis padres, y del amor ciego y pasional entre ellos. Esta vez todo sucede en Nueva Inglaterra, y trata sobre cómo estos nuevos anticuarios americanos, al igual que los de su niñez, se convierten en mentores compartiendo una serie de lecciones de vida, sentido común y sabiduría a través de escritos y poesías acerca de cómo vivir una vida plena y con intensidad y de cómo exprimirle a esta lo mejor que nos ofrece.

Sinceramente, deseo y espero que disfrutéis de este libro, Genialidad, tanto como yo lo he hecho al crearlo.

Erasmus Cromwell-Smith II., escrito en T.D.O.K., en el verano del 2055.

CAPÍTULO 1

Optimismo

Royal Cambridge Scholastic Institute (2018)

(Hogar de Erasmus y Victoria en el campus universitario)

—No te demores mucho mi amor que te voy a estar esperando —le dice Victoria de manera provocativa y con un guiño de ojos mientras lo envía a dar su clase con un cálido beso y un fuerte abrazo.

El profesor Cromwell-Smith parece un hombre nuevo. Su semblante triste, su porte desaliñado y descuidado han desaparecido por completo. Aparenta estar enamorado y se nota la buena mano de una mujer que se ocupa de él. Su porte y compostura son impecables, sin arruga alguna o desgaste.

(Aula Magna de la universidad)

En su primer día de curso del año 2018, al entrar a su clase, el profesor se encuentra con un cuerpo estudiantil entusiasmado y un aforo completo en toda su capacidad.

—Buenos días a todos, ¿cómo están en el día de hoy?

—¡Insanamente genial! Profesor —responden con mucho entusiasmo ante el deleite del ilustre pedagogo ya que usan su frase favorita que aprendieron en las clases del año anterior.

—Lo que yo pido y requiero es muy simple, sean siempre puntuales, prácticamente ninguna excusa es válida para justificar el llegar tarde a clase.

El profesor contempla con intensidad a los estudiantes mientras hace énfasis en su comentario.

—Pues bien, empecemos entonces. Es gracias a uno de ustedes que estuvo en mi clase del año pasado que después de estar separados más de cuarenta años, Vicky, el amor de mi vida, y yo, estamos juntos de nuevo.

Los aplausos y vítores de los estudiantes interrumpen al profesor, mientras él, sonriente, espera hasta que se calman.

—La estudiante que facilitó nuestro reencuentro resultó ser la hija menor de Vicky y, su participación en mi clase fue totalmente fortuita, como también lo fue el descubrimiento por parte de ella de quién era yo. Permítanme explicarles. El año pasado a estas alturas me habían diagnosticado un cáncer cerebral terminal, el cual gracias a un tratamiento médico revolucionario está, actualmente, en remisión.

Nuevamente, la clase se pone en pie a aplaudir, silbar y celebrarlo con alegría. Cromwell-Smith les corresponde con una sonrisa y una leve inclinación de cabeza. Sin embargo, poco después, sintiéndose un poco incómodo, el profesor interrumpe a sus inquietos estudiantes.

—Asumiendo que no me quedaba mucho tiempo de vida, el año pasado decidí cambiar el formato y currículo de esta clase a una reminiscencia evocativa de mi vida bajo el prisma de la poesía. Y fue así como después de varias clases la hija de Vicky, Sarah, se dio cuenta de quién era yo y decidió decirle a su madre que me había encontrado.

—¿La estudiante es su hija? —es la pregunta natural y lógica que se puede oír como un murmullo desde las gradas.

El docente hace una pausa, camina con una mano en la barbilla y una expresión de sorpresa en la cara que parece decir: «Déjenme explicarles, por favor». Sin embargo, continúa con la introducción sin responder a la pregunta, por lo menos de inmediato.

—Aunque Victoria y yo estábamos perdidamente enamorados el uno del otro y ya habíamos vivido juntos casi dos años, sus padres tenían otros planes en mente y finalmente lograron separarnos; un día, ella simplemente se esfumó y dejó la universidad. La busqué mucho, incluso fui a su ciudad natal en el sur de Illinois y no solo me encontré con una casa vacía, sino que nunca más supe de ella, ni tampoco tuve conocimiento nunca de las razones verdaderas por las cuales se había marchado. La realidad es que en los años 70, siendo ella y su familia de una ciudad pequeña y muy conservadora ubicada en el medio oeste americano, sus padres simplemente decidieron casarla con otra persona, quien habían determinado que era el que más le convenía a su hija mucho tiempo atrás. A lo largo del tiempo, Vicky tuvo tres hijos con su esposo, quien hace unos años falleció de cáncer. Una vez que esto sucedió, sus tres hijos conscientes de los verdaderos sentimientos de su madre decidieron buscarme, pero no tuvieron que esforzarse mucho ya que la más joven de los tres, Sarah, literalmente se topó conmigo al inscribirse en mi asignatura.

El profesor hace una pausa y al observar al estudiantado se percata de que tiene su atención absoluta.

—Clase, a través de mis años de soledad, aun estando inmerso en un tumulto de inesperados eventos, a pesar de los altibajos o de las incesantes incertidumbres y ansiedades, yo nunca perdí el optimismo o mi actitud positiva ante la vida. Teniendo todo esto en cuenta es como vamos a empezar nuestro curso este año, con una oda acerca del poder del optimismo. Permítanme leerla.

El Optimismo

El optimismo es una actitud deliberada,
con la cual intencionadamente contemplamos a los demás,
con sus mejores luces, galas y colores.
Es una predisposición a buscar, encontrar
y ver siempre el mejor lado y ángulo,
así como la más favorable perspectiva,
acerca de todo y de todos los demás.
Es una tendencia natural visualizar
lo mejor que una circunstancia o una persona
puedan ofrecer y dar.
Es una inclinación innata
otorgar el beneficio de la duda a la vida,
dispensando positivismo y buena fe ante todos sus avatares.
Es también, ese entusiasmo refrescante
con el que impregnamos a todas
y cada una de las ocurrencias de nuestra existencia

así como a todos y cada uno de sus momentos.
Es, además, esa certidumbre insaciable,
de que siempre hay,
un lado más brillante
o un recodo más iluminado,
que espera ser encontrado.
Es, por ende, esa confianza en uno mismo,
indomable, tozuda e inquebrantable,
en que siempre hay
un mejor resultado posible,
guardado en algún lugar,
esperando por nosotros.
El optimismo es también,
esa creencia inmutable, benigna y gentil,
de que hay bondad en el otro lado del mal,
fortaleza en la otra cara de la debilidad,
virtud detrás de cada falla, defecto o carencia,
oportunidad cuando aparentemente no vemos alguna,
incandescencia en la oscuridad
y luminiscencia en las tinieblas.
Aquellos poseídos por el optimismo,
viven en otro mundo,
viven una vida alterna,
ya que lo ven todo
con gafas de benevolencia
y con un brillo y destello especial en su mirada.
Los optimistas son siempre joviales,
están saturados de motivación, fieramente determinados
y aparentemente poseídos por un elixir mágico,
que les permite borrar y desechar,
el pesimismo, los prejuicios, el negativismo y los rencores
de sus vidas, automáticamente y en un instante.
Los optimistas disipan de antemano
el síndrome del 'perdedor antes de la partida'
de todos nosotros.
Con la ayuda del optimismo siempre vemos más allá

y a través de todas las cosas y las gentes.
Nuestra civilización ha sido construida
en base al optimismo,
el progreso de la humanidad ha estado cargado
en hombros del optimismo.
Todas y cada una de las creaciones,
inventos y avances de nuestra sociedad
han tenido lugar gracias a la candidez,
candor, inocencia e ingenuidad de los optimistas.
Y ningún paso transcendental,
en el progreso de la raza humana,
tendrá lugar, será hecho o logrado,
sin la ambición imparable del optimismo.
El verdadero, genuino y legítimo optimismo,
siempre marcha hacia delante,
y simplemente no puede ser disuadido,
detenido, desviado o devuelto.
El optimismo es totalmente ajeno a la crítica,
el rechazo, la duda o el escepticismo.
El optimismo auténtico es maleable, dócil, y adaptable,
por ello,
mientras más difícil sea el objetivo,
el obstáculo o el reto,
más fuerte se hace el optimismo verdadero.
Aquellos que hayan sido picados
por el gusanillo del optimismo,
están en posesión de unas 'gafas mágicas-existenciales'
que les hacen inmunes a los detractores y obstruccionistas.
En cierta manera los optimistas, distorsionan la realidad,
hasta que la versión alternativa de la misma,
se convierte en la nueva realidad,
realizando lo que está a nuestra disposición,
a través de una perenne visión mágica, cándida e ingenua,
de lo que podría, sería, debería e inexorablemente,
bajo ese estado y condición,
va a suceder.

El optimismo se siente en el ambiente al terminar la lectura del escrito. El profesor Cromwell-Smith irradia calma a través de todo su ser. Su mirada es profunda, su sonrisa es serena y sus gestos cautivadores. Hace una pausa y, tras unos pocos segundos que parecen una eternidad, el silencio absoluto envuelve a los estudiantes. Es la manera del profesor para simplemente dejar que el optimismo se afiance y sea absorbido aún más, antes de continuar.

—El optimismo es una actitud deliberada que es innata o natural, es nuestra proclividad o tendencia es una virtud y tenemos que ir tras ella, asumirla, aprenderla, practicarla y tallarla en nuestro espíritu de manera tal que se haga parte de nuestra esencia y naturaleza, tal como si hubiera estado allí desde el principio. Recuerden siempre lo siguiente: el optimismo es una de las llaves que abren las puertas de la vida, aquellas que solo los optimistas pueden ver, el tipo de lugares y resultados que solo los optimistas alcanzan, experimentan, viven y disfrutan. El optimismo a menudo contiene la única mano ganadora en el juego de la vida —declara el profesor con la atención absoluta de sus estudiantes.

El profesor, sonriendo y listo para cerrar la antesala de su primera clase del año, trae de regreso a sus alumnos al punto de partida, ya para terminar...

—La sesión del día de hoy comienza en el año pasado, en nuestra última clase del año académico del 2017. Poco antes de terminar, cuando nos estábamos despidiendo, Vicky hizo acto de presencia. La historia comienza así...

Royal Cambridge Scholastic Institute (2017)
(Aula Magna de la universidad)
(La última clase del año académico previo)

El profesor Cromwell está extasiado, aunque emocionalmente exhausto, como si acabara de cruzar la línea de llegada de una larga carrera donde todos sus competidores son diferentes tonalidades de sí mismo. Sabe que ha terminado porque se agotaron sus palabras y no tiene nada más que decir.

—Muchas gracias... esto ha sido...

—En ese momento gesticula y mueve sus brazos como un director de orquesta, sus estudiantes le captan de inmediato, se unen y entre todos proclaman al unísono:

—¡Insanamente genial!

—Es así, con una sonrisa gigantesca, inclina su cabeza en señal de respeto y agradecimiento y no tiene nada más que añadir. Pero la vida sí.

Mientras el eco de sus dos palabras finales se desvanece, el estudiantado entero se pone en pie para vitorearle y aplaudir. Es en ese momento cuando la ve entre la multitud, la muchacha rubia con el pelo rizado tiene el brazo levantado y está dando pequeños brincos tratando de llamar su atención.

—Un momento por favor —exclama el profesor con voz firme—. ¿En qué le puedo ayudar joven?

Abruptamente, como si no existiera un mañana, ella empieza a hablar:

—Profesor Cromwell, la primera vez que asistí a su clase fue el año pasado cuando usted hizo una lectura de un poema maravilloso de Pablo Neruda. En ese momento me prometí a mí misma que iba a participar en sus clases de este año. Poco sabía yo que esa decisión resultaría ser una de las más trascendentales que he tomado en mi vida. Yo no sabía entonces, ninguno de nosotros en su clase lo sabíamos, que usted se iba a desviar del currículo para compartir su vida con nosotros a través de la poesía. Pero desde la primera clase, una imagen cada vez más familiar e intensas emociones surgieron en mí y mucho antes de que usted se enamorara en la narración yo ya lo comprendía todo. Profesor, mi madre nunca ha dejado de amarle, por ello no tuve la fortaleza de venir a una de sus clases, ya que supuse y no me equivoqué que hablaría acerca de la ruptura. Fueron sus padres quienes simplemente no quisieron que mi madre se casara con usted, sino con alguien que habían escogido desde su niñez y así es como ella se casó con mi padre y nos tuvieron a nosotros tres, de los cuales yo soy la más pequeña. Mi padre falleció el verano pasado después de cinco años padeciendo una agonizante enfermedad, la cual mi madre vivió de cerca al haberse volcado, con toda devoción, en su cuidado. El año pasado, mis hermanos y yo decidimos buscar a ese hombre que ella tanto ama, idolatra y venera: usted. Profesor, Dios trabaja a veces de manera misteriosa ya que no tardamos mucho tiempo en encontrarle y en mi caso en particular he tenido el inmenso placer de conocer y sentir de cerca al alma gemela de mi madre y su único amor verdadero en la vida.

El nudo en la garganta del profesor Cromwell lo deja mudo y sin aire en sus pulmones por un breve momento, pero cuando reúne fuerzas se presta a hablar porque nota que la vida le está esperando nuevamente y le presenta otra curva inesperada en el camino.

La voz del pasado le llega desde lo alto, desde la parte superior del Aula Magna.

—¡Erasmus!

Es entonces cuando la ve por primera vez después de más de cuarenta años. El tono familiar de su voz es inconfundible, con un toque titubeante quizá de angustia, además se siente llena de emoción contenida, presa y a punto de estallar. Es casi un grito primigenio, un gemido y a la vez una súplica, ambos a punto de sucumbir ante un amor saturado de gozo y alegría ya que proviene del corazón que recuerda a su otra mitad.

—Aquí estoy —proclama—. Aquí estoy, amor mío; —Victoria se lo confirma y el tiempo se detiene mientras cae escarcha del cielo y la magia del amor verdadero los bendice de nuevo.

—¡Victoria! —exclama el profesor Erasmus Cromwell-Smith mientras su labio inferior tiembla.

Al principio titubea y solo da unos pasos hacia delante, pero cuando su corazón se apodera de él, de inmediato y abruptamente, salta del escenario y empieza a correr escaleras arriba, a través del pasillo central del Aula Magna.

—Victoria —balbucea, esta vez con una voz rota y abrumada por la emoción, mientras escala dos escaños por paso.

Ella está paralizada y también en estado de shock después de escucharle llamarla por su nombre por primera vez en cuatro décadas, sus labios tiemblan y rápidamente la envuelve una sensación dulce y abrumadora. Es el amor verdadero que se esparce como un fuego salvaje a través de todo su ser. Vicky reacciona solo unos pocos segundos después y baja corriendo las escaleras hasta que, literalmente, se le echa encima, y Erasmus, con sus brazos apretujándola, se convierte una vez más en ese escudo protector que tanto ha añorado toda su vida y con el cual nunca se siente desprotegida, triste o sola. En seguida, impetuosamente, ambos pierden totalmente el control en presencia de toda la clase.

Un silencio calmo, de complicidad, se extiende lentamente por todo el Aula y cada alma presente se siente abrumada y a la vez sobrecogida por la realidad de un amor intenso, indomable e imparable que se hace patente, tal y como si la historia de sus vidas, la cual muchos de los estudiantes han conocido a lo largo del año académico, acabara de saltar de las páginas de un libro y estuviese siendo interpretada en vivo frente a ellos. Vicky y Erasmus sostienen el rostro el uno del otro con las palmas de sus manos, mirándose intensamente, mientras las puntas de sus narices se rozan al estar tan cercanas, sus labios continúan temblando y sus escalofríos casi se pueden palpar. Victoria y Erasmus jadean de emoción, a la vez que lloran y sonríen. Todo a la vez. Los sentimientos del uno por el otro están a la vista, desnudos y sin atuendos, brotando a borbotones, no hay vergüenza ni pena sino amor verdadero e intenso. Y de repente, ignorando a los doscientos y pico estudiantes que les miran atónitos desde sus asientos, Erasmus toma delicadamente de la mano a Victoria y salen caminando deliberadamente despacio sin apartar la vista el uno del otro, casi ni dicen adiós, y solo lo hacen con pequeños y apurados gestos de despedida. Al salir del Aula Magna no se detienen hasta que dejan la facultad y es allí, en un día glorioso, en medio de un bosque mustio de la villa universitaria, donde finalmente se besan y lo hacen en frenéticas ráfagas que reflejan una pasión incontrolable y desenfrenada. El mundo a su alrededor desaparece y todo se vuelve magia y fantasía para la añorante pareja. Es como si no tuvieran tiempo alguno que perder y sucumben al poder del

«Ahora» exprimiendo cada segundo como si no existiera un mañana.

Boston (2017)

(Caminando al lado del río Charles)

Horas más tarde, Victoria y Erasmus ya están en su propio mundo y mientras empiezan a dejar el pasado atrás, la calma y la tranquilidad les invade, colocando al presente en su propio lugar y pudiendo caminar hacia su propio futuro.

—Victoria, tu hija menor cambió mi vida el día de hoy y no solo me dio el regalo más grande que un hombre enamorado puede recibir, sino que además rindió un homenaje tan bello e inspirador a la devoción y la abnegación que tú demostraste por tu esposo cuando estuvo enfermo durante esos cinco largos años, lo cual es algo que nunca podré olvidar y siento que debo plasmar en este instante.

Delicadamente Vicky con su dedo roza su boca diciendo...

—Shhh mi amor, este momento es nuestro, solo nuestro y de nadie más.

Repentinamente, en un trance y como ignorándola, Erasmus abre su gastado maletín de cuero, saca un pedazo de papel arrugado y empieza a escribir furiosamente. Ella sabe bien qué hacer, por lo que solo le contempla sin interrumpir, tal como siempre hizo tantos años atrás, fascinada y con profunda admiración.

¿Cómo lo hace? ¿De dónde sale toda esa creatividad? Vicky reflexiona al observarle, a sabiendas de que es algo que nunca ha podido o quizá jamás podrá entender del todo.

Poco después, cuando Erasmus termina, comienza a leer con ímpetu emocionado lo que acaba de escribir. Su voz denota un corazón exuberante al poder expresarle cuánto valora todo lo que hizo por su fallecido esposo y, a la vez, haber utilizado el poder curativo de la poesía para lidiar con su propio dolor y sus heridas.

Pequeños Sacrificios

A veces la vida se nos presenta
con tareas aparentemente imposibles,
con retos que parecen insuperables,
y exigen tanto de nosotros,
que no sabemos por dónde empezar,
ni tampoco,
si podremos dar la talla,
y estar a la altura de las circunstancias,
ni mucho menos,
si seremos capaces de aguantar hasta el final.
A veces la vida nos presenta
lo que al parecer,
son enormes sacrificios,
los cuales a menudo
nos llegan disfrazados de tragedia y dolor.
Son momentos que ponen a prueba
quiénes somos en realidad,
ya que toda tarea a ser cumplida,
es difícil, dura, desagradable, compleja
de soportar y ejecutar.
Estas llamadas al deber,
se nos presentan
como sacrificios extremadamente difíciles,
siendo del tipo que todos nuestros instintos,
así como nuestro egoísmo
y todo nuestro ser,
se oponen y rechazan,
encontrando excusas fácilmente,
para evitar o ni siquiera empezar a sobrellevar
los sacrificios que se esperan de nosotros.
Entre ellas están incluidas,
las personas más cercanas a nosotros,
aquellas que no pueden ocuparse de sí mismas,
o están lo suficientemente incapacitadas,
algunas ya desahuciadas,

que necesitan de nuestra asistencia diaria,
y dependen eternamente de nosotros,
el resto de sus vidas.
Por otro lado están aquellos
que al estar privados de su libertad,
cuentan y confían en nuestro
amor, fuerza y apoyo,
así como nosotros necesitamos de ellos.
De la misma forma, también existen,
quienes tienen hambre o están desamparados,
o aquellos con necesidad de tutelaje, orientación, guía,
entrenamiento o enseñanzas de vida.
Y sin embargo, ninguno de ellos tiene cómo ofrecernos
nada a cambio, mucho menos con valor material alguno.
Estos son momentos existenciales y encrucijadas de la vida,
donde el llamado Dios,
llega para ponernos a prueba
¿de qué está hecho realmente nuestro corazón?
¿Cuánta bondad existe en nuestra alma?
¿Cuánta gentileza habita en nuestro espíritu?
¿Cuál es nuestra calidad y valía como seres humanos?
¿Cuán dispuestos estamos a sacrificar y dar,
sin esperar nada a cambio?
En realidad, todos estos solo son sacrificios,
y en cierto modo obsequios existenciales,
que nos son exigidos y requeridos,
a cambio de todos aquellos otros
que recibimos o hemos recibido ya.
A veces la vida se nos presenta,
con lo que al parecer,
son enormes sacrificios,
que en realidad no son tales,
sino oportunidades,
para que nosotros devolvamos el favor,
por el más grande de los presentes,
el que todos hemos recibido de antemano,

sin que se nos haya pedido nada a cambio,
el regalo de estar vivos
el regalo de la vida misma.

Boston 2017
(Caminando al lado del río Charles)

Con la suave brisa del río, las bellas palabras de Erasmus se esparcen en el aire. Victoria lo mira con ojos llorosos que expresan inmensa gratitud. Le acaricia el rostro como si se cerciorara de que está realmente allí con ella.

—¿Qué nos depara el futuro? —pregunta repentinamente Erasmus con un tono de duda, influenciado por recuerdos dolorosos de un pasado que súbitamente pareciera invadirle y apoderarse de su razón. Pero Victoria se da cuenta en seguida.

—Vida, Erasmus. La vida nos espera. Una vida juntos, finalmente —Vicky le toma la mano y se la aprieta firmemente, mirándolo de frente, con firmeza le asegura desde sus adentros—. Nunca volveré a dejarte mi amor, nunca jamás.

El enamorado dúo continúa caminando agarrados de la mano al lado del río Charles. La noche, plena de estrellas, les sirve como techo de un vasto anfiteatro que en ese momento de la noche les pertenece solo a ellos. Victoria se siente plenamente feliz e ilusionada. Erasmus, sin embargo, aun cuando quiere creer con todas sus fuerzas y su corazón, todavía está lleno de miedos y dudas que lo carcomen por dentro.

Royal Cambridge Scholastic Institute (2018)
(Aula Magna de la universidad)

La campana del cambio de clase suena un rato largo hasta que el profesor y su clase vuelven al presente donde les espera una magistral conclusión.

—Queridos alumnos, ese día mágico de nuestro reencuentro es un claro testimonio del poder imparable del amor incondicional y el inexorable triunfo del optimismo en la vida, así que no permitan

21

nunca que este disminuya o se apague. Recuerden siempre que es una actitud deliberada. Cada uno de ustedes será positivo siempre y cuando decidan y quieran serlo. De esa manera, inexorablemente buscarán los lados más brillantes, los mejores ángulos de las cosas y las personas. Y así siempre surgirán las mejores oportunidades y obtendrán los mejores resultados que la vida y la gente les puedan ofrecer. Clase, el próximo día viajaremos en el tiempo a mi época en Harvard, reviviendo a través del prisma de la poesía cómo Victoria y yo nos enamoramos. De hecho, lo haremos a través de una carta que le escribí a una de mis mentoras en mi tierra natal, a la Señora V. —así es cómo yo, afectuosamente, la llamaba—. Explicándole cómo conquisté el corazón de Vicky y cómo ella conquistó el mío.

—Esto es todo por hoy, les veo la próxima semana.

Poco después, cuando el profesor se marcha, algunos de sus estudiantes reaccionan ante la experiencia que acaban de disfrutar con su venerado docente.

—No me hubiera perdido esta clase bajo ningún concepto —explica un alumno que está repitiendo por gusto.

—Parece un hombre totalmente nuevo, lleno de energía —observa una joven con gafas, respirando profundo, al parecer llena de inspiración.

—Hay solo una manera de describirlo: es el amor verdadero que hace presencia en su vida —observa una joven llena de entusiasmo.

—Nuevamente —termina la frase otro estudiante.

Y esta es la última palabra que se escucha en el Aula Magna mientras los estudiantes salen y afirman, junto a ligeras inclinaciones de cabeza sus añoranzas, expectativas y esperanzas de que el amor verdadero haga acto de presencia en sus vidas también.

CAPÍTULO 2

Acerca de los cuentos de hadas y el destino

Royal Cambridge Scholastic Institute (2018)
(Hogar de Erasmus y Victoria en el campus universitario)

—Nunca te marches de mi vida, Erasmus —le dice Victoria acariciando delicadamente su frente.

Mientras la enamorada pareja se acurruca en la cama, el roce de sus cuerpos, el calor tibio de la piel y un par de miradas furtivas hace que el deseo del uno por el otro se vaya incrementando paulatinamente hasta que la sangre les hierve. Y una vez más sus cuerpos apasionados se funden el uno con el otro en lo que parece una cruzada de pasión insaciable y sin fin.

De camino al campus universitario
(una hora más tarde)

Rara vez el profesor Cromwell-Smith corre entre semana. Sin embargo, gracias a su rejuvenecida salud, cada día se siente en mejor forma física, con energía de sobra, lista para ser utilizada; hoy es una excepción a su hábito y rutina de pedalear su vieja y oxidada bicicleta hacia la facultad como hace desde más de dos décadas. Al despedirse, besa a Victoria en la frente, aún duerme, ella no se mueve, pero solo contemplar su etérea y plácida belleza le llena de felicidad y le hace sentirse pleno. Inmediatamente después, poco antes de las seis de la mañana, sale de casa y, milla tras milla, corre más de una hora a través de los altibajos de las calles aledañas al campus universitario. Mientras marcha sereno, con un paso constante, el profesor visita lugares de su corazón que han estado durmientes un largo tiempo, pero nunca olvidados.

«Está funcionando». Razona el profesor ya que el ejercicio extenuante prueba ser la perfecta solución para calmar la angustia y la tensión que se han apoderado paulatinamente de él. Al acercarse a la parte final de su carrera ya se siente más relajado. Va recordando la clase de la semana pasada, específicamente ese período perdido en el tiempo donde el amor verdadero le encontró. Es por ello que en el momento en que los edificios de la facultad aparecen ante sus ojos en la distancia, le inunda repentina e inesperadamente una gran añoranza por ella. Aun cuando Victoria está muy cerca y a corta distancia de él, en la casa, súbitamente la extraña intensamente, a pesar de que solo han transcurrido un par de escasas horas sin verla.

Dentro de poco tendrá que compartir con su clase el cortejo entre Victoria y él, además de cómo se conquistaron mutuamente, por eso se decide por una larga carrera y mucho sudor que es una buena idea para calmarse y focalizar. Siendo así, el profesor llega a clase un poco más tarde con la cabeza en su lugar.

Royal Cambridge Scholastic Institute (2018)
(Aula Magna de la universidad)

—¿Cómo están todos hoy? —pregunta el profesor en voz alta.

Sigue una pausa hasta que la entusiasta respuesta colectiva brota como una erupción:

—¡Insanamente geniales! —responde el cuerpo estudiantil con exuberante energía.

—¡Genial! —responde nutriéndose de la energía colectiva —. Antes de comenzar, ya que esta es una historia acerca del amor verdadero, permítanme hacer un preludio a nuestra clase de hoy con una lectura de un escrito poético que encaja al dedillo con nuestra relación, el tema que vamos a estudiar —les anuncia el profesor antes de comenzar a leer con ímpetu.

Acerca de los cuentos de hadas y el destino
¿Dónde se origina un cuento de hadas?
¿Cómo empieza?
¿Cuándo y cómo se crea?
¿Dónde lo podemos encontrar?
Y si en realidad lo hacemos, ¿cómo le damos comienzo?

¿Cuándo es, acaso, que las páginas de nuestras vidas brillan y
resplandecen en todo su esplendor?
Y nuestros corazones están repentinamente inundados de sueños
mágicos de amor recíproco.
Se dice y se sabe comúnmente que el destino es
predecible, inexorable, ineludible, permanente e inevitable,
lo cual hace de nosotros,
meros seres terrenales,
derrapando descontrolados a través de nuestro universo y
existencia, hacia destinos predestinados
y resultados preestablecidos.
Tal creencia, no es solo falsa sino crucial y analíticamente errónea,
ya que descarrila a nuestro espíritu,
bajo la convicción de que nuestras vidas
ocurren de manera predeterminada y predestinada.
Pero el destino de esta manera,
es únicamente una excusa banal,
con un disfraz de legitimidad histórica,
vacía y sin propósito
o significado existencial alguno.
La realidad es, de hecho, que
somos nosotros mismos los que creamos
nuestros propios cuentos de hadas.
Esto depende solo de nosotros y nadie más.
En nosotros habita la capacidad de hacer
de cualquier persona, lugar o cosa, un cuento de hadas.
La vida es como un cuento de hadas sin fin,
si nosotros lo hacemos, es porque hay entidades extraordinarias,
magnificencia, esplendor, júbilo
y seres formidables
a nuestro alrededor y, mejor aún frente a nosotros,
de este modo las convertimos en tales.
Así como también las hay en nosotros mismos,
listas para ser descubiertas y liberadas,
siempre y cuando seamos capaces
de ver la vida y a la gente,

con una pizca de candidez, ingenuidad y buena fe.
Sin embargo, no hay nada accidental
acerca de los cuentos de hadas.
Muchos creen que de alguna manera fortuita
se van a encontrar con hadas madrinas, magos y hechiceras,
o hasta un príncipe en su caballo blanco
o a una diosa de la belleza y la virtud
y que cualquiera de ellos nos va a conquistar
y deslumbrar en un santiamén.
Cuando lo que tenemos que entender, realmente,
es que cada uno de esos caracteres
ya yacen en nuestros espíritus.
Y entonces, ¿cómo podemos iniciar un cuento de hadas?
Primero y ante todo,
con un deseo insaciable de sonar, amar y vivir.
Adicionalmente, reconociendo y apreciando
la belleza interna que reside en todo ser humano, sin importar
quienes sean o lo que tengan.
Y entendiendo que,
sin importar cuán nefastas sean las circunstancias;
cada momento, cada reto, cada penuria,
sin importar cuán desagradables parezcan,
cada fracaso, derrota o rechazo,
sin importar que parezca tirarnos por el suelo.
Todas y cada una de las circunstancias de la vida,
no solo tienen su propio valor existencial,
sino también su encanto propio,
el cual solo espera por nosotros
a que lo descubramos, disfrutemos
y experimentemos con intensidad.

El profesor Cromwell-Smith termina su lectura introductoria con un gesto de profundo placer, listo y preparado para llevar a su clase hacia un cuento de hadas en la vida real.

—Tal como les comenté en clases anteriores, uno de mis mentores en Hay-on-Wye, mi ciudad natal en el país de Gales,

Victoria Sutton-Raleigh, a quien yo llamaba afectuosamente la señora V., siempre entusiasta y llena de vida, era mi más ardiente aficionada y cumplió un rol muy importante en mi vida desde la niñez hasta la adolescencia. Pues bien, cuando la escribí desde Harvard para darle las buenas nuevas de que me había enamorado de Victoria, me escribió de vuelta preguntándome cuáles fueron esos pequeños gestos, mencionados en mi carta, los que conquistaron el corazón de Vicky. Y es en ese preciso momento donde comenzaremos la clase en el día de hoy. Con mis respuestas a las preguntas de la señora V. haremos un viaje hacia el pasado, a ese lugar en las arenas del tiempo donde Vicky y yo nos enamoramos perdidamente uno del otro. Hoy comenzaremos la historia en la librería de libros antiguos, en el país de Gales, justo cuando la señora V. recibe mi respuesta a la solicitud que me hizo al final de su última carta. La historia empieza así.

Hay-On-Wye (1976)
(Librería de libros antiguos para jóvenes de la señora V., país de Gales)

La Sra. V. ha estado esperando ansiosamente mi respuesta. Finalmente la carta le llega un viernes por la tarde, en un día tranquilo y sin muchos clientes. En el momento en que mi energética tutora ve llegar al cartero sale a la calle a recoger el correo personalmente. Exaltada, camina de vuelta a su librería con pasos cortos y apurados. Cuando reconoce mi caligrafía en uno de los sobres, se le dibuja en el rostro de inmediato una sonrisa gigante. Con emoción abre la misiva y comienza a leer antes de que el sorprendido cartero, quien todavía está parado en la calle observándola, se haya ido.

Harvard (1976)
(Carta de Erasmus y Vicky para la Sra. V.)

«Mi adorada señora V. cuánta razón tuvo usted. En mi última carta estaba tan ansioso por contarle que me había ganado el

27

corazón de Vicky que me salté completamente los detalles de cómo lo había logrado. Espero que pueda disculpar esta trascendental omisión, pero aquí va, y esta vez no se me escapará detalle alguno, ni siquiera a la misma Vicky, ya que está aquí conmigo mientras le escribo. Así que ambos estaremos narrando la historia para usted».

Así escribe Erasmus para el deleite de la señora V., quien a continuación es nuevamente sorprendida cuando se percata de que las palabras que siguen son nada menos que las de Vicky presentándose ante ella:

«Mi querida señora V., le envió un caluroso saludo desde Nueva Inglaterra. He oído hablar tanto de usted, todo ello maravilloso. Quiero que sepa que amo a Erasmus con toda mi alma. El amor verdadero nos ha encontrado y atrapado a ambos. Señora V., ¡qué trabajo tan maravilloso el que ha hecho usted formando a su precioso y adorado muchacho!, ojalá pueda conocerla pronto. Suya, con mucho cariño. Vicky.

Posdata: La hechicera que robó el corazón de su protegido».

La señora V. está profundamente conmovida por las palabras introductorias de Vicky y Erasmus. A la vez, está también emocionada por poder leer el resto de la carta, aunque esto no evita que haga sus rutinas y tradiciones, se sirve primero un té caliente con leche y luego camina hacia su silla tipo *Chesterfield*, la misma donde pasó innumerables horas leyéndole a Erasmus cuando era solo un niño al que le colgaban las piernas del sofá. Una vez que se pone cómoda, comienza a leer con gozo y de inmediato devora las palabras escritas por su pupilo.

«Mi querida señora V. esta es la historia de cómo Victoria y yo encontramos el camino hacia el corazón del otro. Al principio solo fueron pequeñas notas que le dejaba en diferentes momentos y lugares, siempre de sorpresa y sin que supiera quién era el autor. A menudo pude ver su reacción desde lejos. Sin embargo, mis esfuerzos por conquistarla no comenzaron bien: la veía reaccionar a la defensiva, como si alguien estuviera violando su privacidad y espacios sagrados. Extrañamente nunca rompió las notas, lo cual me decía que de alguna forma su corazón estaba escuchando. Luego, una segunda tanda de reacciones complicó mis esfuerzos, ya que las mismas se volvieron frías, inexpresivas y de rechazo total, como si estuviera construyendo murallas protectoras entre su lado racional y el emotivo. En ese momento no pude imaginar que estaba a punto de recibir una gran lección existencial: ponerse a la defensiva o ser agresivo, la mayoría de las veces, solo refleja miedos e inseguridades».

Nota #1
(Cafetería de la universidad)
—Tus sonrisas me hacen sonrojar. —Victoria lee la nota escrita a mano.

Se vuelve y busca al autor entre la multitud de estudiantes que están en la cafetería de la universidad, pero no encuentra a nadie con cara de culpable, por lo que dobla la nota y la deja encima de su diario.

—Esto no es nada divertido, yo no soy el payaso de nadie —protesta Victoria ante sus compañeros.

Sus palabras caen en oídos sordos y nadie reacciona ni dice nada. Avergonzada se levanta y se marcha. Al principio, al sentirse ofuscada no le presta atención, pero la curiosidad prevalece antes de que rompa la entrometida y no bien recibida nota, empieza con un vistazo de reojo, hasta que su mirada se queda clavada en el escrito de la parte posterior de la nota.

La importancia de los pequeños detalles en la vida
Si deseas vivir una vida dichosa,
presta atención a los pequeños detalles,
aquellos que vienen directos del corazón,
aquellos que son gestos de amor,
aquellos que solo consisten en pequeñas cosas,
aquellos que damos y recibimos con alegría,
aquellos que nunca olvidamos por el resto de nuestra vida
ni tampoco lo hace nuestro corazón.

—La guardaré en mi diario. —Victoria decide sin pensarlo pero con escalofríos por dentro, ya que sin saberlo, su corazón durmiente bosteza y comienza a despertar, sin que pueda hacer absolutamente nada al respecto.

Nota #2
(Biblioteca de la universidad)

Vicky ríe a carcajadas y sin parar.

—Lo logró. Finalmente lo hizo. ¿No es increíble? Todos deberíamos estar tan orgullosos de él —Vicky proclama a sus compañeros en la biblioteca de la universidad.

Todo el mundo alrededor de ella se abraza, chocan manos y celebran la selección y reclutamiento por la liga de fútbol profesional americano del *quarterback* del equipo de la universidad.

—Victoria, deberías correr para el consejo estudiantil con el título de Miss Simpatía, el titulo te quedaría de maravilla —declara sarcásticamente una amiga-rival y compañera de clase.

Pero Victoria no está prestando atención alguna, ya que sus ojos están intensamente fijos en la pequeña nota amarilla que está sobre su diario.

«Tu corazón es noble e increíblemente bello. Tu espíritu es ferozmente leal. Tu alma es pura e inocente. Eres una mujer deslumbrante».

—¿Quién es el Romeo que está escribiendo estas notas? No me hacen gracia alguna —declara Victoria ante una audiencia inmutable que no reacciona en absoluto, mientras ella les enseña la nota, mas no su contenido.

Un poco más tarde, cuando está a solas, no puede esperar para leer el otro lado de la nota. Una parte de ella no sabe qué pensar, la otra, sin embargo, empieza a leer con emoción.

El verdadero éxito en la vida consiste en ser feliz

Sentirse bien durante mucho tiempo,
nunca le sucede al espectador.
En la vida,
los logros y el éxito no le pertenecen a la prisa,
solo la diversión y las emociones,

las cuales son banales y pasajeras,
ya que el vacío de una vida plana
y sin significado,
inexorablemente se apodera de nosotros
cuando estamos solos en la noche,
con nuestra almohada.
La vida, por el contrario,
le pertenece a los participantes,
una vida donde somos sus protagonistas principales.
Una vida donde la felicidad no es perseguida,
sino que la misma emerge
y sucede como consecuencia de nuestro involucramiento,
deliberado, en una experiencia de vida total y plena.

—¿Quién se cree que es...? —masculla Vicky pero se detiene a media sentencia.

«Él tiene razón Victoria, te guste o no es lo correcto» ella razona, el misterio acerca de la identidad secreta del autor, así como su creciente latido del corazón, continúan expandiéndose a la velocidad de la luz. «¡Su caligrafía es tan bella!», piensa maravillada mientras sus ojos no se despegan de la impecable nota. Parece arte. «¡Es magnífica!», se dice absorta y exuberante a la vez.

Nota #3
(Heladería)

«¿Cómo puede alguien disfrutar tanto de un helado? Me fascina ver el éxtasis reflejado en tu rostro cuando está todo embadurnado de chocolate. La felicidad tiene un nombre y esa eres tú, Victoria». Ella está sola cuando lee la nota que acaba de encontrar en su diario y por primera vez se sonroja al pensar en su costumbre habitual de, inadvertidamente, plastificarse el entorno de su boca y mejillas con helado.

Junto a su mejor amiga Gina, que está en la mesa, se disponen a salir de la heladería, pero su corazón salta cuando le reconoce sentado en la esquina, él no la puede ver ya que está mirando hacia la calle.

—¡Hola! —Victoria le saluda de improviso tras su espalda, con una voz suave y cálida a la vez.

Erasmus se vuelve y ella percibe de inmediato su sorpresa. En el momento que sus miradas se cruzan la atracción mutua los invade de inmediato. Él permanece callado y anonadado. No así ella, que toma la iniciativa al instante.

—Quería presentarme y conocerte desde hace días pero no te había visto más —explica tratando de iniciar la conversación, pero Erasmus se pone más tenso aún y no habla. De repente, a ella se le escapa y no se puede aguantar.

—Te vi mirándome ese día desde las tribunas —le dice Victoria inesperadamente, refiriéndose a la primera vez que se vieron cuando ella estaba marchando con la batuta de la banda de la universidad de Harvard, durante la antesala de un juego de fútbol americano.

Al oírla, Erasmus siente escalofríos a través de todo su cuerpo.

«Entonces fue algo mutuo» él se percata aun cuando sigue sin poder articular ni siquiera una palabra.

—Soy Victoria —declara con rostro feliz.

Erasmus titubea nuevamente mientras la vergüenza se apodera de él, sin embargo, para su gran alivio, de alguna manera se las arregla para responder.

—Yo soy Erasmus, es un verdadero placer conocerte —balbucea con una voz tenue y una sonrisa nerviosa mientras permanece clavado a la silla, sin moverse.

Parada frente a él, mirándole con ojos enormes e ingenuos, Victoria parece estar escudriñando hasta el más mínimo recodo, detalle y gesto de su petrificado ser. Erasmus a su vez la mira con ojos tímidos, llenos de admiración. La contempla con inocencia e ingenuidad pero sobre todo con mucha profundidad, como perdido en otro mundo con el que se acaba de tropezar. Ambos permanecen inmóviles lo que parece una eternidad. La atracción es mutua, intensa y palpable, especialmente para una testigo accidental: Gina, quien está igualmente asombrada, sobrecogida y muda.

Aun cuando es evidente que son incapaces de articular palabra alguna, en ambos jóvenes se han despertado sentimientos que surgen desde lo más profundo de sus corazones.

—Te veo entonces —dice Victoria casualmente, dándose la vuelta para marcharse, en un movimiento continuo. Y en un santiamén, las dos estudiantes de Harvard salen a la calle donde caminan con paso ligero, mientras no paran de hablar.

—¿Un británico? Adoro como suena el acento inglés cuando lo pronuncia bien un hombre. —Victoria se maravilla en voz alta.

—Vicky, ¿de quién estás tratando de burlarte?, ¿el acento? ¿Pretendes que te crea o tratas de engañarte a ti misma? Lo único que a mí me consta es que nunca te he visto presentarte ante ningún muchacho en la universidad, aunque te rondan como moscas.

Nuevamente Victoria no le presta atención. Repasa los detalles del encuentro: Sus preciosos ojos, su quijada de actor de cine, su nariz helénica, sus manos fuertes, sus gestos masculinos y su profunda voz, Victoria nunca antes se había sentido así.

«Ya lo recuerdo, sí, Erasmus es como una versión más joven del marido de Elizabeth Taylor, el británico con quien se casó dos veces. Richard Burton ese es él», se dice con gozo absoluto, muriéndose de curiosidad. Victoria mira de reojo la parte posterior de la nota, piensa leerla más tarde pero no puede resistirse y empieza a leerla de inmediato. Y una vez que lo hace, las palabras la cautivan al instante.

El amor nos llega a través de un conejito
en su laberinto
¿Cómo sabemos que el amor está llamando a nuestra puerta?
Lo sabemos porque
quien llega inesperadamente
e interrumpe en nuestras vidas
nos deja sin aliento y respiración.

La intensidad incontrolable de sus sentimientos se apodera de ella; a Victoria le tiembla el labio inferior de pura emoción mientras trata de dibujarlo en su mente una vez más; su leve sonrisa y ojos incandescentes, aunque reflejan algo de miedo, reflejan también un amor naciente, abrumador e imparable.

Nota #4

(Al terminar de jugar al *frisbee* en las áreas verdes
de la universidad)

Victoria ve una pequeña nota sobre su diario cuando se acerca a recoger sus libros para dirigirse a clase.

«Cuando usas mocasines de colores distintos pareces vulnerable y distraída. Son cualidades que tú no tienes, pero al verte así luces irresistiblemente adorable ya que me muestras tu ingenuidad e inocencia sin filtros, ni cortapisas. ¡Me encanta!»

Victoria mira vacilante hacia sus pies: «Horror. ¿Cómo puede ser esto posible?»

—Vic, yo pensé que estabas intentando un nuevo tipo de moda al vestirte. ¿Estás perdiendo la cabeza?, o quizá sea una brisa que te está llegando a través del Atlántico, la podríamos llamar, tal vez, ¿amor-británico?, —le dice su mejor amiga Gina en tono de burla.

—¿Así que no tienes nada más que hacer sino convertirte en cupido? —responde Victoria mientras busca con la mirada a su alrededor.

—No está aquí Vic, ya revisé el lugar. Por cierto, no creo que quien escribe las notas sea el británico. Estuve haciendo memoria y no recuerdo haberle visto en ninguna de las ocasiones previas cuando recibiste las otras notas, excepto el otro día en la heladería.

«Es verdad. Deseos tontos por mi parte. Mi corazón dormido se despierta y se lanza en dos direcciones totalmente distintas», Victoria se percata.

Sin embargo, para su gran alivio, sabe que un nuevo escrito la espera en la parte de atrás de la nota que ha recibido y momentos después lo lee llena de expectativas y emociones. De inmediato, Victoria cae inmersa en lugares del corazón de los cuales, aunque no lo sabe todavía, nunca va a querer salir.

El amor nos llega a través de un conejito
en su laberinto
(Continuación)
Lo sabemos porque
cuando finalmente podemos recuperar nuestro aliento,
el aire que inhalamos
se siente puro,
lleno de emoción,
como si en ese momento
no hubiera otra cosa
que quisiéramos estar haciendo
o ninguna otra persona con quien deseemos estar,
sino con nuestro conejito del amor.
«¿Mi conejito del amor?» se pregunta divertida, sintiéndose cada vez más y más a gusto con sus sensaciones.
«Pero le tengo que encontrar primero», se recuerda volviendo a la realidad, ya que todavía no tiene la menor idea, ¡ni siquiera una pista de quién es él!

Nota #5 y Gesto #1
(Dormitorios estudiantiles de la Universidad de Harvard)
—Vic, asómate a la puerta, tienes que ver esto —anuncia Gina cuando está a punto de irse a clase. En la alfombra de la entrada del piso hay tres globos, una caja pequeña de regalo con forma rectangular y una tarjeta gigantesca con el nombre de Victoria en letras grandes en mayúscula. Vicky abre la tarjeta en un tris.

«Para que nunca más confundas el color de tus zapatos en la oscuridad cuando sales temprano por la mañana».

Victoria titubea y para su horror está usando nuevamente un mocasín azul oscuro y otro negro. Una carcajada estridente de Gina explota en sus oídos cuando ella también se percata de los colores dispares.

—¿Cómo puede saberlo, Gina? —pregunta Victoria totalmente confundida.

—Obviamente lo has hecho antes o deberíamos decir a menudo —dice Gina burlona.

35

Victoria abre la caja de regalo y en ella hay una pequeña lámpara para leer de noche.

—¿Quién es ese hombre, Gina? Tengo que averiguar quién es.

Minutos más tarde, con mocasines del mismo color, Victoria deja su dormitorio con una sonrisa en su rostro. Le encanta la lámpara y de hecho ya ha utilizado una igual, pero es el escrito en la parte de atrás de la nota lo que la obsesiona, así que no tarda mucho en empezar a leerlo. Y no la defrauda.

El amor nos llega a través de un conejito
en su laberinto
(Continuación)
Lo sabemos porque desde el principio
nos sentimos a gusto, confiados y ligeros al caminar,
y el viaje de la vida se convierte en uno de dos,
y poco después,
somos poseídos
por una inexplicable certidumbre
de que estamos a salvo, protegidos y nunca solos.

«¿Quién es él? ¿Por qué no aparece y se presenta?», se pregunta mientras la curiosidad se torna en una imperiosa necesidad de saber que la quema por dentro.

Nota #6 y Gesto #2
(Dormitorios estudiantiles Universidad de Harvard)

—¡Vicky! El fantasma del campus ataca de nuevo —anuncia Gina disfrutando plenamente de su gracia.

Una vez más yace una sorpresa al pie de la puerta; en esta ocasión se trata de una pequeña bandeja de cartón donde están incrustados, recién hechos y humeantes, dos vasos de café y varias rosquillas. Y no solo es el desayuno favorito de Gina y Victoria sino que también les cae del cielo ya que rara vez tienen tiempo para ello.

Nuevamente la pequeña y sobria nota está a la altura de las circunstancias:

«Los miércoles siempre vas con prisa y llegas tarde a todo porque los martes por la noche trabajas hasta tarde en el centro de desamparados, por lo que casi siempre te saltas el desayuno».

—¿Y cómo lo sabe? —pregunta una incrédula Victoria.

—Porque le importas y le duele Vic.

Esta vez, Victoria totalmente efusiva y exuberante lee en voz alta la parte de atrás de la nota y por primera vez incluye a Gina en la ceremonia.

Los mejores instintos del corazón
En los asuntos del amor,
el corazón y la razón son como agua y aceite
y no trabajan bien juntos,
porque nuestra mente no puede
gobernar o mantener al amor,
y nuestro corazón no puede
controlar o sostener a la razón.

Al terminar de leer, ambas amigas permanecen sentadas juntas en la cama de su dormitorio mientras asienten con sus cabezas; confirman que son plenamente conscientes y que entienden exactamente lo que sucede. Simple y llanamente, Victoria finalmente se ha enamorado. Sin embargo, el único problema es que hasta el momento no sabe realmente de quién se trata.

Nota #7 y Gesto #3
(La batuta rota)

Es viernes por la noche, Erasmus viaja en tren a New York. Llega a una librería a las 8 de la mañana en punto, ya a las 8:30 a.m. está de vuelta en la estación para coger el tren de regreso y a primeras horas de la tarde está de nuevo en Boston.

Mientras tanto, Victoria sigue inconsolable desde que el día anterior se rompió su batuta. Cuando finalizaron la práctica, el director de la banda universitaria le informó en tono de disculpa que lamentablemente tendrían que marchar sin ella.

—Victoria, no tiene sentido que desfiles con nosotros sin tu batuta.

Desalentada, Victoria se va a los vestuarios, tira sus cosas y se va a duchar. Al terminar, cuando regresa envuelta en toallas y penas algo capta su atención, al enfocar su mirada en una caja rectangular que está encima de su casillero su corazón salta de alegría al ver sus dimensiones.

Involuntariamente se lleva ambas manos al rostro mientras se le escapa un gemido ahogado de asombro y emoción. Extiende su brazo, toma la caja y la abre rápidamente sintiendo una intensa premonición. Cuando ve el contenido del regalo su corazón se detiene y llora. La tarjeta incluida la emociona aún más y sin esperar, ni siquiera un segundo, la abre y la lee.

«Traté de reparar tu batuta rota pero no pude, así que te conseguí una nueva. Victoria, nuestra banda te necesita y sin ti no es nada, así que no podemos dejarla marchar sola».

Lo primero que hace es extraer su batuta rota de la caja de regalo y aún sollozando se ríe con ganas al ver su vieja batuta mal pegada con cinta adhesiva, pero también sostiene su nueva batuta con éxtasis y alegría; mira la tarjeta nuevamente, la gira para leer y sus emociones rápidamente se acumulan formando un nudo en su garganta.

¿Qué es el verdadero amor?
El verdadero amor es,
cuando nuestra piel duele
sin el roce de nuestra alma gemela
y nada es tan cálido o nos acurruca más
que en los brazos de nuestra otra mitad.
El verdadero amor es,
cuando nuestro corazón ya no nos pertenece más.

Al terminar de leer todos sus sentimientos están fuera de control; lo necesita, lo quiere solo para ella y en ese momento queda prendada, su corazón ya no es suyo y de nadie más, sino solo de él: su misterioso enamorado con el indescifrable antifaz.

«Que sea él, te lo pido, que sea él», Victoria ruega con todo su ser, mientras su corazón está dividido entre su misterioso escritor y el tímido británico, pero en el fondo solo desea que ambos sean uno solo. Una única persona a quien entregarle su corazón.

Nota #8 Gesto #4
(El viaje de ida y vuelta)

Erasmus está en la biblioteca de la universidad desde hace horas; la mitad del tiempo estudiando y la otra mitad soñando con Victoria y cómo ella, con su sonrisa despampanante y su flamante batuta nueva, fue la líder de la banda solo unas horas antes.

—Joven Cromwell —le dice una señora de baja estatura y mediana edad.

—¿Sí?

—Por favor sígame, tenemos una llamada urgente de larga distancia para usted.

Erasmus sale de su trance y de inmediato sigue a la diligente señora caminando rápidamente por los pasillos de la antigua universidad. Cuando llegan a la centralita de teléfonos, la gentil dama le pide que se dirija a una de las cabinas telefónicas.

—Joven, levante el auricular, tiene a su madre en la línea. —Erasmus hace lo que le dicen lleno de angustia e incertidumbre.

—Hijo, tu padre ha sufrido un ataque al corazón y estamos todos aquí en el hospital con él. Ten por seguro que tiene el mejor cuidado y la mejor atención médica. Ha preguntado por ti en numerosas ocasiones, finalmente, hace una hora, me pidió que te llamase y te mantuviera informado. Tu padre te quiere mucho hijo —le informa su madre con voz resquebrajada.

—¿Y cómo está en estos momentos, mamá? —pregunta Erasmus.

—Hijo, tu padre está muy grave y puede que no salga de esta. Te llamaré mañana nuevamente para darte más información y decirte cómo pasó la noche. Sabes que si pudiéramos hacerlo, económicamente, te traeríamos a casa para que estuvieras con él, pero en este momento no se puede.

—Lo sé madre, lo sé. Gracias por llamarme de todas maneras. Te quiero. Estaré esperando tu llamada mañana. Por favor dile a mi padre que yo también lo quiero mucho.

Al colgar, Erasmus se siente agitado y desconcertado a la vez por lo que decide ir a buscar algo de aire fresco. En el transcurso de las horas siguientes camina sin parar, siempre con el río Charles a su lado, deambula montado en una montaña rusa de emociones y un torbellino de recuerdos acerca de su padre, hasta que pierde el sentido del tiempo y la distancia. Cuando regresa a su dormitorio es casi media noche. De algún modo se mete en la cama y muerto de cansancio se queda dormido en un instante. Toda la noche la pasa soñando con su padre.

Al principio Erasmus escucha un lejano sonido que se repite persistentemente. A medio despertar recuerda que su madre le ha dicho que le llamará de nuevo. Alguien está llamando a la puerta. Se levanta y se dirige a ver quién es; espera encontrarse con la misma señora de la centralita de teléfonos. Al comprobar la hora se percata de que son casi las doce del mediodía, pero cuando abre no hay nadie en el pasillo. ¿Será acaso que solo fue un sueño?

«Mejor me cambio rápidamente y me acerco a la centralita de todas maneras», razona con una angustia creciente.

Pero cuando va a cerrar la puerta ve de reojo un sobre en el suelo... Aunque está somnoliento todavía, rápidamente se le forma un nudo en la garganta: «¿Será un telegrama?», está emocionalmente exhausto, así que lo abre esperando lo peor, mientras el presagio y la premonición se hacen omnipresentes en todo su ser.

«Querido Erasmus, vuela a casa y acompaña a tu padre, quédate con él todo el tiempo que sea necesario». Al principio no entiende lo que lee, luego a su confusión inicial le sigue una gratitud inmensa por este gran gesto, hasta que la cruda realidad se apodera de él.

«Cómo desearía poder hacerlo, pero en este momento mi familia no tiene los medios». Se compadece pero se da cuenta, por el peso del sobre, de que hay algo más. Erasmus, curioso, extrae su contenido. Al leerlo, su primera reacción es de incredulidad y estado de *shock*, mientras su corazón late como una locomotora fuera de control.

—Dios mío… —balbucea.

Es un billete de avión de ida y vuelta para ir a Londres, con hora de salida dentro de apenas cuatro horas. Adicionalmente hay un billete de tren para conectar a Hay-on-Wye a su llegada. Treinta minutos después, mientras corre por los pasillos de la universidad hacia un taxi que le está esperando, casi choca contra otro estudiante; cuando reconoce que es su mejor amigo Matthew, le da un abrazo de oso con una gran sonrisa de agradecimiento.

—Gracias, Matthew, muchas gracias —le dice emocionado, pero su amigo permanece rígido como una estaca.

—No me lo agradezcas a mí Erasmus, agradéceselo a ella. Tu ángel de la guarda puso este campus universitario patas arriba para recaudar los fondos —le corrige Matthew.

—¿De qué estás hablando? ¿Quién es ella? —Erasmus pregunta, suplicando por saber.

—Eso no tiene importancia, de todas maneras no te lo puedo decir, vete a casa, quédate con tu padre —responde Matthew, tratando de que se marche.

—Pero, ¿cómo supieron ustedes lo de mi padre? —pregunta Erasmus intrigado.

—Un profesor de la universidad nos lo dijo para que estuviéramos pendientes de ti —le explica Matthew, quien literalmente lo está empujando para que se ponga en marcha.

Erasmus finalmente sale corriendo y perplejo se vuelve una vez más para, desde lejos, hacer la misma pregunta a Matthew con gestos.

—Corre Erasmus, ella es una mujer excepcional, tienes mucha suerte, eres un sinvergüenza, anda, vete de una vez.

«¿Será ella? ¿Quién más puede ser? ¿A quién más le podría importar tanto mi bienestar? Tiene que ser ella». El joven Erasmus se pregunta, deseando que su fantasía se haga realidad.

Hospital Regional del país de Gales, Reino Unido (1976)

—¡Mamá! —grita Erasmus al entrar en el recibidor del hospital.

Su progenitora se vuelve y lo ve en la distancia. Su cansado rostro se ilumina y en él se dibuja una sonrisa gigantesca que borra cualquier destello de tristeza. Se pone en pie súbitamente y corre hacia su hijo, sobrecogida por la emoción.

—Mi bello muchacho —susurra llena de alegría mientras le abraza y esto lo hace sentir a salvo y protegido. —¿Qué hiciste para venir hasta aquí Erasmus? —le pregunta con su rostro bañado en lágrimas.

—Mamá, hay alguien que se preocupa y vela por mí. Fue un gesto que vino de un corazón grande, muy grande.

—¿Pero quién? —le pregunta su madre.

—Eso lo tengo que averiguar cuando vuelva —le responde él.

Madre e hijo caminan de puntillas al entrar al cuarto de su padre.

—Papá —Erasmus le llama con una voz suave, tratando de despertarlo.

La primera reacción es un movimiento casi imperceptible de los párpados. Luego, su padre abre los ojos y de inmediato lo reconoce. Con sorpresa, su mirada intensa permanece clavada en su hijo y continúa ensanchándose hasta que una leve sonrisa aparece en su rostro.

—Hijo —balbucea con voz débil.

Erasmus se acerca a la cama, lo abraza impulsivamente, lo abraza y apoya la cabeza delicadamente en su pecho. Ambos sollozan de emoción y el fuerte lazo de amor entre padre e hijo es lo único que necesitan en ese momento.

—Hijo, no sabes cuánto significa esto para mí.

Luego, por la noche, Erasmus se entera cuán cercano a la muerte estuvo su padre, pero mientras pasan las horas mejora y se recupera más rápido de lo que nadie esperaba, hasta que un buen día despierta ya fuera de peligro y pronto está de camino a una recuperación completa.

Predeciblemente, al ocurrir esto, empieza a presionar a su hijo para que regrese a Boston lo antes posible. Cuando Erasmus finalmente se despide y deja el hospital se da cuenta de que es la primera vez que ha estado en la calle desde que llegó siete días antes. Más tarde, en el tren a Londres, se recrimina ya que por toda la conmoción de su visita y el encuentro con sus padres olvidó por completo contactar con sus mentores anticuarios.

Boston (1976)
(Dormitorios estudiantiles Universidad de Harvard,
Sábado 6 p. m.)

Erasmus vuelve a la ciudad una semana después con su padre en franca recuperación, justo un día antes de su cumpleaños y todavía a tiempo de poder realizar un viaje de fin de semana planeado hace semanas con su grupo de amigos de la universidad; irán primero hacia la costa y luego en ferri a su destino final: la isla de Martha's Vineyard. Erasmus durante la semana que ha pasado en Inglaterra estuvo obsesionado con la identidad de la estudiante que hizo posible que visitase a su padre. ¿Quién es ella? Necesita saberlo y hará que sus compañeros se lo digan de una forma u otra durante el fin de semana. Desea de todo corazón que la preciosa batuta de la banda de su universidad sea quien hizo ese noble y bello gesto.

«Pero... ¿Cómo podría ser ella?», se pregunta.

«Erasmus, has sido titubeante y tímido con ella ya que apenas habéis cruzado unas pocas palabras desde que la conociste» se reprocha.

«¿Cómo puede ella preocuparse por mí si apenas me conoce?», se dice tratando de ser realista y aterrizar sus ilusiones de vuelta en el planeta Tierra.

«Porque eso es lo que eres Erasmus, un perenne soñador. Bueno, ¿qué importa quién sea? Lo importante es que tengo que agradecerle su gesto. Sé que tiene un corazón de oro puro, que me ha conquistado totalmente», se dice mientras continúa argumentando acerca de ella consigo mismo.

«Quizá ella se enteró de que era yo quien le enviaba las notas, los poemas y las ofrendas con los pequeños gestos, ¡quizá ella ya sabe que fui yo quien le envió la batuta!» Erasmus sonríe por un breve instante al recordarlo, pero solo le dura un momento, ya que en fracciones de segundo las dudas le carcomen nuevamente.

«Sé realista Erasmus, ¡tu enamoramiento está llegando al borde de un abismo de falsas ilusiones!», pero el joven enamorado no tiene remedio y poco después cae nuevamente en su obsesión.

«¿Cómo puedes pretender llegar a algo con la radiante batuta y objeto de tus deseos cuando ni siquiera has tenido seguridad en ti mismo para invitarla a celebrar contigo tu cumpleaños?», continúa argumentando consigo mismo y sin parar. Él sabe bien que es solo una pobre excusa, pero trata de convencerse de que Victoria no hubiera podido venir de todas maneras, ya que solo unas horas antes el equipo de fútbol americano de Harvard tuvo un partido fuera de casa a 650 kilómetros de distancia de la ciudad.

«Ella debe estar de vuelta en el autobús de la banda, estará en él durante el resto del día».

Erasmus razona, tratando de convencerse sin mucho éxito.

Autobús de la banda musical de la Universidad de Harvard, Sábado 8 p. m.
(a 160 kilómetros de Boston)

—Victoria ya no sabes lo que estás haciendo —Gina declara, refiriéndose a la colecta para comprar los pasajes, el gran gesto que Victoria organizó una semana antes.

—Sé que estoy actuando impulsivamente Gina, pero me siento feliz, simplemente estoy siguiendo los dictámenes de mi corazón.

—Y así lo has hecho, conseguirle los pasajes fue maravilloso, pero le toca a él devolvértelo. Dime, ¿qué ha hecho él por ti Victoria?

—No lo sé y no me importa, solo sé que tengo este deseo incontrolable de protegerlo.

—Todavía continúas obsesionada con que el británico es el fantasma del campus, ya te dije que no lo es, no lo puede ser.

—¿Y entonces quién es?

—Deja que salga a la superficie y que se presente, en ese momento sabrás si es un príncipe con su caballo blanco o no.

—No lo sé Gina, no lo sé. ¿Sabes lo que me dijo el director técnico de la banda? Que quien me consiguió la nueva batuta tuvo que viajar durante toda la noche hasta New York para traerla tan rápido —dice Victoria con orgullo.

—Así es Victoria, todo el mundo lo sabe, fue un gesto heroico y yo también estaría loca por él, como lo estás tú —admite Gina finalmente, pero su lengua mordaz todavía tiene más que decir. — El problema, Victoria, es que estás tratando que una clavija británica cuadrada calce en un hueco redondo que nadie sabe quién es, no son la misma persona Vicky.

Un par de lágrimas se deslizan por las mejillas de Victoria. En ese momento Gina decide cambiar de tono y darle apoyo a su gran amiga. Específicamente en relación a la invitación que Vicky le hizo para que la acompañe el fin de semana.

—Vicky, con relación a tu última idea alocada voy a ir contigo, sobre todo para protegerte de ti misma —le dice Gina en un gesto de apoyo sincero.

Isla Martha's Vineyard
(domingo por la mañana, 1976)

Son las 7 de la mañana y el pequeño grupo de estudiantes de Harvard ya está en sus bicicletas para partir del hostal donde pernoctó la noche anterior, el cual está ubicado en el pintoresco centro de la ciudad. Durante la mañana zigzaguean a través de las playas, se bañan, corren, hacen carreras de bicicletas y al llegar el mediodía están impregnados de arena, agua salada, los vientos de la isla y una buena dosis de sol de primavera. Tienen una reserva para las 12:15 del mediodía en un pequeño restaurante de marisco ubicado al lado del ferri que los llevará de vuelta, en el centro de la pequeña villa de fábula. Allí planean cortar la tarta del cumpleañero. Una vez sentados en un agradable lugar familiar repleto de comensales, ya distendidos, se ríen de las burlas que dos de ellos, Mathew y Greg, realizaron en una playa desierta, en el suroeste de la isla, al correr totalmente desnudos desde las dunas de arena hasta el agua.

45

—Tenéis un aspecto espantoso desnudos. Primero ese tono pálido, blanco lechoso y casi traslúcido que ambos tenéis en la piel, que después de una pizca de sol parece como el color de la cola de una langosta. Además, los dos sois tan peludos que parecéis un par de hombres-lobo-mellizos —declara Erasmus mientras todos se ríen a coro.

Gesto #5
(El momento mágico en Martha's Vineyard)

Repentinamente, dos palmas de manos cubren su rostro desde su espalda, el movimiento es lento y deliberado, es una caricia a cámara lenta y deliciosamente delicada.

—Hola —ella le susurra al oído, provocando un escalofrío a lo largo de toda su espina dorsal. Abrumado de emoción, el nudo de su garganta se forma de manera instantánea, seguido de un dulce temblor en todo su cuerpo. En ese momento ocurre lo inesperado, se da la vuelta, toma su rostro con sus manos y durante un momento que parece una eternidad cada uno sostiene el rostro del otro, mirándose con tal intensidad que el mundo a su alrededor parece desaparecer. Con suavidad, Erasmus atrae gentilmente su rostro, la besa con pasión y ella responde con la misma intensidad. Pronto se pierden en ellos mismos completamente ajenos a todo lo que les rodea.

—¡Ejem, ejem, ejem!, ¿pueden los dos tortolitos interrumpir su maravilloso sueño de amor o ese beso público interminable para que podamos cortar la tarta, cantar cumpleaños feliz y nos podamos ir de una santa vez de vuelta a casa? —pregunta Gina con su elocuencia acostumbrada.

Gina, quien vino acompañando a Victoria, se marcha de regreso a Boston con los compañeros de Erasmus después de la corta ceremonia. Por su parte, la joven pareja se queda en la isla hasta bien entrada la noche, pasean juntos, conversan, se ríen, se narran sus vidas enteras el uno al otro y continúan besándose y apretujándose como si no existiera un mañana, como si lo hubieran estado haciendo durante años. Y en una playa desierta hacen el amor por primera vez y se pierden en su burbuja llena de deseo, sueños e ilusiones. Es amor inexperto pero a la vez bello, desinhibido y sorprendentemente armónico, como si se conocieran desde hace años. Sin embargo, la noche está a punto de traerles otro momento mágico. Todo empieza con un susurro que al principio ella no puede entender, él la mira con ojos soñadores y continúa susurrando una y otra vez la misma frase. Poco a poco sus palabras empiezan a tener sentido.

«Estará improvisando, ¿quizá buscando una rima?», se pregunta maravillada... y es en ese momento cuando una cascada de palabras llenas de arte e inspiración empieza a brotar de su joven enamorado, aprendiz de poeta.

Mi diosa radiante de la noche
Estamos aquí
con el cielo de la noche
inundado de estrellas
sobre las húmedas,
y todavía cálidas arenas
de una playa desierta.
Aquí estamos
en Marthas's Vineyard,
lugar donde nuestra historia,
ha comenzado.
Mi diosa radiante de la noche
¿a dónde me llevas?,
¿a dónde nos estás llevando?,
con este amor naciente,
que ha despertado.
Cuando te veo,
suspiro de alegría,
solo con tu presencia.
Cuando me miras, a mi corazón enamorado
lo haces temblar.
Además, con un solo roce o caricia
de tu piel de seda,
que tan cálida cobija,

mi súplica se siente
por todo nuestro alrededor,
llena de éxtasis y deseo.
Y cuando me abrazas
siento esta inexplicable certidumbre
de que me encuentro a salvo,
tengo a alguien a mi lado
y no estoy más en soledad.
Mi diosa radiante de la noche
¿a dónde me llevas?,
¿a dónde nos estás llevando?,
con este amor naciente,
que ha despertado.

Victoria se funde en un beso interminable de gratitud con su amado, llena de escalofríos de amor verdadero.

Tarde en la noche, en el tren de regreso a Harvard, mientras duermen, sus cuerpos van apoyados el uno en el otro.

La pregunta de Victoria agarra a Erasmus por sorpresa:

—¿Quién eres tú?, tienes que ser tú, dime que eres tú, por favor —le implora con su rostro lleno de felicidad —¡dime que eres tú! —insiste con un entusiasmo que viene directo de su corazón.

Erasmus sonríe, asiente con la cabeza y ella se abalanza encima suyo.

—Lo sabía, lo sabía —repite Victoria entre besos, en un estado de euforia exuberante.

—¿Y yo quiero asumir que tú eres el ángel con corazón de gigante que hizo posible que llegase hasta Gales? —Erasmus pregunta conociendo la respuesta.

—Y te trajo de regreso, no te olvides de eso —le recuerda en tono posesivo.

Estación principal de trenes, Boston (1976)

Esta vez el beso parece no terminar nunca. Caminando hacia la salida de la estación van cogidos de la mano, así lo hacen en adelante cuando caminan juntos, ya que se vuelven inseparables. Semanas después se mudan a un pequeño estudio.

Como una sorpresa, Erasmus le escribe una poesía que llama su regalo de bienvenida. Se la entrega y se la lee el día que entran en el nuevo piso juntos.

¿**Qué** es **e**so tan **e**special que **e**res **t**ú?
Desde el momento en que nos conocimos,
el día en que te vi por vez primera,
hay algo acerca de ti,
que hace la vida mágica.
Es este irresistible y maravillosamente bello embrujo,
que esparces sobre nosotros
y que nos hace sentir felices, plenos y seguros.
Hay algo acerca de ti,
que lo colorea todo
que hace de cada amanecer,
un maravilloso comienzo,
y cada atardecer,
no solo un final glorioso,
sino también
un círculo continuo de alegría y felicidad.
Hay algo acerca de ti,
que siempre se siente fresco y renovado,
hay algo muy especial acerca de ti,
que despierta al amor y a la vida.
Y uno tiembla, se sonroja y respira profundo
de pura felicidad.
Hay algo acerca de ti,
que se apodera de mi corazón,
haciéndolo tuyo para siempre.

Al principio Vicky tiembla y solloza hasta que el fuego de la pasión empieza a crecer en sus ojos.

—Bienvenida al viaje —es apenas capaz de decirle Erasmus, ya que la impetuosa batuta le ahoga a besos y abrazos mientras apurados se dirigen a su nido de amor donde un mundo de pasión, sin límites, les espera.

Hay-On-Wye (1976)
(Librería de libros antiguos para jóvenes de la señora V.)

La señora V. está sentada en su sofá tipo *Chesterfield*; mece su cuerpo gentilmente mientras su rostro denota una profunda alegría y orgullo por su pupilo enamorado. La carta de Vicky y Erasmus yace en su regazo y la acaricia constantemente con la punta de sus pequeños dedos, como si fuera un tesoro o como si estuviera mecanografiando y enviándoles un mensaje de que se aseguren de perseverar y proteger el verdadero amor que las ha bendecido.

Royal Cambridge Scholastic Institute (2018)
(Aula Magna de la universidad)

El profesor Cromwell contempla a su estudiantado lo que parece ser una eternidad, sus ojos están en lugares lejanos del pasado; poco a poco retorna con una sonrisa profundamente melancólica. Al pasear la mirada por la audiencia se percata de que hay también muchos rostros con una que otra lágrima, pero reconoce que son como las suyas, lágrimas de alegría.

—Hay momentos en la vida en los que somos bendecidos con inmensa y plena felicidad son como curvas inesperadas en el camino. Cuando ocurran, estén listos para capturarlas al instante para que no se les escapen. No se pierdan nada de ellas, ya que ese tipo de raras oportunidades existen muy poco y vienen espaciadas a lo largo de la vida, además, no sabemos cuánto van a durar, ni siquiera si alguna vez volverán. Clase, les veo la semana que viene. En la próxima sesión viajaremos de vuelta a un día memorable, cuando Vicky y yo conocimos a una señora muy especial que, a lo largo del tiempo, se convirtió en una parte muy importante de nuestras vidas. Ha terminado la clase.

—Cómo quisiera yo enamorarme de la misma manera —dice con ojos soñadores una energética muchacha de pelo negro a quien, antes de estas clases, nunca le había gustado la poesía.

—¿Quién no quiere un hombre así, enamorándote a través de notas de amor, arte, poesía y con gestos que roban tu corazón y se lo llevan a la tierra de los enamorados? ¿Quién no desearía un cuento de hadas como este? —dice suspirando una alta pelirroja, la capitana del equipo de voleibol de la universidad, mientras desea de todo corazón que la vida le muestre el camino para encontrar su propio cuento de hadas y que le roben el corazón a ella también.

CAPÍTULO 3
La vida, el carácter y la virtud

Royal Cambridge Scholastic Institute (2018)
(Hogar de Erasmus y Victoria en el campus universitario)

—Ven aquí mi irresistible británico —Victoria levanta lentamente una esquina del cálido y sugerente edredón haciendo un espacio para que se meta a su lado, mientras le mira intensamente a los ojos.

Erasmus acepta diligentemente la invitación con cara feliz y obediente, lleno de plenitud al ser comandado, como si estuviera hipnotizado.

—¿Qué voy a hacer contigo? —pregunta ella de manera coqueta, mezclada con un falso pretexto.

—Lo que usted desee, mi adorada dama —Erasmus le contesta mientras hierve de deseo.

Un poco más tarde, cuando Vicky abre sus ojos, lo primero que salta a sus ojos es la sonrisa de Erasmus y un zumo de naranja recién exprimido.

—Siempre te las arreglas para sacarme de mi habitual mal humor por las mañanas —protesta mientras se siente felizmente consentida. —Erasmus, ¿cuál va a ser tu tema hoy en clase? ¿A dónde vas a llevar a tus estudiantes en tu máquina del tiempo? —pregunta mientras se sienta a desayunar.

—Al día en que tú y yo conocimos a la señora Peabody.

Con una mirada soñadora, Victoria parece perderse en el tiempo recordando el famoso encuentro.

—Ese fue un día muy especial, un gran día, mi amado profesor.

—Ciertamente lo fue. La inolvidable, fiel y fiable señora P. —recuerda en voz alta.

Royal Cambridge Scholastic (2018)
(Aula Magna de la universidad)

El profesor Cromwell-Smith está totalmente perdido en recuerdos del pasado, está tan distraído que no sabe cómo ha llegado allí cuando poco después entra en un Aula Magna con toda su capacidad llena.

—Seguro que mi subconsciente adaptativo navegó dentro de mí —Erasmus balbucea con poca convicción, como si estuviera tratando de justificar su exagerado despiste, para luego preguntar entusiasmado. —¿Cómo están todos en el día de hoy?

—¡Insanamente geniales profesor! —responde un cuerpo estudiantil inspirado.

Asintiendo levemente con la cabeza refleja gratitud y respeto, el pedagogo está listo y dispuesto a empezar.

—Desde una temprana edad gravité en el mundo de los libros. Por ello, mis primeros amigos verdaderos y tutores fueron tres anticuarios en mi ciudad natal, en el país de Gales. Como a veces ocurre en la vida, cuando Victoria y yo vivimos en Boston la serendipia nos bendijo ya que sucedió lo mismo, esta vez a los dos y con anticuarios de Nueva Inglaterra. La primera fue una dulce e inolvidable señora que conocimos por accidente mientras dábamos un largo paseo en bicicleta deambulando por la costa norte de Massachusetts. En el día de hoy vamos a visitar un momento en el tiempo que terminó siendo un día memorable para el resto de nuestras vidas. La historia empieza así…

Harvard (1976)

Vicky y Erasmus han vivido juntos un par de meses. Deliciosamente cómodos el uno con el otro desde el comienzo y rápidamente han desarrollado una serie de rutinas que encajan al dedillo con las inclinaciones y preferencias de ambos, ya que durante la semana, además de sus deberes académicos, ambos trabajan como tutores. La joven pareja aprovecha al máximo los

54

fines de semana y uno de sus pasatiempos favoritos es pasear en bicicleta durante horas; llevan las bicicletas en el tren y viajan a múltiples destinos a través de Nueva Inglaterra. Se bajan en lugares escogidos al azar, algunos en la costa y otros en el interior. Una vez en tierra se pierden por los caminos y veredas de algunos de los más bellos pueblitos y villas de Norteamérica. Al final del día, muertos de cansancio y sueño, pernoctan en uno de los innumerables hostales de fábula que hay en toda la región.

Este día en particular empieza como muchas otras de sus idílicas escapadas de fin de semana. Toman el tren temprano con sus bicicletas y cestas de pícnic, viajan de Boston a *Manchester frente al mar*. Su plan al bajarse del tren es recorrer la vía costera a través de Gloucester, Rockport, Newbury y terminar en Sand Point en Plum Island; allí buscarán un lugar donde pasar la noche para, en la mañana del domingo, tomar un tren a primera hora hacia Boston.

Todo empieza de acuerdo a lo planeado. Una vez rodando en las bicicletas, les envuelven los sonidos de las aves y el océano, los tonos pastel salpican el paisaje de toda la naturaleza de Nueva Inglaterra, los olores del mar abrazan el ambiente, incluyendo los del agua salada y los mariscos. Durante buena parte de la mañana todo trascurre como una selecta experiencia que debería continuar con lo previsto el resto del día. Pero no será así, ya que algo inesperado les espera en el camino. Cuando han terminado de recorrer el espectacular Halibut Point y acaban de dejar atrás a Cape Ann, al entrar al pequeño enclave de Lanesville.

Lanesville, Mass. (1976)

Al llegar a la pequeña villa al borde del mar salta a la vista en la entrada una bellísima fachada como si fuera una postal y esa es la primera vez que Vicky y Erasmus ven la librería de la señora P. *Peabody & CO. Antique Books* (Desde 1890). Victoria describirá luego la reacción de Erasmus, que es como si de repente el mundo entero, incluyéndola a ella, hubiera desaparecido y nada más le importase en ese momento, ni siquiera ella que es su media naranja.

—Erasmus, parecía que estabas poseído. Tu bicicleta no estaba todavía estacionada cuando ya estabas dentro de la librería. Sin

55

embargo, me alegra que yo ignorase tu abrupto y poco caballeroso comportamiento y que de todas maneras te siguiese —narra Vicky posteriormente.

Al entrar a *Peabody & CO.*, lo primero que salta a la vista de todo visitante, son la gigantesca sonrisa y la espontánea carcajada de trueno de una tal Eleanor Theresa Peabody-Smith. Pero, aun cuando no tiene líneas rectas en su cuerpo, ya que toda ella es curvilínea y voluminosa por naturaleza, la señora P. desplaza su portentosa osamenta con facilidad. Es descendiente directa de una familia de Nueva Inglaterra cuyas raíces datan del siglo dieciocho. La señora P. se casó muy joven con el primer amor de su vida y aunque no tuvo hijos disfrutó de una vida idílica hasta que el décimo año de su matrimonio perdió a su esposo en una terrible tormenta en el mar. Desde aquel entonces y después de una breve experiencia como abogado, ejerciendo su profesión, la librería de libros antiguos se convirtió en el amor de su vida.

El joven Erasmus está en trance; su vista recorre los libros antiguos que le rodean, todos apilados a su alrededor. Está boquiabierto, con una mirada que denota asombro y alucinación.

Cuando la señora Peabody se acerca para darle la bienvenida, Vicky entra en la librería.

—¿A quién tengo el placer, en esta bella mañana, de dar la bienvenida a mi humilde centro de antigüedades literarias?

Vicky luce sobrecogida, pero en su interior no puede contener su entusiasmo mientras trata de absorber la magnitud en número y forma de todos los libros antiguos que la rodean. El olor a papel y a cuero viejo la invade, no puede distinguir el uno del otro.

«Son olores a sabiduría y erudición». Vicky reflexiona sintiéndose cómoda desde el comienzo.

Toda la librería está sumamente desordenada, sin embargo Victoria fácilmente percibe el orden en el caos. «Esta librería es un reflejo exacto de su dueña. Tanto la anticuaria como sus libros saltan a la vista de cualquier visitante. Apostaría cualquier cosa a que ella consigue todo lo que quiere en una fracción de segundo», concluye Vicky.

—Una pareja de jóvenes interesados en libros antiguos, ¿cuál será la razón? —masculla consigo misma la señora P.

Los tres están perdidos en sus propios pensamientos cuando la señora Peabody los trae de vuelva a la realidad.

—Pónganse cómodos, ¿les podría ofrecer algo de beber, quizá un té helado recién hecho? —les pregunta.

Erasmus procesa el ofrecimiento con desdén, las bebidas heladas, especialmente el té, es algo a lo que todavía no se ha acostumbrado del todo.

«¿Por qué le ponen hielo a todo los americanos?, parece que con cada bebida lo que quieren es congelarse la garganta», protesta para sus adentros Erasmus, como un típico europeo.

—Mucho gusto, me llamo Erasmus.

—Yo soy Victoria.

—El gusto es mío, yo soy Eleanor Theresa Peabody-Smith. ¿Británico? —pregunta la señora P.

—Vengo del país de Gales.

—¿Qué parte de Gales?

—Hay-On-Wye.

—Ahora entiendo —dice la señora P. mostrando nuevamente su portentosa sonrisa.

—También conocida como la meca de los libros antiguos en el mundo entero. Eso lo explica todo —razona en voz alta la señora Peabody, mientras Erasmus tímidamente sonríe con una expresión que parece agradecer la lisonja recibida acerca de su pueblo natal.

—Y tú, Victoria, ¿eres del medio-oeste?

—Así es, vengo de Waterloo, queda en el sur oeste del estado de Illinois.

—Ya veo, una pareja que combina el viejo y el nuevo continente. —declara la jovial anticuaria.

—Señora Peabody, él no bebe nada con hielo —aclara Victoria.

—Que torpe por mi parte, entonces se lo preparará sin hielo, pero solo el de él —dice a Vicky guiñándole un ojo.

—¿Qué pueden ofrecerle mis modestos libros antiguos a un residente de la capital mundial de los anticuarios? —pregunta mientras prepara las bebidas.

Erasmus está ensimismado y no hace el mínimo esfuerzo por reaccionar, mucho menos responder. Vicky comprende el trance en que se encuentra.

«Está totalmente absorto, este es su elemento, esto es lo que le apasiona», reflexiona Victoria.

Erasmus, mientras tanto, pasa a contemplar deleitado las piruetas de la señora P.

—Usted me recuerda a la señora V. en mi ciudad natal —su comentario resulta cálido y en confianza, dicho con facilidad y la comodidad de alguien que se siente muy a gusto y totalmente absorto en el ámbito donde se encuentra.

—No me digas, háblame acerca de ella —responde la señora P. reaccionando con empatía hacia sus palabras.

El cálido gesto de Erasmus hace clic en ella, causando una conexión emocional que servirá de base a un eventual rol vitalicio de tutora y guía del curioso joven británico.

Erasmus sigue sin responder y mientras distraídamente contempla a la señora P. visualiza a su fiel e incondicional mentora.

Al darse cuenta de que Erasmus está en uno de sus estados, totalmente absorto y ensimismado en sus pensamientos, Vicky interviene una vez más para llenar el vacío.

—Literalmente señora Peabody, Erasmus frecuentó desde pequeño las librerías de libros antiguos de su ciudad, rumiaba, husmeaba y fisgoneaba por todas ellas hasta que algunos de sus dueños se convirtieron en sus mentores de por vida. Todo comenzó cuando tenía solamente 8 años. La señora V. es uno de sus tres mentores, su nombre es Victoria Sutton-Raleigh.

—Entonces la señora V. es... —la exuberante, efusiva y voluminosa señora se interrumpe con una sonora sonrisa al darse cuenta—. Sutton-Raleigh es la famosa librería de libros antiguos para jóvenes. Quizá la mejor librería de su género en el mundo entero. Ella es una viuda de la Segunda Guerra Mundial y pertenece a una familia con muchos recursos en el país de Gales. ¿No es así? —pregunta la señora P. balbuceando sin parar de la emoción.

Vicky se gira y busca con su mirada una respuesta por parte de Erasmus.

—Sí, esa misma es —suelta Erasmus con palabras entrecortadas.

—Pues bien, que coincidencia nos trae la vida ya que he hecho negocios con ella durante años. La señora V., como ustedes la llaman, es eficiente, diligente y fiable. Lo que sucede es que periódicamente reviso órdenes de libros antiguos para niños, se los pido y me llegan todos por correo, despachados por ella.

El entusiasmo de Erasmus crece mientras la escucha hasta que, como siempre ocurre, regresa al planeta Tierra sin motivo alguno y está listo para reconectar con la realidad mundana, aun cuando sea con un tema no relacionado con lo que se está hablando, algo que es también típico en él.

—Señora Peabody, recientemente terminé de leer la autobiografía de Benjamín Franklin y quedé enamorado de sus disertaciones acerca del carácter y las virtudes en los seres humanos. ¿Me pregunto si usted tendría, por casualidad, algún escrito antiguo al respecto?

—De hecho sí, tengo algo que toca ese tema, hijo.

La agilidad de la señora P. alrededor de las torres de libros amontonados es algo digno de admiración. En un instante está montada encima de lo que parece ser una frágil escalera dado que soporta su humanidad y, sin embargo, se mueve y busca libros con suma facilidad; en un segundo está de rodillas buscando el libro y en otro, como recordando algo, se la ve caminando con determinación por uno de los pasillos hasta un lugar preciso dentro de su desorden, donde sin titubear consigue un libro enorme que trae acunando con ambos brazos. Al llegar lo coloca en lo que parece haber sido una mesa de comedor para muchos comensales pero ahora está llena de libros antiguos, los cuales empuja bruscamente a un lado para hacer espacio y abrir el voluminoso espécimen literario.

Cuando la señora Peabody abre el libro precisamente a la mitad, en ese momento, es el bautizo de Vicky en el mundo de los libros antiguos, ya que ahora puede experimentar de primera mano la nube de polvo, además de sentir el aroma del papel y el cuero viejo que se esparcen por el aire.

—Tengo algo aquí que, aunque escrito recientemente, es digno de las palabras del venerable señor Franklin acerca del carácter y las virtudes en todos nosotros. Permítanme leerlo —les dice mientras aclara su garganta y empieza con gusto la lectura del antiguo escrito.

La vida, el carácter y la virtud

Nuestro carácter y reputación
son nuestra tarjeta y carta de presentación en la vida.
Son el legado y la estela que dejamos atrás.
Nuestro carácter <u>define</u>
no a quienes creemos que somos,
mucho menos lo que pretendemos ser,
sino lo que realmente somos,
en lo más profundo de nuestro ser.
Nuestro carácter es <u>respetado</u> cuando,
demostramos una honestidad inmutable
y una franqueza inquebrantable.
Nuestro carácter es <u>emulado</u> cuando
poseemos una ética incorruptible,
y emprendemos cada tarea
con rectitud intachable,
integridad indomable,
y poseemos un propósito existencial en nuestro espíritu,
un alma en vida y con significado.
Nuestro carácter es <u>reverenciado</u>
cuando estamos en posesión de
compasión sin límites, generosidad desprendida
y las más humildes de las sabidurías.
Nuestro carácter se torna <u>fiable</u> a través de
disciplina constante e inmanente,
es decir, del tipo que nunca falla y siempre está allí.
Nuestro carácter <u>crece</u> por medio de la
perseverancia que nunca cesa o cede,
fuerza de voluntad de hierro,

determinación que nada la amilana
y la persecución insaciable
de la sabiduría, los conocimientos y la espiritualidad.
Nuestro carácter es genuino únicamente,
cuando perennemente ponemos en práctica,
nuestra infinita capacidad de perdonar,
tanto a nosotros mismos como a los demás,
unida a una ineludible predisposición
a aceptar nuestros fallos,
así como a corregir, rectificar
y aprender de nuestros errores.
Nuestro carácter se pone al descubierto,
cuando muestra cuál es nuestra verdadera naturaleza,
incluyendo de qué estamos hechos por dentro,
cuando la vida y sus circunstancias
nos exigen y requieren de nosotros,
actos, gestos o acciones
que pueden involucrar
abnegación, sacrificios, renuncias o entregas
que ponen a prueba y en evidencia
de qué clase de fibra y calidad humana,
están hechos nuestros corazones.
Nuestro carácter se renueva perennemente
y permanece transparente y cristalino
a través de la inocencia sin manchas,
la candidez no permitida,
la espontaneidad jovial y la ingenuidad ilimitadas.
Nuestro carácter construye un legado a través de,
obras magnánimas, en patético y considerado buen juicio,
valor inquebrantable, esfuerzo sin vacilación,
determinación imparable, un ritmo incesante,
celo obsesivo, firmeza invariable,
talento desencadenado y una habilidad
inimitable e incomparable.
Nuestro carácter trasciende cuando,
estamos dispuestos y por siempre estamos,

enamorados de la vida, de todos
y de nuestro verdadero amor,
con pasión sostenida a través del tiempo eterno
que poseen nuestras vidas.
El estar vivo nos presenta incontables senderos que,
en la <u>búsqueda de la excelencia moral,</u>
<u>elevan nuestro carácter</u> a su pináculo,
<u>un estado de virtuosismo del cual</u>
<u>nunca hay nada de lo que arrepentirse.</u>

Cuando la señora Peabody termina la lectura, Erasmus y Vicky están agarrándose las manos con un apretujón en el cual parecen estar compartiendo la energía que han absorbido del vigor y fortaleza de las palabras que acaban de escuchar. Ambos están visiblemente impactados por el poder del escrito. Y como es natural, mientras cavilan les surgen interrogantes, cuando sus pensamientos paralelos son interrumpidos por la habilidad de leerles la mente que tiene la anfitriona.

—El carácter y la virtud no son regalos del Creador con los que se nace, por el contrario ambos requieren de un gran y persistente esfuerzo para adquirirlos, desarrollarlos y mantenerlos —explica la señora P., finalmente mostrándoles por primera vez su faceta académica. —Y siempre recuerden lo siguiente: vuestras virtudes definen vuestro carácter y este define vuestro legado y el tipo de trayectoria que dejan atrás en sus vidas —concluye la señora Peabody.

—Gracias… ¿podríamos llamarla señora P.? —pregunta Victoria.

Eleonor Theresa Peabody-Smith les concede nuevamente su inmensa sonrisa.

—Por supuesto que pueden.

—Qué bien, gracias señora P. —dicen al unísono la joven pareja mientras salen de su librería justo antes de continuar su paseo en bicicleta por la costa de Nueva Inglaterra.

Royal Cambridge Scholastic Institute (2018)
(Aula Magna de la universidad)

El profesor Cromwell-Smith trae a su clase de vuelta al presente con una amplia sonrisa como si estuviera imitando a la señora P.

—Clase, ese día memorable la señora Peabody nos hizo percatarnos de la importancia crucial que tienen nuestro carácter y nuestras virtudes en la vida. A través del tiempo la trascendencia de ese encuentro creció en importancia en nuestras vidas, fue un momento en que nuestro carácter creció y se fortaleció para siempre —explica con sabiduría el profesor. —Nunca olviden lo siguiente: nuestro carácter yace en la confluencia entre lo que otros piensan y lo que nosotros realmente pensamos acerca de nosotros mismos. Por otra parte, las virtudes, además de ser componente esencial de un carácter completo y sólido, no solo necesitan ser adquiridas y desarrolladas sino que son herramientas existenciales de las cuales dependemos y necesitamos para poder sobrellevar, sostener, mantener y superar los avatares de la vida —añade el profesor al terminar su clase.

—Definitivamente es un hombre nuevo —comenta un asistente habitual de su clase.

—Absolutamente, para empezar su entusiasmo y su pasión están por las nubes —añade una joven morena y alta.

—Además, nos está dando mucho más de sí mismo. ¿Os habéis dado cuenta de lo que duran sus clases? Casi el doble del tiempo pautado y nadie ha dicho nada ni chistado al respecto —declara una de sus más ardientes seguidoras mientras el pequeño grupo de estudiantes lo ven alejarse en su vieja y oxidada bicicleta.

—Todo esto tiene que ver con una sola cosa: el amor. Así de simple.

—Está realmente mucho más feliz de lo que ha estado en mucho, mucho tiempo —reflexiona el líder del foro en Internet acerca de la clase del profesor.

CAPÍTULO 4

Cómo salir de malas situaciones
en un santiamén

Royal Cambridge Scholastic Institute (2018)
(Hogar de Erasmus y Victoria en el campus universitario)

—Hora de levantarse —le susurra suavemente al oído su voz tierna y llena de amor. Victoria siente el calor de su aliento y se estremece entre sueños. Lentamente, aún con los ojos cerrados, una sonrisa se dibuja en su rostro hasta que súbitamente sus brazos le abrazan y envuelven en un solo movimiento.

—Estás atrapado mi príncipe valiente —balbucea llena de deseo, se desliza hacia él hasta que su piel queda adherida y ceñida la una con la otra. La piel de Erasmus es tan cálida que la hace temblar. Sus piernas y brazos se retuercen a su alrededor, lo apretujan y sus cuerpos parecen fusionarse en uno solo. El semblante de Victoria refleja una inmensa felicidad, el suyo una sonrisa de saciedad continua.

Hace pocos días Victoria hizo la resolución de no levantarse tarde durante los días de diario.

«Ya basta de estar sola», se dijo cansada y todavía afectada por las cicatrices del sufrimiento durante la larga batalla librada por su difunto esposo contra la enfermedad.

Así que a partir de la semana en curso, Vicky se está levantando temprano en contra de sus enraizadas costumbres que pensaba eran buenos hábitos. Pero su gran sacrificio ha sido gratamente recompensado, ya que ahora todos los días pasa un par de horas con Erasmus en las calles del campus de la universidad, antes de que él empiece sus clases, además, un par de veces por semana aparcan su vehículo en el edificio de la facultad la noche antes de la clase, de esa manera, cuando llegan, bien sea en bicicleta o caminando, un poco antes de las 8 a. m., Erasmus la acompaña al coche, la despide y se marcha a clase, mientras ella se dirige a su propia clase en la universidad de Boston (BU), la cual queda a unos pocos minutos de distancia.

Hoy, pedaleando duro en contra del viento, su destino salta a la vista y es cuando Erasmus toma la decisión acerca de cuál va a ser el tema de su clase ese día.

—Vicky, ¿te acuerdas de la época en la que me obsesionaba con todo? —le pregunta Erasmus mientras entra al *parking* de la facultad.

—¿Cómo podría haberlo olvidado? Había momentos en los que te ponías como loco.

—Lo que quiero decir es si recuerdas qué hicimos para remediar el problema.

Vicky se detiene mientras hace memoria, pero rápidamente sonríe.

—Esas fueron unas circunstancias especiales y muy afortunadas —responde con recuerdos agradables.

—Ciertamente, de hecho así lo fueron —dice Erasmus confirmándolo.

—El señor L. —balbucea ella.

—Así es Vic, el señor L. —exclama ahora muy exaltado.

La pareja llega al *parking* de la facultad, Erasmus la escolta hasta el vehículo, coloca su bicicleta en el gancho del automóvil y, mientras le da un beso de despedida, ella le da ese pequeño empujón que lo envía a la estratosfera en términos de inspiración poética hacia su clase.

—Amor mío, ese memorable encuentro terminó siendo la perfecta prescripción que curó tus ocasionales arrebatos obsesivos. ¡Qué maravilloso regalo el que tienes para tu clase! Da lo mejor de ti a tus alumnos mi inspirado poeta.

Y así, el profesor Cromwell-Smith tiene un mayor brío en su pisada ya que su alma gemela le ha enviado a clase no solo lleno de inspiración sino también en un estado de nobleza mental y espiritual.

Royal Cambridge Scholastic Institute (2018)
(Aula Magna de la universidad)

El Aula Magna está llena y espera cuando el profesor entra en escena silbando. Por un breve instante contempla su clase con una mirada intensa y profunda.

—¿Cómo están esta mañana?

—Listos para usted, profesor —dicen al unísono un grupo de estudiantes.

—Alucinante —declara otro grupo distinto mientras el profesor se prepara para empezar.

—Con frecuencia en la vida nosotros somos nuestros peores enemigos. De alguna manera, en algún momento y lugar, nos las arreglamos para ser nuestro propio obstáculo en el camino y saboteamos nuestros senderos y puentes existenciales. En el día de hoy les llevaré a un instante en el que un excéntrico anticuario nos dio una gran lección acerca de cómo evitar comportamientos autodestructivos en la vida. Hubo un tiempo, durante mis días en Harvard, en el que estaba volviendo locos a todos a mí alrededor. Si me empecinaba en algo que captaba mi atención, me metía en ello de tal modo que el mundo y su gente, incluyendo Vicky, se volvían secundarios y hasta dejaban de tener importancia alguna para mí. Día tras día ponía a prueba la paciencia y la tolerancia de los demás y de la vida misma. Hasta ese día inolvidable que lo cambió todo.

—La historia empieza así…

Harvard (1976)

La rivalidad entre las universidades de Harvard y Yale es legendaria e interminable ya que se renueva cada año. Las dos instituciones educativas compiten a otro nivel y como los resultados varían constantemente nunca hay un claro vencedor entre ambas. En esta rivalidad feroz que las enfrenta constantemente está el corazón del fútbol americano.

New Heaven, Connecticut (1976)

Ese particular fin de semana, Erasmus acompaña a Vicky en el viaje que el equipo de fútbol americano de la Universidad de Harvard realiza contra la Universidad de Yale en New Heaven, Conneticut. Victoria, como la batuta, lidera la banda de Harvard con su usual destreza, energía y jovialidad, todo ello endulzado por el elixir del amor verdadero. No importa lo bien que lo hizo en sus previas ejecuciones como batuta en los partidos de fútbol, tampoco es relevante cuan bella, cuanta energía, carisma y alegría exhibió en el pasado, hoy su desempeño supera a todos los anteriores, luce más bella aún al exhibir adicionalmente un entusiasmo exuberante y fascinante. Sobre todo Victoria aparenta verdadera e inmensa felicidad.

Una vez cumplida su misión y libre de responsabilidades, la joven pareja está en posesión de unas horas libres para ellos solos antes de regresar. Victoria y Erasmus se dirigen a la pintoresca ciudad de New Heaven y de inmediato entran a ver una película francesa: *Los unos y los otros*, dirigida por Claude Lelouch con música de Michelle Legrand; un *tour de force* lleno de ballet, música clásica y *jazz*; una alegoría a las vidas de Rudolf Nureyev, Glenn Miller y Werner Von Karajan. A Victoria y Erasmus les gusta tanto la película que se convierte en una de sus favoritas de todos los tiempos. Es ahí donde se produce la primera pista que les envía la vida acerca de lo especial que es el día; están a punto de caer bajo el embrujo de la cultura francesa, de la cual la señora V., la mentora y anticuaria educada en Paris, le habló tanto de niño a Erasmus en su pueblo natal en el país de Gales. Pero los dos enamorados pasan por alto y no se percatan de la señal. Sin embargo, como pasa muchas veces en la vida, la próxima pista les llega inmediatamente después.

—Erasmus ¡mira!, *Boulangerie & Bistró*, ¿por qué no comemos algo allí?

Poco después, mientras se sientan en el restaurante tipo familiar, con un ambiente cálido e íntimo, con sillitas y mesas pequeñas, Vicky le sorprende de nuevo:

—En mi ciudad natal tenemos una *boulangerie* como esta, yo crecí con pan y pasteles franceses calientes y recién hechos —dice y empieza a pedir de inmediato.

—Queremos un par de *croissants* de hojaldre, calientes y crujientes; nos trae también mermeladas de fresa y naranja, mantequilla francesa y dos *café au lait* por favor. Ah, antes de que se me olvide, traiga también un *croissant* de chocolate para compartir. Gracias.

Todo esto ocurre enfrente de Erasmus quien la contempla con cara de asombro aunque su semblante está sereno y feliz. Vicky acaba de ordenar en una ráfaga de palabras todo lo que van a comer sin considerar nada distinto. Ni siquiera la secuencia natural de los platos del menú, ya que terminan comiendo el postre antes que la comida.

—Vic, esto parece un ritual para ti —observa divertido Erasmus.

Victoria simplemente se ríe entre dientes, ella es así y a Erasmus le encanta tal como es, también le encantan los *croissants*, especialmente cuando se deshacen en su boca. Distraído, cuenta más de veinte clases distintas de pan a la venta. A continuación, ella ordena como plato principal una sopa *Bouillabaise*, que aun cuando parece poco en realidad es una comida completa. Es deliciosa, pesada de digerir y les llena rápidamente. Todo encaja perfectamente, ya que mientras tanto hablan y se ríen sin parar, dentro de su propio mundo. Es ahí cuando sucede: por la ventana ascienden lentamente una serie de bandejas propulsadas por una correa; tienen una separación de cincuenta centímetros entre ellas, pero lo que captura toda la atención de Erasmus son los libros que yacen en ellas y que están siendo trasportados hacia arriba. Cuando Vicky se percata de la expresión obsesiva en su rostro, con el cuello tenso y sobreexcitado, la alarma cala rápidamente a través de todo su ser.

«Oh no, de nuevo lo mismo, ¿de qué se trata esta vez?»

En ese momento se gira hacia la ventana y de inmediato se sorprende tanto como él.

—Cariño, ¿esos son?

—Libros antiguos, Victoria —responde Erasmus mientras le hace señas a la camarera.

—Ahora tenemos que averiguar por qué transportan libros tan valiosos de una manera tan peculiar —dice maravillado.

—Disculpe, ¿a dónde van esos libros? —pregunta Erasmus con tono curioso a la camarera.

Ella sonríe, como si la pregunta se la hubieran hecho miles de veces con anterioridad.

—Ese es el ascensor de carga del señor Lafayette. Es una manera astuta de promover su librería llamando la atención de visitantes como ustedes, con la esperanza de que se conviertan en clientes de verdad —les explica.

—¿Vende libros antiguos? —pregunta Vicky, incrédula y sorprendida.

—La librería de libros antiguos Lafayette se estableció hace ciento cincuenta años, fundada por el bisabuelo en la ciudad de New York, pero el señor Lafayette se mudó aquí hace algunos años porque el valor del local donde estaba ubicado el negocio en New York se tornó demasiado costoso, por lo que lo vendió y compró este edificio. Poco antes de instalarse decidió alquilar la planta baja, en este caso a nosotros, para asegurar la permanencia de su negocio de libros. Mucha gente ha tratado de comprarle la propiedad, pero no la vende.

La sopa estaba todavía a medio terminar cuando Erasmus puso un billete de diez dólares en la mesa, toma de la mano a Vicky y se marchan con un paso firme del restaurante; una vez fuera caminan con prisa y nerviosismo alrededor del edificio hasta que encuentran las escaleras que empiezan a subir con pasos precipitados. Erasmus va literalmente arrastrando a su media naranja con él, hasta que llega al final. Allí ven el letrero por primera vez: *Lafayette Anticuarians. Los mejores libros antiguos de la ciudad* (Desde 1867).

—Vic, nunca hubiéramos conocido este lugar sin tu antojo de hojaldres crujientes untados con verdadera mantequilla y mermelada francesa —le dice entusiasmado mientras entraban en la librería. —Esto no es una coincidencia. ¿Por qué una racha de buena suerte en el día de hoy? —se pregunta en voz alta mientras camina alrededor de la librería, finalmente entendiendo el significado de las pequeñas pistas que la vida les va dejando a lo largo del día, hasta que inexorable y mágicamente han determinado el lugar que estaban predestinados a conocer desde un principio.

La librería es de una belleza clásica. Es, además, enorme en tamaño y altura. Del suelo al techo está forrada en maderas de caoba y roble. Todos y cada uno de los libros están perfectamente alineados y arreglados en las estanterías. También el aroma del lugar es notoriamente distinto: el aire no es pesado ni está lleno de polvo, sino fresco y limpio, con olor a rosas y jazmín.

—Parece la biblioteca privada de una casa de la nobleza británica —observa Erasmus sobrecogido por el entorno que les rodea.

—Nunca he visto algo igual en la vida, para mí este lugar parece un museo —responde Vicky con candidez e ingenuidad, a la vez que se siente un poco perdida con la enorme exhibición de escritos antiguos que tiene frente a sí.

Le ven por primera vez sentado en un sofá al lado de la ventana, a su lado hay una lámpara de pie de bronce que proyecta un haz de luz blanca, intensa y brillante. El anticuario fuma en pequeñas bocanadas, utiliza una pipa clásica con la boquilla en curva y está totalmente absorto en las páginas que tiene frente a sí. Mientras se acercan hacia él pueden oír la música de fondo; suena una poderosa voz femenina, cantando a todo pulmón, haciendo énfasis en las *erres* deslizantes, dándole aún más fuerza a la canción.

—Esa que canta es Édith Piaf —dice Erasmus sin ni siquiera pensarlo, solo reaccionando a sus recuerdos de la infancia y las innumerables horas que pasó con su francófila mentora, la querida señora V. —Una de las más grandes, quizá la cantante francesa más grande de todos los tiempos —añade.

Cuando el señor de la librería finalmente se percata de la presencia, como apenado, se levanta bruscamente. Es entonces cuando echa un primer vistazo a sus clientes potenciales, e inmediatamente se pone tenso al desinflársele sus expectativas. Ahora, totalmente erguido, su enorme tamaño se evidencia.

«Fácilmente de 2.10 a 2.15 m de altura», piensa Erasmus.

Su apariencia es mediterránea: piel ligeramente bronceada, cabello azabache y ojos verdes y profundos.

Piedmont Lafayette estudió arte y literatura en la Universidad de Columbia, tiene dos hijos adultos y ha estado casado más de treinta años con una bailarina francesa. Un atleta innato desde niño, además de ser un gran futbolista en su juventud, también destacó en el baloncesto; cuando estaba a punto de empezar una carrera en la liga profesional, la NBA americana, una lesión en la rodilla descarriló definitivamente sus planes como atleta profesional. Lafayette permaneció inactivo mucho tiempo y poco después se enamoró del mundo de los libros antiguos y por ende de la tradición familiar.

—Bienvenidos, ¿en qué les podría ayudar? —les pregunta cautelosamente con voz grave.

—Estamos de visita en la ciudad con nuestro equipo de fútbol —responde Erasmus, quien está todavía en trance.

—¿Harvard? —les pregunta, confirmando para sus adentros que el par de jóvenes no solo están de visita, sino que le van a hacer perder el tiempo.

«Estos dos no tienen idea o aprecio alguno acerca del valor de los libros, mucho menos de aquellos tan antiguos como la colección que yo tengo aquí», piensa para sí mismo ya exasperado, mientras pondera cómo deshacerse de ellos lo más pronto posible.

Vicky percibe las corrientes subterráneas que bullen dentro del gigantesco anticuario y lo entiende mejor que él mismo.

«Qué mala suerte, no hemos podido venir en un peor momento, apostaría que no ha entrado un cliente en horas y nosotros vamos a ser los únicos receptores de sus frustraciones, ya que se dio cuenta de que no vamos a comprar nada», reflexiona Vicky con absoluta certeza.

Pero Erasmus ya se encuentra en otro mundo, completamente ajeno a las ocurrencias mundanas del obvio lenguaje del cuerpo y el enorme ego mercantilista de su anfitrión, por lo cual marcha hacia delante antes de que Vicky pueda alertarlo.

—¿Quizá usted tenga algo que permita superar los filtros y obstáculos creados por uno mismo? —pregunta Erasmus contemplando intensamente a Vicky y como si estuviera revelando una opinión acerca de sí mismo que nadie le ha pedido.

El rostro del inmenso anticuario se vuelve incrédulo y sorprendido.

—Disculpe —interrumpe Vicky y se involucra impulsiva en la situación.

Ambos hombres dirigen su foco de atención hacia ella y especialmente a su tono de voz.

—Señor anticuario, ¿hay algo acerca de una lectura que le permita a uno salir de situaciones que le obsesionan y ofuscan? Algo sobre cómo detener esos comportamientos —suelta espontáneamente y aun cuando lo hace con un ligero tono acusatorio, ahora sí da en el clavo, exactamente, lo que quiso decir Erasmus.

Ahora son Vicky y el señor Lafayette los que contemplan a Erasmus, pero este todavía no se da cuenta, ni siquiera un poco, ya que continúa mirando hacia delante con ojos fijos y decididos.

Luego, el excéntrico anticuario los observa con curiosidad e interés.

—Muchachos, yo no soy consejero, lo que hago es vender libros antiguos de gran valor literario y en muchos casos de valor económico.

Gracias a Dios que, de inmediato, capta las expresiones decepcionadas en los rostros de la joven pareja y esto le afecta para bien.

—Pues bien, ¿por qué no empezamos desde el principio?, ¿qué les hace pensar que una librería de libros antiguos es un buen lugar para buscar consejos? —el intrigado anticuario les pregunta con un nuevo tono afectuoso que sirve para romper el hielo entre ellos, por lo menos por un instante.

—No estamos a la búsqueda de consejos, sino que nos permita leer algunos de sus manuscritos —declara Erasmus asertivamente y todavía con determinación.

—¿Y entonces por qué no me lo pidieron desde el principio? —pregunta abruptamente el señor L., su malhumor disipado y su cambio de actitud para bien ya es definitivo.

—¿Es algo que ustedes hacen habitualmente? Es decir, visitar librerías de libros antiguos para leer —dispuesto y divertido, pero algo incierto, pregunta el anticuario.

Una pausa sigue y una vez más Vicky salta al rescate de su distraído y taciturno compañero de vida.

—Él ha hecho precisamente eso toda su vida —dice ella, intercediendo por Erasmus una vez más.

—¿Así es la cosa? —Lafayette pregunta con un nuevo tono de respeto al reconocer a un miembro del exclusivo club de lectores de libros antiguos.

—De haberlo sabido desde el principio —declara Lafayette percatándose de que su pensamiento inicial acerca de la juventud de Erasmus nubló por un instante su buen juicio, provocando un mal comportamiento por su parte.

«Es probable que sea uno de estos jóvenes superdotados», el señor L. razona tratando de limpiar su mente de ideas preconcebidas y de contener sus impulsos.

—Debemos asumir que usted es el señor Lafayette, ¿correcto? —pregunta Vicky, tomando la iniciativa y empezando todo desde el principio.

—Así es, y ¿con quién tengo el placer de hablar? —pregunta el anticuario, ya más relajado, pero ahora con el tono de alguien con objetivos claros.

—Victoria y Erasmus —responde rápidamente, deseosa de expresar su próximo punto.

El anticuario asiente con un movimiento casi imperceptible y una expresión de continua curiosidad.

—Erasmus es oriundo de Hay-On-Wye —suelta ella de repente e instintivamente.

El señor Lafayette sonríe con ojos sorprendidos y labios retorcidos, mientras asiente en trance total.

«Ahí lo tienes, ¿estás satisfecho ahora?», se regaña para sus adentros.

—Y presumo que creció en lugares como este, ¡claro que sí! —declara el anticuario Lafayette completando la sentencia de Vicky. Sus palabras en esta ocasión le vienen del corazón y su sonrisa se torna amplia y distendida.

—Y algunos de los dueños de las librerías han sido sus mentores toda su vida —añade Vicky ante un anticuario que ya lo comprende todo.

—Pues bien, ¿qué es lo que ustedes preguntaban con anterioridad? —dice el anticuario gigante distraídamente mientras se aleja caminando con grandes zancadas.

«Él ya sabe exactamente qué nos va a leer y dónde buscar el libro antiguo en el que se encuentra. El señor L. presta atención a todo, aun cuando a primera vista no lo parece», observa Vicky con su impecable instinto mientras analiza su reacción.

En un abrir y cerrar de ojos regresa con dos libros de bolsillo.

—Vamos a ver. Tengo aquí la perfecta poción mágica para deshacernos de la obsesión y la ofuscación constantes que afligen a Erasmus, no es un escrito tan antiguo como muchos otros que hay aquí, pero su sabiduría es eterna. Permitirme leerlo...

Espabílate, sal de la situación
Hay momentos en la vida
que nos abruman y agobian de tal manera,
que se apoderan de nuestras entrañas,
y de repente nos estamos desmoronando por dentro
sin tener idea alguna
de cómo hacer frente a las circunstancias,
el momento o la situación.
Algunas veces,
son simplemente dudas que nos invaden,
o angustias que se esparcen por todo nuestro ser,
o sudores fríos y miedos paralizantes.
Otras veces el impacto
es más contundente y profundo,
ya que podemos estar llenos de dolor,
sufriendo por la pérdida de un ser querido.
Pero en la vida moderna,
los catalizadores que siempre prevalecen
son la presión y el estrés,
inducidos por el enorme peso

de las responsabilidades
que nos echamos encima,
en conjunto, con el ritmo frenético
y neurótico de la vida que llevamos.
Pero qué tal,
si ante ello,
¡simplemente nos espabilamos!,
y nos escapamos, rompiendo con la situación,
y lo hacemos dentro de nosotros mismos,
congelando las imágenes que nos rodean,
deteniendo la película existencial desde fuera,
simplemente congelándolo todo en nuestra mente.
Y así nos separamos completamente
de la circunstancia en la que estamos.
De esta manera podemos entonces
enfocarnos en lo que tenemos y no en lo que no,
así como, centrarnos en lo que poseemos,
no en lo que perdimos;
podemos así soñar en lo que deseamos,
visualizando cómo iremos tras ello
con todo nuestro ser.
Espabilémonos, salgamos de la situación,
hagámoslo dentro de nosotros mismos,
sin miedos ni dudas,
siempre recordando,
que las palabras renunciar
o abandonar a medio camino,
no existen en nuestro vocabulario.
Salgámonos entonces de la situación,
dentro de nosotros mismos,
automáticamente, desde el momento
en que surjan las circunstancias,
hagámoslo sin demora,
ya que hay que atraparlas al vuelo
y antes de que estados de ánimo venenosos
y paralizantes, se apoderen de nosotros.

Ahora relajémonos,
dejemos a la situación irse de nosotros.
Contemplando calmadamente
a las imágenes que hemos congelado,
desde fuera.
Y mientras liberamos
nuestra mente y nuestro espíritu,
empezaremos a entender cuáles son
los mecanismos que hemos utilizado
para sobrellevar el estrés, la angustia
y el miedo que la vida
moderna causa y conlleva.
¿Cómo lo hicimos?
¿Focalizando una sola cosa y nada más?
De ser así entonces lo hicimos
en un estado contemplativo, o tal vez
¿lo hicimos simplemente estando conscientes
y apartándonos de la situación?
O lo hicimos gracias a congelar
el momento o la circunstancia,
deteniendo en nuestras mentes
el quehacer cotidiano
y congelando la imagen o la película existencial.
O acaso ¿lo hicimos con todas ellas?
Por último, el análisis
de cómo logramos salirnos de la situación,
es relevante únicamente
en cuanto al tipo de sendero,
que tomaremos la próxima vez,
y lo que realmente importa,
es que ahora sabemos cómo espabilarnos y
salir del momento y de la situación.
Por ende, en adelante sabremos también
cómo conquistar
las circunstancias de la vida,
antes de que ellas nos conquisten a nosotros.

Cuando el señor L. termina la lectura en el magnífico recinto revestido todo de roble y caoba, se encuentra con Vicky mirando intensamente a Erasmus, como esperando su aceptación y entendimiento.

«Si realmente prestó atención, esto le va a ayudar mucho», masculla para sus adentros con su infalible instinto.

—Así que no se trata de perder los estribos y el control por todo lo que nos agobia, sino de salir de las situaciones para tomar el control de nosotros mismos y de las circunstancias que nos afectan —añade el señor L. dirigiéndose a Erasmus, ya que percibe, correctamente, que el escrito está dirigido a él.

Erasmus, mientras tanto, está librando una batalla interna con sus propios demonios:

«Erasmus, piensa en esta técnica como una válvula de escape, un mecanismo de seguridad, un freno de emergencia que te detiene desde el principio, como prevención para que las cosas torcidas ni siquiera comiencen. La idea es que te cortes a ti mismo antes de caer en ese mundo en el que estás a punto de sumergirte, especialmente uno de esos lugares donde eres tu peor enemigo».

—Está bien, lo entiendo —declara Erasmus finalmente espabilado y entregándose a los deseos de Vicky. —Ok Vicky, lo haré, te prometo que lo voy a hacer.

—Victoria, aquí está el segundo de los escritos, versa de espíritus despejados y soñadores —le anuncia el señor L. deseoso de continuar.

El anticuario empieza a leer un escrito antiguo que comienza en los techos de la ciudad de Londres.

El deshollinador
En una noche oscura y sin luna,
el deshollinador lo contempla todo
desde los techos inclinados
de la ciudad dormida.
Y en una concurrencia eterna
del magnífico universo,

millones de estrellas brillan en lo alto
y adornan como bellos ojos titilantes
el cielo nocturno,
con resplandecientes destellos
e infinitas tonalidades de blanco
que iluminan todo.
Con su labor ya completa
habiendo limpiado y destapado
las chimeneas y los espíritus
de los habitantes de la gran metrópoli,
el Deshollinador está a la espera
del espectáculo que está a punto de comenzar.
Mientras la gran metrópoli
cae en un sueño profundo
sus puntos de partida,
sus puertos de salida,
y sus plataformas de lanzamiento
están listas,
libres de escombros,
impedimentos y obstáculos.
La ciudad y sus habitantes
están listos para empezar a soñar.
Y así es como empiezan,
primero unos pocos, luego una avalancha,
los sueños de la gente
salen disparados a toda velocidad
e ininterrumpidos, desde las chimeneas
hacia el cielo de la noche,
volando como proyectiles,
directos hacia el firmamento y el universo,
y en ellos van los sueños
de los habitantes de Londres
mientras estos duermen,
de camino hacia el espacio eterno,
y en dirección a los ojos vigilantes
de millones de estrellas,

que por ellos esperan de manera infinita,
en los confines del universo
donde los sueños residen por doquier.

—Todos necesitamos en la vida de nuestros deshollinadores para liberar y limpiar nuestro espíritu, y así soñar que volamos sin límites hacia el infinito y hacia los destinos más remotos del universo — declara inspirado el señor L.

Después de ese memorable encuentro, de allí en adelante crece un bello lazo entre el señor L. y los dos enamorados. Aun cuando infrecuentes, sus visitas se repiten cada vez que el equipo de fútbol de Harvard tiene algún partido remotamente cercano a New Heaven. Y tal como predijo Victoria, la relación entre el señor L. y Erasmus se convierte en una parte intrínseca en la vida del futuro poeta y profesor, ya que la sabiduría y buen juicio del señor Lafayette son una luz en el camino de Erasmus durante sus años de soledad.

Royal Cambridge Scholastic Institute (2018)
(Aula Magna de la universidad)

El Profesor Cromwell-Smith devuelve a su clase al presente, pero muy pocos estudiantes desean retornar a la realidad.

—El encuentro memorable con el señor Lafayette no solamente nos dio un par de invalorables herramientas existenciales, sino que puso en evidencia nuestra fiabilidad. Clase, lo que nos ocurrió a Vicky y a mí les podría pasar también a cualquiera de ustedes. Así que para evitarlo, salgan de la situación, detengan la película y contémplenla desde fuera. Salir del momento les permitirá observar los hechos y esto les facilitará que cuando vean el día, camino y circunstancia que tengan por delante, estén libres de ustedes mismos bloqueando y hasta saboteándolo todo.

«Todos quieren más», se percata el profesor al observar las miradas expectantes de sus estudiantes.

—Para que nuestros sueños vuelen sin impedimentos todos tenemos que hacer un esfuerzo deliberado para limpiar constantemente nuestros espíritus —declara el profesor dando la clase por terminada. —Jóvenes, la próxima semana vamos a viajar hacia atrás en el tiempo a un día en particular cuando Vicky y yo conocimos a un residente muy peculiar a las afueras de la ciudad de Boston. Un personaje muy especial que cambió nuestras vidas para siempre.

Una vez que el profesor se marcha, sus estudiantes parecen estar tratando de salir de la situación para contemplarla desde fuera o preparándose para volar hacia el firmamento infinito, tal como los soñadores lo hacen también.

CAPÍTULO 5
La Fe

Royal Cambridge Scholastic Institute (2018)
(Hogar de Erasmus y Victoria en el campus universitario)

Erasmus se despierta repentinamente temprano, de madrugada, al acercarse el amanecer.

—¿Qué pasa cariño? —pregunta Victoria angustiada.

Erasmus está bañado en sudor y con ojos vidriosos y desorientados.

Lentamente recupera la consciencia y la reconoce para su gran alivio.

—Tuve un mal sueño —le responde todavía soñoliento.

De inmediato, un gesto de preocupación se dibuja en el rostro de Vicky, seguido de una mirada con determinación.

—¿El mismo sueño? —le pregunta.

—Sí —responde con un tono de frustración e impotencia.

—Erasmus, mírame a la cara —Victoria le dice sosteniendo su rostro entre sus manos.

—No voy a ninguna parte. De tu lado no me muevo nunca más cariño. Erasmus, tienes que tener fe —le dice con convicción mientras él asiente avergonzado, pero las palabras de Vicky han logrado que olvide la pesadilla y disipan el miedo.

No mucho después, con sonrisitas y carcajadas, pedalean a través de las calles del campus con un clima fresco de otoño y zigzaguean con una cadencia distendida como si nada hubiera ocurrido esa mañana.

—Yo nunca la perdí —le dice ella inesperadamente.

En esta ocasión Erasmus no contesta pero el lenguaje de su cuerpo denota un interrogante. Y mientras se acercan al edificio de la facultad, tal como es costumbre entre ellos, Erasmus tiene una de sus típicas inspiraciones.

—Recuerdas, Victoria, cuando conocimos al señor Faith —le pregunta un inspirado Erasmus.

—¿Quieres decir Thomas Albert Faith? —pregunta Victoria deleitada.

«Por supuesto que lo recuerdo», se responde pasiva y a la vez optimista.

—Qué magnífica idea, si pudieras describir lo que pasó en esa inolvidable sesión, tus alumnos van a recibir una gran lección y mucha sabiduría por tu parte en el día de hoy. Solo quiero que seas tú mismo. Eso será suficiente —dice dándole ese empujoncito adicional al cual el erudito profesor tanto se ha acostumbrado.

Royal Cambridge Scholastic Institute (2018)
(Aula Magna de la universidad)

El Aula Magna está completa y lista cuando el profesor Cromwell-Smith irrumpe en el escenario lleno de energía.

—¡Hola Clase! ¿Cómo están todos en el día de hoy?

—Alucinantemente geniales, ¡Profesor! —responde el igualmente motivado alumnado.

—En esta sesión, conocerán a alguien muy especial que nos cambió la perspectiva de la vida, tanto la de Vicky como la mía, algo que, especialmente yo, necesitaba de forma desesperada en aquel momento para poder crecer y hacerme más fuerte emocional y espiritualmente. Empieza así...

Zona residencial de los suburbios de Boston (1976)
Victoria y Erasmus han remado durante horas en el río Charles. Su cadencia y ritmo son lentos y constantes, el bote es incómodamente estrecho pero excitantemente rápido. La pareja rema con una impecable coreografía sincronizada, a la par de excelente nivel de forma física. En su travesía se detienen varias veces: primero para almorzar en un pequeño restaurante de pescados al lado del río donde, llevando la ropa de remero, se sientan a comer muertos de hambre.

—Me encantan todas las cintas de colores tejidas en tu pelo — Erasmus le dice en tono galante.

Ella sonríe con picardía.

—Y a mí me gustaría cambiar de lugar contigo cuando regresemos al bote —responde retándolo.

—¿Qué dices? —pregunta Erasmus sin entender.

—Así es, ahora me toca a mí tenerte a ti frente a mí como vista principal.

Erasmus sonríe encantado con su vivaz musa.

—¿Nunca habías probado la sopa *New England Chowder* hasta que llegaste a Boston? —le pregunta Victoria en tono de burla mientras engulle con hambre cucharadas enteras del famoso plato.

—Así es —responde él tragando aún más rápido que ella.

La segunda parada la hacen en un enorme invernadero de cristal al borde del río. Ambos lo admiran no solamente por lo inusual de su ubicación, sino también por su densa frondosidad y sus vivos colores.

El jardín interno es aún más bello por sus magníficos senderos en forma de laberinto.

Al doblar una esquina adornada por flores, se encuentran con un hombre leyendo un libro enorme que yace en lo que parece ser una mesa de pícnic, el lector está sentado en un banco de madera; la joven pareja se detiene de inmediato a contemplar el objeto de su interés. Erasmus le dedica toda su atención al libro de cantos dorados y porque está forrado en cuero.

—Ese es un libro sumamente viejo —observa en voz alta. —Me pregunto cómo es que lo tiene aquí, al aire libre, y a la intemperie, rara vez o nunca se ve algo así —Erasmus comenta con perplejidad.

El lector por su parte está tan absorto en lo que lee que al principio no se percata de su presencia. Sin titubear, Erasmus empieza a caminar en su dirección pero el sonido de sus pisadas arrastrando las piedritas sueltas llama la atención del ensimismado lector y le sacan de su trance. Es un hombre corpulento que les mira brevemente de reojo e instantáneamente se levanta y, acunando el libro con sus brazos extendidos haciendo de bandeja, se marcha apurado. Erasmus y Vicky le siguen manteniendo una distancia prudente. El hombre fuerte y con pelo de rizos castaños camina a través de las calles estrechas con pasos cortos, rápidos y nerviosos, como si estuviera poseído por algún tipo de temor.

«Está protegiendo el libro», piensa Erasmus mientras le observa entrar en una librería.

—Esperemos aquí —declara Erasmus mientras agazapados quedan a la espera.

Pocos minutos después, el hombre fornido sale de la librería, les lanza un vistazo rápido y se marcha de inmediato; ya no lleva el libro con él. Titubeantes, los dos jóvenes se acercan por un lado a la librería; lo que no saben es que les espera una gran sorpresa. Al pararse frente a la fachada de la librería ven un letrero con el nombre del negocio: *Faith Antique Books & CO.* (Desde 1907), (*La Fe, librería de libros antiguos*).

En la puerta, hay un letrero que dice:

«Pregunte por un limitado número de nuestros libros antiguos disponibles en alquiler».

«Eso lo explica todo», razona Erasmus pensando en el hombre que leía el libro antiguo al aire libre.

—Erasmus, ¿acaso esta librería solo vende libros antiguos de tipo religioso? —pregunta Victoria mientras se acercan al escaparate.

—Es perfectamente posible que así sea, ya que hay suficientes libros antiguos sobre el tema, pero no necesariamente es así, ya que la fe no es un tema estrictamente religioso.

Erasmus abre la puerta con vacilación; el timbre que los anuncia le recuerda a su niñez paseando por las innumerables librerías de libros antiguos en su ciudad, muchas con los mismos sonidos, olores y diseño de planta. Pero el lugar que tienen frente a sus ojos no se parece en nada a lo que esperaban. Es imponente, crudo y moderno. Está hecho todo de metal cromado y cristal. Tiene diez filas con pasillos largos que empiezan en la entrada de la librería. El techo tiene unos diez metros de altura y todas las estanterías llegan hasta él y están hechas de metal cromado y cristal, también.

—Esta es la primera vez que veo algo así en los treinta años que paso por este lugar —declara a sus espaldas un hombre calvo, grueso y de mediana estatura con una voz de tono elevado. Su rostro luce solemne pero a la vez divertido.

A Vicky y a Erasmus los agarran desprevenidos esas palabras, por lo que se dan la vuelta de manera torpe y brusca. Están confusos y perplejos.

—Lo que quiero decir es que nadie aparece por aquí con ropas de remeros —la pareja de jóvenes se ríe a carcajadas desahogando cualquier tensión que se hubiera podido acumular entre ellos, pero ahora les toca preguntar.

—También esta librería es la primera de su clase que hemos visitado. —declara asertivamente Erasmus.

—¿Y cómo es eso? —pregunta intrigado el anfitrión.

—Una librería enfocada en asuntos de la Fe —declara con locuacidad Erasmus.

Ahora es el turno del dueño de la librería para reír con ganas, larga, sonora y distendidamente. Graduado en la escuela de negocios en la Universidad de Harvard, trabajó como banquero de inversión para una firma importante de Wall Street. Durante más de una década estuvo asignado a Londres donde conoció y se casó con su segunda esposa, una anticuaria que lo introdujo en lo que se convirtió en su pasión: el mundo de los libros antiguos, lo cual con el tiempo le hizo abandonar el mundo de las finanzas para siempre.

—Faith (La Fe) es mi nombre, me llamo Thomas Albert Faith y en esta librería ofrecemos libros de todo tipo y clases, principalmente de temas acerca de la vida.

—Yo me llamo Erasmus Cromwell-Smith.

—Yo soy Victoria Emerson-Lloyd.

—Me imagino que ustedes tienen preferencia por el tipo de tesoros que ofrecemos en este lugar.

—Ciertamente, así es, señor.

—Llámenme señor Faith por favor. Entonces, ¿en qué les puedo ayudar? Presumo que mi servicio incluirá despacho dado que su medio de transporte no está protegido de la lluvia.

«Me encanta como habla. Es directo, afectuoso y desde el principio nos ha colocado en el centro del universo. La verdad es que me gusta mucho. Apostaría a que Erasmus y él van a tener una relación a largo plazo también», reflexiona Vicky gracias, una vez más, a su impecable instinto.

—Señor Faith, estábamos preguntándonos si le sería posible compartir con nosotros algunos de sus escritos antiguos en un tema en particular.

—Y, ¿cuál sería el tema?

—Erasmus tiene dificultad con ese tema todo el tiempo —interrumpe abruptamente Vicky ante la oportunidad que se le presenta para lidiar con cosas pendientes entre ellos.

Ante la futilidad de lo que significaría oponerse, Erasmus se inclina hacia atrás con una expresión de capitulación, además, su interés principal es experimentar el mundo de las escrituras antiguas. El tema a ser cubierto es menos importante mientras el anticuario sea su guía. Pero Erasmus no tiene idea de cuan errado es su pensamiento, mucho menos en lo que se está metiendo.

—Señor Faith usted va a encontrar el tema divertido, ya que está empapado de él como nosotros lo estamos de una serendipia.

La breve pausa está llena de misterio mientras Vicky contempla a su anfitrión con ojos intensos y determinados.

—Faith (La Fe) —dice finalmente ella.

—¿Si? Le pregunta.

—No, Faith (La Fe) —insiste Vicky.

—¿Qué? —la pregunta tiene confundido al señor F.

—El asunto que se le hace difícil a Erasmus, constantemente, es el tener fe, ¿tendría usted algún escrito antiguo que fuera lo suficientemente impactante como para hacer mella en su cabeza dura y así darle un mínimo de claridad existencial a mi compañero?, ¿sería posible o es que acaso la única fe que existe aquí es usted? —pide con expectativa y gozo mientras Erasmus se arrepiente al darse cuenta en lo que se ha metido.

El Señor Faith sonríe con sus labios apretados y una expresión placenteramente divertida, con la cual parece indicar que le han tomado el pelo sin darse cuenta en absoluto.

—Voy a compartir algo con ustedes que he atesorado toda mi vida.

El Sr. F. se marcha dando brinquitos hacia los lados, camina por la segunda fila de estanterías, se detiene a mitad de camino y sube una escalera hasta que está a unos siete metros de altura, allí saca un pequeño libro color azul y se lo muestra agitándolo en el aire. Poco después, el señor F. está sentado con ellos en una pequeña mesa hecha también de metal cromado y cristal como el resto de su librería, y deseoso empieza a leer.

La Fe

La fe es una fuerza celestial que invocamos deliberadamente para profesar nuestros credos con intensidad incontable.

La fe transforma nuestras creencias en una fuerza interna imparable que se convierte en nuestro motor espiritual y nos dota de una bondad continua y un alma generosa.

La fe es la conciencia del espíritu y la razón del alma.

La fe es la fuente indispensable para una vida con sentido.

La fe es vasta y compleja, ya que desde sus raíces contiene preguntas existenciales que no tienen respuesta, tales como el enigma de la creación y el misterio del llamado a servir al Creador por vocación divina.

La fe es la reafirmación de que aun cuando hay interrogantes acerca del origen de nuestro universo para los cuales no tenemos explicación, ni tenemos pruebas de cómo fue creado, ni dónde vamos después de nuestro viaje por el planeta Tierra, decidimos, de todo corazón y empecinadamente, creer en la existencia del Creador de todo lo que nos rodea, inclusive de nosotros mismos.

La fe también es la creencia inmutable, imparable, empecinada, indomable que no cabila, vacila o titubea, en que hay una razón y un propósito dictado por nuestro Creador para que nosotros estemos aquí.

Cuando tenemos fe atraemos lo etéreo en todas sus dimensiones espirituales hacia nuestro planeta Tierra.

La fe es a veces individualista, ciega o está mal canalizada.

En esas ocasiones, la vida nos da señales de cautela a través de alarmas que se disparan y presagian desgracia, peligro y futilidad, a las cuales sí nos importará prestarles atención, ya que nos anunciarán el nefasto e inevitable resultado que podrá ocurrir.

La fe individualista que profesamos aislados en un cascarón en un mundo en el que a nadie le importan los demás sino únicamente ellos mimos, la fe se convierte en algo vacío y falso. La fe individualista prospera detrás de escudos y muros hechos de debilidades e inseguridades, erigidos para crear una separación con el mundo exterior a través de sentimientos de lástima por nosotros mismos, además de creencias egocéntricas que no son sino visiones tubulares de nuestra mente, iguales a los espejismos de un desierto. El mundo de las sombras, tinieblas y la más absoluta oscuridad nos espera cuando la fe es ciega. Esta, sin un periscopio hacia la superficie puede llevarnos por caminos llenos de consecuencias peligrosas y no deseadas.

Cuando la fe es mal canalizada, la vida rápidamente pierde su compás y propósito. Sin timón, ni dirección somos propulsados hacia pasiones ficticias, creencias falsas y trayectorias tambaleantes, donde, si las circunstancias prueban ser dañinas o perniciosas, la fe se convierte entonces en una locomotora fuera de control que inexorablemente descarrila, se estrella y explota en llamas.

Por el contrario, la fe es auténtica cuando se origina y es llevada a cuestas por la virtud, por nuestro Creador o por ambos. Ninguno de nosotros nacemos con fe o virtud, ambas tienen que ser adquiridas y las dos crecen y se desarrollan juntas, alimentándose la una de la otra. Y la fe, en particular, se añeja con el tiempo como un buen vino a través de nuestra empecinada determinación de ir en búsqueda, a través de un esfuerzo intenso y disciplinado, de la virtud y la excelencia, motivada por una creencia inalterable e inexpugnable en el Creador de todas las cosas sobre la Tierra.

Cuando tenemos fe,
vemos luz en las tinieblas,
damos amor cuando hay odio,
proveemos de compasión
cuando hay sufrimiento y dolor,
proveemos de la cura cuando hay heridas,
mostramos lealtad cuando hay traición,
nos reconciliamos con entusiasmo
cuando hay conflictos,

estamos siempre dispuestos a perdonar
cuando hay dolor,
nos sacrificamos y renunciamos
por aquellos que lo necesitan más,
nos levantamos a la altura de la situación cuando las cosas no
pudieran estar peor, nos adaptamos, concedemos y acomodamos
cuando las circunstancias lo requieren, siempre somos austeros,
humildes, agradecidos y anónimos en nuestras obras y acciones,
nuestro corazón es puro y cristalino, feliz y pleno y confiamos
ciegamente en lo que nuestro Creador nos enseña
y espera de nosotros.
Cuando tenemos fe aclamamos a la humanidad y a la vida,
elevando nuestra existencia al llamado Celestial a servir, lo que
adquirimos a través de nuestro credo y nuestra conversión, a través
de un propósito noble de espíritu y de un significado llevado por la
mano de Dios a nuestra alma.

Al terminar el señor F., las poderosas palabras flotan en el aire y a
través de su librería.

—Joven Erasmus, usa la fe como una fuente de fortaleza interior,
te enseñará no solamente a tener fe en tu Creador, sino que te
ayudará a despejar los obstáculos que la vida te pueda poner en el
camino. La fe es también el mejor recurso para neutralizar y
superar las dudas, la indecisión y especialmente los miedos.
Erasmus, mientras más fe profeses más crecerás como hombre.

Royal Cambrige Scholastic Institute (2018)
(Aula Magna de la universidad)

Reacio, el profesor Cromwell-Smith trae de regreso a sus
estudiantes.

—Clase, la fe es la más fuerte, profunda, indomable e
inquebrantable de las creencias de un ser humano. A través de la fe
se superan las penas más grandes, los dolores y las devastadoras
pérdidas, así como los períodos de debilidad y los más destructivos
y nocivos terremotos existenciales. La fe nos permite perdonar con

gracia y dar sin esperar nada a cambio. La fe nos dota de corazones benevolentes, espíritus con propósito, almas en paz y calma, siempre gentiles y con profundo significado existencial. La fe es siempre pura pues se origina en el Creador.

—Profesor Cromwell-Smith, ¿es acaso la fe un término religioso? —pregunta una joven pálida y alta con gafas.

—La religión es el método más común para profesar la fe, pero no el único para practicar la fe en la vida. Profesamos fe en nuestras parejas, nuestros seres queridos, nuestros amigos, la humanidad toda y muchos otros —responde el profesor.

—¿Así que la fe no es exclusiva de una religión particular? —pregunta la misma estudiante.

—No, no lo es, ya que todas las religiones del mundo la practican por igual. La fe es la fuerza detrás de todas ellas y flota sobre nosotros como un halo celestial, que además se esparce por encima de todos los centros de rezo y adoración. A pesar de nuestras diferencias, todos los seres humanos respiramos el aire de la Tierra de la misma manera, en último análisis una buena analogía sería que todos respiramos el mismo aire pero de diferentes partes de nuestro planeta. Les veo la próxima semana.

Cuando se marcha, el profesor se siente conmovido por las expresiones de sus alumnos al percatarse de que todos tienen rostros que denotan esperanza y esto le emociona, ya que es la condición existencial para tener fe.

CAPÍTULO 6

La vida, la evolución y los cambios

Royal Cambridge Scholastic (2018)
(Hogar de Erasmus y Victoria en el campus universitario)

El olor la levanta. Una cesta de desayuno con pasteles y dulces franceses yace en su cama.

—¿Cómo lo logra una y otra vez? —Vicky balbucea. Todavía medio dormida, mientras se estira.

Imperceptiblemente se escucha una suave melodía de fondo.

Make someone happy (Haz a alguien feliz) de Jimmy Durante, una de sus canciones favoritas que la hace respirar profundo como buscando inspiración y una vez más se da cuenta de que está empezando el día feliz y sonriente, algo que no es usual en ella, gracias al gran amor que siente por su querido británico.

—Cada día y cada momento cuenta —recuerda uno de los credos existenciales de Erasmus. —Vive cada día como si fuera el último —obediente recita mientras se levanta y simplemente deambula por la casa en busca de su otra mitad. Y cuando lo encuentra, después de su efusiva alegría al verle que acompaña con prolongados besos y abrazos, la pareja de enamorados se sienta a hablar.

—Todavía me sorprende que durante tantos años fuéramos a los mismos anticuarios aquí en la ciudad y nunca nos encontramos o tropezamos el uno con el otro —le susurra Victoria mientras saborea con pequeños sorbos su té de la mañana y los pasteles franceses.

—Más inexplicable aún es cómo nuestro adorado anticuario el Sr. Ringwald nunca nos puso en contacto —lamenta Erasmus.

—Por prudencia y discreción Erasmus, él sabía que yo estaba casada y con hijos y también tenía presente tu dolor y angustia —reflexiona Vicky con cautela.

—Pero, ¿crees que él obró correctamente? No estoy tan seguro de ello.

—Sí, actuó correctamente, cariño. Por ejemplo, ¿le preguntaste alguna vez de manera específica acerca de mí o mi paradero? —pregunta ella.

—No, no lo hice, la verdad es que nunca se me ocurrió hacerlo —responde sumiso Erasmus al darse cuenta de la realidad.

—Pues yo tampoco lo hice. Quizá porque entonces había una parte de mí que no quería saber, ciertamente esa parte no es el lugar donde guardo el amor y los sentimientos, sino la parte de mí que es más racional y donde está mi sentido común, haciéndome consciente de que tenía una familia y un marido a los que colocar primero —aclara tratando de manera no muy convincente de persuadirse.

—Yo creo que nuestra afinidad por las librerías de libros antiguos fue la manera de mantener un tenue lazo entre nosotros, mientras estábamos separados —declara Erasmus.

—Quizá así lo fue —ella le confirma todavía incrédula, mientras le entrega las llaves del coche. Al caminar fuera de casa, el aire helado se hace omnipresente de inmediato. El paisaje de la mañana es totalmente blanco y el cielo de un azul claro y despejado, el aire es frío y seco después de la fuerte tormenta de nieve de la noche anterior. Todo ello anuncia la llegada oficial del invierno a Nueva Inglaterra.

—Vic, la clase de hoy va a tratar acerca del día inolvidable en el cual conocimos al señor R. por primera vez —anuncia Erasmus mientras lleva a Victoria a la Universidad de Boston (BU).

—El señor R., nunca podré olvidar al pequeño gran hombre. Ese día en particular es uno de los que he atesorado toda mi vida —dice Victoria totalmente perdida en el dulce recuerdo del pasado.

—Todo acerca de ese encuentro fue muy especial —dice con ojos resplandecientes de alegría. —¿Sabes qué, mi irresistible británico?, hoy voy a acompañarte a clase. ¿Cuánto tiempo nos queda? —pregunta dándolo como un hecho para sorpresa total de Erasmus.

—Nos quedan aproximadamente cuarenta y cinco minutos para el comienzo de la clase —responde.

—Solo necesito hacer una breve parada en BU —Vic le anuncia.

—Lo que mi dama desee lo haré con gran gusto —responde Erasmus con bullicioso entusiasmo victoriano.

Consecuentemente el viaje adquiere un toque femenino cuando Victoria empieza a maquillarse en el coche, cosa que a él le encanta verla hacer mientras conduce hacia su universidad a través del paisaje congelado; poco después, todavía exaltado por la inesperada autoinvitación, Erasmus estaciona en la entrada del edificio de su facultad.

—Solo tengo que firmar un par de cosas en mi universidad e informarles de que voy a llegar al final de la mañana. Esto me llevará unos diez minutos —Victoria le explica mientras baja rápidamente del coche.

—Cuidado con el hielo Vic —le grita Erasmus desde la ventana, pero es tarde porque ella ya se ha ido corriendo.

Royal Cambridge Scholatic Institute (2018)
(Aula Magna de la universidad)

Exactamente una hora y cuarenta y cinco minutos después, el profesor y su novia llegan a clase. Victoria camina directamente hacia las gradas para sentarse con los estudiantes tratando de pasar desapercibida, pero antes de que alcance su puesto, al reconocerla, la clase la empieza a vitorear y aplaudir reflejando genuina alegría por verla. Únicamente el profesor, aclarando su garganta, detiene el caluroso recibimiento. El Aula entera está emocionada y llena de buena energía. Al parecer el pensar colectivo es que debe haber una muy buena razón para que ella esté presente este día en particular.

—Buenos días a todos —declara el profesor con una amplia sonrisa, dando comienzo a su clase.

—Buenos días profesor —es la respuesta colectiva en tono socarrón, ya que muchos todavía recuerdan la vez que vieron a Victoria hace solo unos meses, en el último día de clases del previo año académico, durante la memorable ocasión de su reencuentro con el profesor.

—Bueno, como todos se habrán dado cuenta, tenemos un huésped especial y además autoinvitada en el día de hoy —declara el profesor con gozo. —Les puedo asegurar que estoy tan sorprendido como ustedes ahora, lo estuve ya cuando me enteré de su visita inesperada de hoy —confiesa el profesor a una cautivada audiencia, que no se está perdiendo ni una sola palabra, sino que además continúa mirando y observando con atención cada gesto y movimiento de Victoria, quien se siente bastante inquieta e intimidada por toda la conmoción. —La realidad es simple, cuando mi otra mitad se enteró del tema del que les iba a hablar en el día de hoy, no se lo quiso perder por nada del mundo —anuncia con orgullo el profesor. —Pues bien, habiendo dicho todo esto, quizá un poco demasiado, es hora de empezar. La historia comienza así.

Teatro de Harvard (1976)

Desde bastidores, Erasmus echa un vistazo a la audiencia a través del ligeramente entreabierto telón del teatro a ver si consigue ver a Vicky, pues toda la cuidadosa preparación no servirá para nada si ella no está presente.

—Debe haber pasado algo, estoy seguro de ello —piensa con desesperación el joven Erasmus.

Prácticamente casi toda la audiencia ya está sentada, «¿dónde está?», se pregunta en estado de pánico.

—El evento está a punto de comenzar, tomen asiento —anuncia el maestro de ceremonias.

«¿Qué hago?, ¿me retiro?», se pregunta Erasmus lleno de dudas.

—Desde el principio, esto nunca fue una buena idea, tú nunca has hecho esto frente a una audiencia —masculla Erasmus entre dientes mientras pelea consigo mismo.

—Buenos días a todos, bienvenidos al Décimo Concurso Anual de Poesía.

«Punto sin retorno, muy tarde para eso, ya no te puedes retirar, vas a tener que caminar al paredón y hacer el tonto frente a todos», se lamenta Erasmus derrotado en el abandono.

Lleva ya un rato echando un vistazo desde el telón entreabierto cuando sus ojos finalmente enfocan y la ve sentada en la primera fila. Por su estado de pánico no la vio llegar. Rápidamente la adrenalina y la excitación se apoderan de él y todo su ser vuelve a su estado inicial de querer ejecutar con excelencia lo que tanto ha planeado y practicado. Su confianza está de vuelta. Está listo.

Las dos amigas acuden a un concurso de poesía por primera vez en sus vidas. A Victoria se la ve relajada, quizá con un toque de tristeza. Gina por otro lado parece fuera de lugar, quizá un poco sorprendida.

—¿Dónde está Erasmus? —le pregunta a Vicky, su mejor amiga.

—No pudo venir, pero me suplicó que no me lo perdiera y así le puedo contar todo con lujo de detalles esta noche —responde Vicky todavía sintiendo un pequeño vacío dentro de sí por su ausencia.

—Nuestro primer competidor viene del país de Gales, en Gran Bretaña. Su nombre es Erasmus Cromwell-Smith y va a leer un poema muy especial, primero porque es una sorpresa y segundo porque está dedicado a su novia, la señorita Victoria Emerson-Lloyd, quien al estar presente en la audiencia le rogamos si se pudiera levantar.

Al hacerlo, Vicky no solo parece completamente invadida por la sorpresa, sino que además está totalmente sobrecogida por la emoción, con un nudo en la garganta que la sofoca dulcemente. Erasmus hace su entrada y camina hacia el estrado, sus ojos amorosos están relajados, se dibuja una amplia sonrisa en su rostro y sus manos se apoyan suavemente sobre su corazón donde permanecen de ahí en adelante. Erasmus empieza a leer con inspiración y sus palabras inmediatamente se apoderan de Victoria y la llenan de emoción.

Susurrándole a tu corazón
¿Qué es eso tan especial que eres tú?
Eres especial porque eres única e inimitable,
eres mágica porque encantas todo con tu varita,
eres bella como lo es tu corazón,
eres grande como lo son tus sentimientos,
eres un embrujo divino
como lo son tus pasiones,
eres firme tanto como eres leal,

eres tan sólida como lo es tu fidelidad,
eres tan constante porque siempre perseveras
y tu consistencia nunca cesa ni deja de ser.
Eres sincera, genuina y honesta
porque no importa lo que digas
o lo que te digan,
siempre sigues a tu corazón.
Eres fuerza ilimitada llena
de coraje e integridad,
eres tan valiente que derrotas
a los miedos,
una y otra vez, sin parar.
Eres linda por las mañanas,
preciosa al atardecer
y más aún al anochecer,
porque tu espíritu y tu alma
son sumamente bellos.
Eres alegría espontánea
porque estás llena de candor
y total ingenuidad,
e incluso en tus tristezas estás llena
de dulzura y eterna bondad.
Eres noble porque siempre estás
en pie contra viento y marea,
y tienes un aura eterna hecha
por los ángeles del cielo,
y un escudo impenetrable
que siempre te protege,
hecho por un meteorito
y un hada madrina,
que están allá arriba en el cielo,
y una roca que te cuida
y te guía aquí en la Tierra
y que siempre está a tu lado.
Todo esto eres tú Victoria,
mi luz, mi compañera de viaje,

con quien comparto mi alma y mi corazón,
te quiero y te amo,
por siempre tuyo,
Erasmus.

Mientras el aplauso se torna ovación, la mirada fija e intensa entre los dos enamorados genera una energía tan especial entre ellos que hace que desaparezcan del lugar, la audiencia y el jurado, quedando totalmente solos en su mundo maravilloso.

—Gracias —susurra con sus labios y sus manos todavía acurrucadas en su corazón, mientras él asiente ligeramente con su cabeza como reconocimiento y sus propias manos imitan a las de ella.

Y por un instante que parece una eternidad por su intensidad, la absorta pareja simplemente se queda mirando y contemplándose el uno al otro.

Las calles del centro de Boston (1976)

El joven poeta sale de bastidores y se sienta con su alma gemela entre el público, ellos lo que quieren es estar solos.

Impulsivamente deciden dar una caminata y dejan el teatro. Pronto deambulan, caminan, hablan y se ríen sin parar. Disfrutan su edad y ¿por qué no?, también gozan haciendo el tonto. El ruido del centro de la cuidad perturba su burbuja y les trae inconvenientemente de vuelta a la realidad. En ese momento, Erasmus decide desviarse en dirección al río Charles para buscar más tranquilidad. Al cruzar un callejón llama la atención del joven poeta una carretilla en movimiento. Es solo algo que ve de reojo y que en un instante activa su subconsciente adaptativo.

Reacciona en una fracción de segundo y se vuelve hacia la dirección del estímulo. Sus instintos son inmediatamente validados. En esa carretilla en movimiento transportan un montón de libros muy voluminosos. Victoria ve su mirada intensa y de inmediato la sigue. Su reacción espontánea indica que no solo esta tan sorprendida como él, sino que también ha aprendido bien la lección, sabe que debe confiar y seguir sus instintos literarios.

—Son libros antiguos, vayamos a investigar —dice Erasmus.

Agarrados de la mano, la pareja camina con paso rápido hacia la carretilla donde van los libros; al acercarse al final de la calle ven la fachada y se detienen en seco. El letrero de la librería dice: *Ringwald & Brothers Antiquarians* (Desde 1860).

Curiosamente en la ventana hay dos carteles adicionales pegados a ella: *Cerramos la librería por una venta del negocio.*

La carretilla está estacionada a la entrada de la librería y el mozo que la trajo se marcha rápidamente. En ese momento es cuando lo ven por primera vez: Un diminuto hombre, de quizá no más de 1,60 metros de altura, sale de la librería frenético y empieza a llevar los libros dentro. Parece sumamente excéntrico, quizá también un poco extraño, viste con un chaleco rojizo tipo escocés a cuadros y exhibe unos brazos, cabeza y zapatos que son demasiado grandes para su altura. Nació en Boston, Percival Ringwald, se casó tarde, a mediados de sus cuarenta, 25 años que han estado llenos de felicidad. Y lo cierto es que el peculiar anticuario mantuvo la promesa que hizo a su esposa en su noche de bodas, ella anticuaria también, de llevarla a todos y cada uno de los lugares del mundo donde había estado antes de conocerla; después de diez años eso se convirtió en el quehacer preferido de los Ringwald, cuando están de vacaciones viajan por todo el mundo y cuando no, están inmersos en los tres ámbitos que les apasionan: la filosofía, la poesía y los libros antiguos.

Vicky y Erasmus le ven descargar los libros en un abrir y cerrar de ojos, literalmente demostrándoles el poder y la fuerza de una hormiga atómica. Cuando termina regresa fuera, empuja la carretilla hacia un lado e inesperadamente les mira a la cara con sus manos en la cintura.

—¿Qué es lo que están esperando? —pregunta el hombre diminuto al sorprendido dúo.

Las manos agarradas de Victoria y Erasmus se aprietan fuerte y ambos permanecen mudos como tratando de decidir qué responder, mientras el señor les sorprende aún mucho más.

—Si no me equivoco ustedes son Erasmus y Victoria, ¿correcto? —les pregunta con una mirada y un gesto en su rostro que denota picardía y misterio.

Los dos jóvenes enamorados se miran el uno al otro totalmente incrédulos.

—¿Qué esperaban? Ustedes dos han estado haciendo ruido a través de una comunidad muy pequeña y muy unida —continúa mientras su mirada llena de simpatía y aprecio los relaja. —Buen ruido debo añadir, más aún, lo que debo decir es que se hablan maravillas de ustedes en la comunidad de anticuarios de Nueva Inglaterra —les dice con beneplácito y esto relaja completamente a la joven pareja.

Al entrar en la librería el lugar, inmediatamente, les impacta, el diseño de la librería es sobrio e importante. Madera de caoba desde el suelo hasta un techo de doce metros de altura, en un gran rectángulo. No tiene pasillos, todo el lugar está a la vista frente a ellos. Miles y miles de libros perfectamente alineados y organizados en estanterías, todas hechas de la misma y bella madera.

—¿Cómo es eso de que la librería va a cerrar? —le pregunta Erasmus, no solo sorprendido sino también perturbado, mientras contempla el magnífico *Athenaeum*.

—¿Desde cuándo has visto tú productos ingresando en un local que está cerrado? —le responde con una pregunta el exaltado dueño de la librería.

—Supongo que nunca —responde muy confundido Erasmus.

—Exactamente, entonces ¿qué es lo que significa eso? —pregunta nuevamente el señor Ringwald.

—¿Que es un truco de mercadeo? —pregunta Vicky dudosa y con ingenuidad.

—Así es Victoria, diste en el clavo. Lo decisivo yace en dos palabras, *una* y *del*. Es muy distinto decir: Cerramos el negocio por *una* venta, que quiere decir que ya regresamos porque estábamos haciendo una venta. A decir: Cerramos por venta *del* negocio, y esto es lo que Erasmus presumió como cierto —explica el señor Ringwald, finalmente dando una respuesta.

—Usted conoce nuestros nombres, pero nosotros no conocemos el suyo —manifiesta Vicky.

—Ustedes creen que no lo saben pero de hecho sí lo conocen, sino ¿cuál otro podrá ser? —les responde nuevamente con otra pregunta.

«Sus respuestas solo llegan cuando uno las sabe de antemano. El Acertijo, así es como le llamaré de ahora en adelante. El señor R. alias el Acertijo» —piensa Victoria con sus instintos naturales funcionando a toda máquina.

—Ok señor. Lo entendemos, ya lo tenemos claro —responde Erasmus leyendo la mente de Vicky.

—¿Así que presumo que seré para siempre el señor R. para ustedes? —pregunta un divertido pero complacido señor Ringwald, el dueño de la librería.

«Apostaría a que se convertirá en mentor de Erasmus en su vida de adulto», ella persiste con su sexto sentido.

Erasmus camina con las manos a su espalda alrededor de la maravillosa librería de madera observando todo.

—Señor R. y ¿qué piensa acerca del cambio? —le pregunta Erasmus en su típica actitud de absorto sabelotodo cuando se encuentra rodeado de libros antiguos.

—¿A qué te refieres cuando hablas de cambio? —le pregunta el señor R. de vuelta.

—¿Tendrá usted algo que podamos leer acerca del cambio?

—¿Por qué estás interesado en un tema como el cambio?

—Erasmus tiene dificultades con todo lo que significa cambio, las cosas distintas, nuevas o diferentes a sus rutinas o hábitos no le vienen bien y no se adapta fácilmente a ellas —intercede Vicky con una percepción exacta, buscando claridad.

—¿Y qué hay con respecto a la evolución?, ¿no se están olvidando de ella? —responde el empedernido inquisidor del centro de la ciudad de Boston.

—¿Está usted recomendando que en vez del cambio leamos acerca de la evolución? —pregunta Erasmus quien empieza a acostumbrarse y entender su manera de hacer las preguntas incesantemente, lo cual cada vez le gusta más.

—No, recomiendo hablar de por qué van juntos. ¿No saben acaso que cambio y evolución van juntos y atados de la mano? ¿Y que no hay uno sin la otra? —responde el señor R.

El señor R. se desplaza rápidamente a través de su librería con pasos cortos y rápidos. Por un pequeño elevador portátil colocado en el lado oeste de la librería, sube hasta la mitad de su biblioteca, se detiene, y extrae de la estantería un libro antiguo de enorme tamaño.

—Victoria y Erasmus, este escrito trata acerca de ambos temas a través de una prosa de carácter filosófico —les anuncia al seleccionarlo. —Permítanme leérselo —les dice el Acertijo mientras empieza a leer con sumo placer en su rostro.

La vida, la evolución y el cambio entre nosotros

Dos de los estados y condiciones
más fundamentales y vitales en nuestras vidas
son medidas por cada movimiento marcado hacia delante
por las manecillas de nuestro reloj existencial.
El tic-tac corroborativo de la manecilla más grande y rápida son los
sonidos del cambio, y el tic-tac de la manecilla más corta y lenta
valida los sonidos de la evolución.
Si a través de sus tics-tacs la manecilla de los minutos se mueve, la
manecilla de las horas lo hace también.
Si el cambio es la transición de un estado a otro en el cual se
propicia el progreso, entonces la evolución es una serie de cambios
dirigidos en los cuales se genera el desarrollo.
Si el cambio son puertas que se abren,
la evolución nos mantiene dentro del nuevo lugar.
Si el cambio es la persecución de algo nuevo, diferente y quizá
renovador, la evolución es la materialización de tales hitos.
Si el cambio es el final de un paradigma,
la evolución es el que lo reemplaza.
Si el cambio requiere de deseo y fuerza de voluntad, la evolución es
por sí sola evidente.
Si el cambio puede generar segundas oportunidades,

la evolución es una segunda oportunidad por sí misma.
El cambio perdura y es más efectivo cuando va acompañado de la
conciencia y recompensado por la evolución.
Cuando el cambio es humilde y modesto es real y con toda
probabilidad evolucionemos.
El cambio, donde todo fluye y es flexible versus los dogmas que
siempre son regidos por conjuntos de creencias,
es como el agua y el aceite.
La evolución es el filtro que los separa,
deshaciéndose a la vez de los dogmas.
El cambio es fácilmente medible en magnitudes,
ocurre por temporadas y ráfagas.
La evolución es igualmente cuantificable pero
es constante y transita a través de todas las estaciones.
Cuando cambiamos a razón de otros,
nuestro corazón reina y cambia también
y la evolución se refleja a través de nuestro
nuevo y renovado corazón.
Cuando las circunstancias o los demás
son los que nos cambian,
la existencia o la ausencia de evolución como consecuencia, rige la
incontrovertida evidencia de que
el cambio es para bien o para mal.
El cambio es fructífero
cuando ocurre a través de actos de conciencia,
la evolución son los frutos de tales comportamientos.
Cambiar la verdad requiere de honestidad
y la evolución es la validación del tópico.
Pueden nacer monstruos del cambio
cuando este se mezcla con la afluencia,
la avaricia por las cosas materiales, la ambición y el poder,
en esos casos, en vez de evolucionar
vamos marcha atrás en una caída libre en picada
que tiene un solo final: mal cambio sin evolución alguna.
El cambio también puede ser oportunista y circunstancial
o puede ser deliberado y consecuencia

de una práctica constante y preparación a conciencia,
pero su ejecución y validación son esencialmente las mismas,
siempre y únicamente a través de la antigua
y fiable herramienta existencial de la evolución.
Cuando cambiamos es porque intencionalmente queremos
transgredir, romper, pasar, desvestir, mutar, alterar, modificar,
transformar, convertir, variar, sustituir, intercambiar, reemplazar,
cambiar de lugar, de estatus o condición, romper con creencias,
credos o normas, cambiar o desviarnos de nuestro carácter
habitual, secuencia, o condición y surgir, divergir
o saltar en contra de lo prescrito.
Pero todo esto sucede solo a través de la evolución.
El tiempo no constriñe al cambio sino que las circunstancias
oportunas y la evolución son la recompensa
de buscar el cambio en el momento adecuando.
El cambio es propulsado por la virtud
cuando está fundamentado en la moral, la ética
y la persecución de la excelencia.
La evolución es la adquisición de tales virtudes.
El cambio ocurre, es reconocido y valorado
cuando no alardeamos o nos ufanamos en él,
y la prueba de nuestro ejemplar comportamiento
yace en la ausencia o carencia de la evolución
como consecuencia de nuestras acciones.
El cambio requiere de coraje y valor porque
le tenemos miedo al cambio,
por eso su resultado es la evolución,
la cual representa nuestra medalla de honor.
A través del cambio y la evolución nuestra vida nunca se estanca,
por el contrario, siempre se mueve hacia delante,
renovándose constantemente
en un estado perennemente fluido y ágil.
Si acogemos al cambio estamos en armonía
con las leyes de la naturaleza y las reglas de la vida,
además le damos la bienvenida
a una de las dimensiones claves del universo

como es la constante e infinita transformación,
y donde los sonidos del cambio y los vientos de la evolución
marcan el paso del tiempo, inexorablemente,
siempre hacia delante y sin desviación alguna.

—Victoria y Erasmus, creo que fue Maquiavelo quien dijo que si quieres ver a los seres humanos en su peor estado dales cambios. Nuestro miedo y reticencia natural a cambiar hace que construyamos barreras y escusas en nuestros senderos existenciales, todas ellas basadas en falsas percepciones acerca de lo que nos hace sentir cómodos y seguros, que es todo aquello a lo cual estamos acostumbrados, no así cualquier cosa que sea nueva y diferente. Pero estos no son sino obstáculos artificiales que si queremos podremos borrar en un instante, ya que el cambio está siempre a un solo paso de nuestra fuerza de voluntad —declara el Sr. Ringwald.

Royal Cambridge Scholastic Institute (2018)
(Aula Magna de la universidad)

El profesor Cromwell-Smith regresa a la realidad con ojos soñadores ante la mirada atónita de sus estudiantes.

—Jóvenes, buena parte del arte de vivir una vida plena reside en el poder de estar dispuesto a cambiar mediante la constante renovación y reinvención de nosotros mismos. No le tengan miedo al cambio, mucho menos a evolucionar —les dice en conclusión el profesor mientras sonríe con satisfacción a sus estudiantes.

Lentamente el profesor pasea su mirada a través del Aula Magna como si tratase de conectar con cada uno de ellos. Finalmente, enfoca en Victoria. Su media naranja está de pie con lágrimas en los ojos y una enorme sonrisa. Y tal como lo hiciera cuarenta años antes, le susurra muy despacio con sus labios:

—Gracias.

Por su parte, una vez más, él asiente casi imperceptiblemente en reconocimiento del gesto de su alma gemela y hace lo mismo al posar ambas manos sobre su corazón, imitándola, y le susurra de vuelta con sus labios:

—Te quiero.

Todo el cuerpo estudiantil está fascinado contemplando al augusto profesor y su compañera compartiendo un momento de su mundo privado que les pertenece solo a ellos.

El profesor Cromwell-Smith al despedirse se marcha agarrando de la mano a Victoria. Por un instante le parece ver destellos en los ojos de sus estudiantes, chispas que denotan mentes flexibles y abiertas al cambio así como una determinación firme a evolucionar.

CAPÍTULO 7
Los magos de la vida

Royal Cambridge Scholastic Institute (2018)
(Hogar de Erasmus y Victoria en el campus universitario)

Erasmus siempre se levanta más temprano que Victoria, es una vieja costumbre entre ellos. Y, como usualmente, todavía está oscuro cuando empieza a deambular por la casa, algo que rara vez hacía cuando vivía solo. Y esta no es la única rutina que han readquirido de su vida juvenil; a veces no parece que estuvieron tantos años separados. Feliz, hoy Erasmus descubre que su vida actual es de color de rosas aún más intenso de lo que su espíritu idealista le permite creer y sentir. Lo siente cuando entra a su estudio y enciende su lámpara de pie de bronce.

Unas páginas de cantos dorados se apoderan de toda su atención. En uno de sus adorados sillones tipo *Chesterfield* yace un libro antiguo que ha buscado toda su vida. Aunque sus emociones estén totalmente desbocadas y su mente bloqueada, sus ojos están muy abiertos cuando con movimientos exageradamente cuidadosos toma el valioso libro entre sus manos.

—*Los magos de la vida* —lee el título. —Te he buscado tanto tiempo —dice Erasmus en voz alta, llena de gozo. —¿De dónde vienes?, ¿cómo has llegado aquí? —se pregunta. —¿Quién te ha encontrado?

Cuando abre el libro, una tarjeta cae al suelo.

«Quién sino mi preciada dama», se percata al reconocer su caligrafía.

Libro en mano, se sienta con comodidad en su sillón y lee la tarjeta con una sonrisa en la cara.

«Me haces tan feliz Erasmus. ¿Cómo pude haberte dejado? ¿Cómo pude desertar de nuestra relación? Por favor perdóname. Sé que has querido poseer este libro desde el día en que lo leíste por primera vez con tu mentora de la infancia y adolescencia, la señora V., y nunca se me olvida tampoco el día en que me leíste partes de él, incluyendo esos magníficos versos y poemas que compartimos en nuestra primera y memorable visita a Washington D.C, cuando literalmente nos tropezamos con el precioso libro en la Biblioteca del Congreso americano. Con todo mi amor, tuya para siempre, Victoria». Lee con ojos llorosos Erasmus.

Está perdido en sus propios pensamientos cuando la ve de pie en la puerta.

—Vicky, Vicky, no deberías haber hecho esto, no era necesario, te debe haber costado una fortuna, ¿cómo lo encontraste? —le pregunta con palabras atropelladas mientras la aprieta contra su pecho.

Aún medio dormida, ella le mira directamente a los ojos con un semblante solemne y serio.

—Lo siento —le dice.

—¿De qué te disculpas?

—Cometí un terrible error en aquel entonces.

—Te obligaron a ello Vicky.

—No, esa es una versión desnatada para mis hijos.

—¿De qué estás hablando?

—Ningún adulto en nuestro país puede ser obligado a casarse y menos yo, de donde vengo —susurra con voz somnolienta.

Erasmus hace una pausa al darse cuenta del significado de sus palabras. Instintivamente decide callar, dejarla hablar y desahogarse. Su prudencia es recompensada de inmediato con un torrente de palabras empapadas de culpa reprimida.

—Aun cuando nunca lo admito, una parte de mí estaba totalmente intimidada por tu intelecto y tus conocimientos. Algunas veces, cuando le decía a Gina que te tenía miedo, de lo que realmente tenía miedo era de que me dejaras. Erasmus, yo no fui criada para estar al lado de una persona profundamente aventajada e inteligente como tú. Desde mi niñez, como hija única, siempre fui el centro de atención y atracción en mi familia. Luego, en la escuela, en los deportes o cualquier actividad competitiva que emprendiese siempre fui la mejor en todo, hasta que te conocí a ti —le dice llorando en su hombro.

Entre sollozos se las arregla para continuar diciendo todo lo que tiene dentro, mientras que Erasmus escucha, anonadado por su torrente de revelaciones, aunque no está sorprendido por sus palabras.

—La realidad es que me sentía menos que tú y eso me hacía sentir inadecuada. Así que, empecé a crear un resentimiento por dentro hacia ti. Se convirtió en algo que no podía controlar o manejar, ya que se mezclaba con el amor intenso que sentía por ti, y es así como una batalla interna se empezó a librar en mí. En cierta manera, como en el libro de Oscar Wilde *El retrato de Dorian Grey*, en mí habitaban dos personalidades: la bondad y la maldad. Comenzaron a aparecer manifestaciones de las más oscuras. Empecé a decir a nuestros amigos comunes, falsamente en broma, comentarios sarcásticos acerca de ti; empecé a interrumpirte cada vez que hablabas frente a otros y con los anticuarios empecé a desviar el tema de nuestros encuentros hacia tus faltas o defectos. A través del tiempo, comencé a construir un sin fin de razones por las cuales no podía continuar contigo y al mismo tiempo, de manera estúpida, me paseaba una y otra vez a través de las cosas en las cuales yo me consideraba mejor que tú. Mientras todo esto sucedía, tú, en tu maravilloso mundo donde vives totalmente distraído de la vida cotidiana, en el cual trivializas todo lo mundano y todo lo que no sea sagrado, eras totalmente ajeno a todas las turbulencias y tormentas que se estaban formando dentro de mí y eso me desesperaba aún más.

—A fin de cuentas, Erasmus, mis miedos e inseguridades me estaban consumiendo por dentro. Así que cuando mis padres, esencialmente mi madre, trataron de persuadirme acerca de quién preferían ellos como mi marido en vez de a ti, me dejé convencer y con esto me inventé la excusa y ruta de escape perfectas. Engañándome, me fui y te abandoné no solo a ti sino a nosotros también. Al hacer esto traicioné a mi corazón, además de que te traicioné y te fui desleal a ti y a nuestra pareja. Cometí un grave error existencial. Y con todo lo feliz que ahora me siento, igual como te siento a ti, tengo este enorme sentimiento de culpa que me come por dentro y no se va. Día y noche, aparece esta voz dentro

111

de mí que me repite el mismo mensaje una y otra vez: «Tú no te mereces a Erasmus».

Erasmus la mira por un largo tiempo. Mucho de lo que acaba de oír es nuevo para él en cuanto a los hechos, pero por otro lado no es inesperado ya que siempre intuyó que había mucho más detrás de su súbita desaparición, además de que siempre fue consciente de las inseguridades de Victoria y se culpó posteriormente por trivializarlas y no ayudarla a superarlas.

«Lo que ella no entendió en ese entonces y quizá ahora sí es que yo la quiero tal y como es», piensa para sus adentros.

—Vic, a pesar de lo que acabas de decir que pertenece a un pasado que ya no existe, yo nunca dejé de quererte ni tú tampoco a mí. Eso es lo único que importa en estos momentos —le responde Erasmus con profunda sabiduría, gallardía y contención como un intento que busca poner las cosas en su lugar y cerrar ese capítulo tan doloroso de sus vidas de una vez por todas. —Victoria, yo no tengo nada que perdonarte. Tus acciones del pasado son enteramente tuyas. Te afectan a ti solamente. Ellas son tu carga y tu responsabilidad. Cuando lo que uno hace en la vida afecta a cosas sagradas, al contrario de las mundanas, la primera persona ante quien uno tiene que rendir cuentas es uno mismo. La verdadera pregunta es si has logrado perdonarte a ti misma. Y si no lo has hecho todavía, estás dispuesta y ¿eres capaz de hacerlo? Ya que a efectos de ser feliz en el amor debes ser capaz no solo de perdonar a otros, sino perdonarte a ti misma también.

—Pero yo he cambiado Erasmus, yo no soy la misma.

—Déjame ser el juez de ello Vicky. Y te puedo decir de antemano que no has cambiado nada. En todo caso has crecido y madurado debido a todas las dificultades y sacrificios que has atravesado. Pero tus capacidades y habilidades de amar y ser amada son las mismas y están intactas.

—Pero, ¿por qué esperaste por mí durante tanto tiempo? —le pregunta zozobrante.

—Por las mimas razones que tú lo hiciste también, ninguno de nosotros encontró el amor verdadero nuevamente.

—¿Y nunca pensaste en ello?

—Uno nunca piensa en esas cosas Vicky. No hay medias tintas, el amor verdadero o se siente o no.

—Me conoces bien, sabes que no hay nada ni nadie en el mundo que pueda persuadirme para estar con alguien si no quiero a esa persona —continúa.

—Cuando se quiere a alguien de verdad se vive en ese magnífico estado o condición de mutua dependencia emocional y esta es a la vez mágica y extraordinariamente bella. Sin embargo, una vez que se rompe, es como porcelana delicada o un cristal muy fino que se parte en miles de pedazos que nunca jamás se pueden unir de nuevo de la misma manera que antes. De ahí en adelante, lo mejor que se puede esperar es atesorar y perseverar en los recuerdos de una persona y una vida que ya no existen más —añade Erasmus.

—¿Por qué nuestra porcelana o nuestro cristal nunca se rompieron? —pregunta Victoria.

—No lo sé exactamente. Pero imagino que el lazo entre nosotros nunca se rompió, así como la lealtad y la fe del uno por el otro nunca dejó de existir. En un último análisis, en los asuntos del corazón todo está propulsado por la fortaleza y solidez del amor verdadero, además de los cimientos y pilares que lo sostienen —declara Erasmus y para su gran alivio se percata de que los ojos de Victoria están finalmente calmos, como si se hubiera quitado un gran peso de encima.

Cuando poco después el profesor Cromwell-Smith pedalea a clase en su vieja y oxidada bicicleta ya ha bloqueado totalmente las esclarecedoras últimas dos horas con Vicky, solo lleva el precioso libro que Victoria le ha regalado.

Royal Cambridge Scholastic Institute (2018)
(Aula Magna de la universidad)

—Buenos días a todos, ¿cómo están en el día de hoy?

—¡Alucinantemente geniales profesor! —le responde una clase entusiasmada por un pedagogo que asiente con agradecimiento con una amplia sonrisa y listo para empezar su lección.

—Victoria me hizo este magnífico regalo esta mañana temprano —les informa el profesor mientras muestra el preciado libro. — Esta joya literaria se llama *Los magos de la vida* y tuve el privilegio de explorarlo por vez primera en la librería de la señora V., quien como saben fue mi mentora, guía y aficionada durante mi niñez y adolescencia en el país de Gales. Este libro desde que ella falleció lo busqué por todo el mundo y nunca lo conseguí, hasta ahora.

Hoy les voy a llevar al momento mágico cuando la Sra. V. prestó el libro a la Biblioteca del Congreso americano. Ese día en particular, Vicky y yo estábamos de visita en Washington D.C., sin estar al tanto de ello. La historia comienza así...

Biblioteca del Congreso americano
Washington, Distrito de Columbia (1976)

Los dos jóvenes contemplan hacia lo alto maravillados, luego pasean sus miradas a lo largo de la magnífica biblioteca, en eso sus miradas se cruzan y ambos sueltan una de sus carcajadas estridentes que no es muy bien recibida por quienes quieren leer y estudiar en silencio.

—Este lugar es espectacular —declara con inocencia Victoria.

—Alejandría en el antiguo Egipto siempre ha sido considerada como la biblioteca más grande que jamás haya existido. Este *Athenaeum* Vicky es la Alejandría de la historia moderna.

Erasmus y Victoria planearon este viaje con mucha anticipación, están de visita en la gran ciudad debido a un partido de fútbol americano. De cualquier manera, es difícil imaginar a qué otro lugar habría ido Erasmus en su primera visita a la capital de la nación sino a la más extensa biblioteca del planeta Tierra. Exaltados como dos niños pequeños y agarrados de la mano fuertemente, Erasmus la guía a la sección de libros antiguos. La mayor parte tiene acceso restringido. Se quedan allí y pasan largo tiempo revisando la lista de libros disponibles. Entonces, Erasmus decide observar algunos de los libros más valiosos para estudiar el arte, materiales y el tipo de letras de sus tapas y cubiertas. Después de un buen rato allí, caminan nuevamente hacia la sección abierta al público donde

Erasmus centra su atención en una serie de libros de un autor alemán que le encantaba leer a uno de sus mentores en Hay-On-Wye, el Sr. M. En ese momento sus ojos se agrandan con sorpresa y su cuello se tensa y alarga como si fuera un perro de caza contemplando a su presa. Vicky se percata de la reacción y sabe al instante que está viendo algo que le ofusca.

—Vicky ese es el libro acerca del cual te he hablado tanto —le dice atropellando con entusiasmo las palabras.

—¿Cuál de todos?

—*Los magos de la vida* —le dice mientras la guía hacia la estantería donde está ubicado. —¿Y cómo llegó aquí? —Erasmus se pregunta en voz alta.

Luego se sientan en una sección especial designada para leerlo. Allí se enteran de que el libro es un préstamo de la librería *Sutton-Raleigh Antique Books for the Young* de la señora V. en el país de Gales.

—Mi poema favorito de este libro es *Life in Bliss* (La importancia de los pequeños detalles en la vida) pero en él también hay otro escrito precioso, trata acerca de cierto tipo de gente llena de inspiración y de cómo identificarlos en la vida —declara Erasmus mientras selecciona el poema.

—Permítame leértelo —Erasmus le dice solemnemente a Vicky.

Los magos de la vida

Si quieres saber dónde encontrar a los magos de la vida,
préstale atención a aquellos que han vivido lo suficiente
y sin embargo todavía conservan corazones
cándidos e inocente.
Sus espíritus son genuinos, juguetones
y aún son unos niños por dentro.
Sus almas son gentiles, están impregnadas de bondad y fe,
sus intenciones son siempre nobles y transparentes
y no hay ni siquiera un ápice de malicia
o premeditación en ellas.
Sus personalidades están llenas de actitudes extraordinarias,

como la espontaneidad, la ingenuidad, la inspiración, pero sobre
todo, de amor a la vida y a todos los demás.
Estos magos de la vida se ríen lo suficiente,
a menudo y con ganas.
Le sonríen a todos y a todo, sea mínimo, profundo
o simplemente sin que haya motivo alguno.
Son generosos y dadivosos, con paciencia
y tolerancias limitadas.
Siempre están dispuestos y listos a brindarnos su tiempo,
ayudar, asistir, educar
y a rescatarnos cuando más lo necesitamos.
Siempre están al servicio de otros.
Los magos de la vida son también modestos y sabios.
Y esto les permite no tomarse nada ni a nadie demasiado en serio,
siempre buscando el lado más ligero, brillante y
favorable de la gente y las cosas.
Además, son aquellos con quienes siempre podemos contar,
en quienes nos podemos apoyar, siempre dignos de nuestra
confianza y quienes nos proveen de techo
y cobijo en las peores circunstancias y tempestades.
Estos hechiceros de la vida residen en un mundo donde cada
momento y persona son precisos e irreemplazables.
Sus reacciones son siempre comedidas,
como si presumir de buena fe
y otorgar siempre el beneficio de la duda
fuese algo natural en ellos,
porque es parte de su esencia como seres humanos.
Y su benevolente, perenne y buena disposición,
además de su inexorable alegría,
usualmente se originan en la fortaleza de sus carácteres
y la riqueza y virtud de sus corazones.
Adicionalmente, poseen un compás infalible porque se
autorregulan constantemente, esto les permite encontrar
siempre el rumbo acertado
y así poseer un perenne y certero buen juicio.
Además,

esto les permite actuar y reaccionar con clase y gracia,
independientemente de las circunstancias de los demás.
Este tipo de compañeros excepcionales en el viaje de la vida
siempre se elevan sin esfuerzo aparente
por encima de lo mundano,
pero sobre todo,
sus actitudes frente a la vida nos dicen que sin importar cuánto han
vivido, siempre existen aquellos que de alguna manera logran filtrar
y bloquear todos los venenos del espíritu, el alma y el corazón que
podamos encontrarnos
en los senderos de la vida.
Los magos de la vida son fáciles de detectar o identificar
pero son difíciles de valorar e igualmente resulta complejo vivir lo
suficiente con ellos, ya que inadvertidamente nos hacen sentir
inadecuados y ese es precisamente nuestro reto, cómo aprender y
emular a estos hechiceros
cuando sus intensas luces internas
hacen lucir las nuestras, opacas y oscuras.
Así que presta atención a estos campeones de la vida que saben
cómo mantener todo en equilibrio
y consideran a todos y a todo insustituibles.
Aprende y mantén cerca a estos excepcionales compañeros de
viaje, magos de la vida que poseen la fórmula mágica de cómo vivir
una vida feliz con un corazón cándido e inocente.
Ya que estas almas sabias no son fáciles de encontrar,
valorar o emular
y rara vez se nos presenta en la vida la ocasión.

—A veces, Erasmus, tú pareces para mí uno de ellos —dice
Vicky mientras salen de la majestuosa biblioteca.

—Todavía tengo un largo camino por delante Vic. No hay atajos
en la vida ya que para volverse un maestro en cualquier cosa, hay
que recorrer totalmente la vía del aprendizaje, además de cometer y
enmendar muchos errores en el camino, quemando muchas velas
mientras elevamos nuestra pericia y conocimientos —declara un

satisfecho Erasmus, mientras respira lleno de inspiración en un glorioso día en la capital de la gran nación.

Royal Cambridge Scholastic Institute (2018)

(Aula Magna de la universidad)

El profesor Cromwell-Smith regresa a su clase desde lo que parece un profundo trance.

—Clase, los magos de la vida tienen corazones cándidos e inocentes. Aman la vida y le sonríen a todo y a todos. Tienen almas juguetonas y no se toman nada y a nadie demasiado en serio. Y son ellos a quienes buscamos en los peores momentos y circunstancias. Para ellos cada momento y toda persona es preciosa e irremplazable, siempre están alegres, bien dispuestos e inspirados ya que poseen el secreto de cómo ser continuamente feliz —afirma el profesor Cromwell-Smith al finalizar con su sumario que abarca todo lo que han aprendido ese día. —Todos debemos aprender cómo identificar a estos maestros de la vida, ya que queremos estar lo más cerca posible de ellos para aprender y emularles, aunque sea a través de esfuerzos sobrehumanos. Queremos saber cómo podemos convertirnos en verdaderos magos de la vida nosotros también.

Mientras el profesor termina su lección se esparce rápidamente un pensamiento en común a través de todo el cuerpo estudiantil.

—Ya conocemos a uno de ellos profesor, ya conocemos a uno de esos magos —es el murmullo que se escucha mientras el eminente mago existencial se marcha a su casa.

CAPÍTULO 8
El viaje de la vida

Royal Cambridge Scholastic Institute (2018)
(Hogar de Erasmus y Victoria en el campus universitario)

La voz rasposa de Louis Armstrong cantando *Smile* (Sonríe) la despierta en éxtasis.

«Aquí vamos de nuevo», piensa Victoria mientras se estira con movimientos desganados y prolongados.

Una vez más, antes de que comience su inclinación natural a levantarse de mal humor, más bien se regocija de alegría. Instintivamente sus ojos lo buscan a través del cuarto, y allí le ve sentado en su adorado sofá tipo *Chesterfield*, uno de los dos que tiene en casa. Como siempre, está totalmente absorto en un libro. Mientras los ojos de Victoria se ajustan, mira a su alrededor y cuando le ve, las órbitas de sus ojos inmediatamente se ensanchan con sorpresa. Al lado de Erasmus hay dos exquisitas orquídeas, su flor favorita, con una tarjeta gigante y una pequeña caja rectangular envuelta en papel de regalo con un flamante lazo rojo. Su corazón se dispara en latidos desbocados que golpean su pecho por la excitación. Con un nudo en la garganta que le impide hablar las contempla lo que parece ser una eternidad.

—Te quiero mucho, cariño —finalmente le dice de manera impulsiva.

Erasmus levanta pausadamente la cabeza y la mira con ojos llenos de amor e intensidad.

—Buenos días Victoria, yo te quiero mucho a ti también —le dice, mientras camina hacia ella.

Erasmus se inclina sobre la cama y la besa suavemente en los labios. Le entrega la tarjeta y la pequeña caja de regalo. Ella abre la tarjeta y deseosa la lee.

«Bienvenida de nuevo a nuestro viaje», lee Victoria mientras evoca de inmediato inolvidables recuerdos.

—¿Recuerdas la primera vez que te dije eso? —le pregunta Erasmus.

—Por supuesto cariño, en la estación principal de trenes de Boston, justo al llegar de nuestra primera visita a la isla de Martha's Vineyard. Fue el comienzo de nuestro viaje por la vida —le responde en un instante con una sonrisa gigantesca en el rostro.

Abre la cajita atropelladamente, rompiendo el papel de regalo y se le corta la respiración de la excitación al ver su contenido. Es una pequeña batuta hecha de plata, con incrustaciones de diamantes, presentada como la joya colgante de un bello collar de oro blanco. A su lado yace una minúscula tirita de papel donde al abrirla lee:

«Como ya recibiste en una ocasión un anillo de compromiso, pensé que era mejor ofrecerte algo que simbolizase más originalmente nuestra unión y lazos».

Victoria se le cuelga del cuello a Erasmus con todas sus emociones desbocadas después de tantos años de supresión y desespero. Erasmus le coloca delicadamente el collar y le susurra al oído:

—Victoria ¿te casarías con este enamorado británico que es y siempre ha sido todo tuyo?

Todo el cuerpo de Victoria tiembla. Se estremece hasta sus entrañas y como en un manantial bajan lágrimas a borbotones por su rostro. Ella le toma delicadamente las mejillas con las palmas de sus manos.

—No hay nada en este mundo que desee hacer más en este momento que casarme contigo mi amor —le responde mientras él le coloca sus flores favoritas en el regazo.

Deliberadamente ella se vuelve y saca de su mesilla una cajita mínima de forma cuadrada y mirándolo intensamente a los ojos se la entrega.

—Cariño, este pequeño tesoro ha esperado por ti todo este tiempo. No me ha sido fácil mantenerlo escondido pues quería dártelo desde un principio, pero decidí que iba a esperar una oportunidad especial como esta para entregártelo.

Un intrigado Erasmus abre el regalo y al ver su contenido parece como si un rayo le hubiera impactado en la cabeza. Es un dije.

—Dios m… — empieza a decir cuando lo invade la emoción.

Lo pone en sus manos y una vez más lee el contenido del cautivante y preciado amuleto: «La vida es un viaje».

—¿Recuerdas quién nos dio ese pequeño tesoro? —ella le pregunta.

—¿Cómo podría no recordarlo? El señor Ringwald, alias el Acertijo, durante nuestra segunda visita, en aquella memorable sesión de aprendizaje —le responde Erasmus perdido en el tiempo mientras toma la decisión de que ese será el tema de su clase.

Royal Cambridge Scholastic Institute (2018)
(Aula Magna de la universidad)

Una hora más tarde el profesor Cromwell-Smith llega puntualmente a su clase y empieza con su entusiasmo habitual la narración de la anécdota que seleccionó para hoy.

—Buenos días clase, ¿cómo están? —pregunta el profesor con energía.

—Buenos días profesor —responde de vuelta el motivado cuerpo estudiantil al unísono.

—En el día de hoy les llevaré de vuelta al segundo encuentro que Vicky y yo tuvimos con el Acertijo, estoy seguro de que recordarán que en nuestra inolvidable primera vista al señor Ringwald cubrimos el tema del cambio y la evolución. La segunda sesión con él se tornó con el tiempo una de las más trascendentes de nuestras vidas. La historia empieza así…

Maratón de Boston (1976)
Heartbreak Hill
(La Colina Rompecorazones)

La joven pareja ha corrido más de tres horas. Todo empezó sin tropiezos ya que durante las primeras dos horas la ruta pasó por una bajada suave. La multitud aupándolos, el clima, los bellos lugares y las vistas gloriosas a través de la ciudad, todo contribuye a una sensación de euforia que embarga a los dos corredores. Pero todo cambia en la tercera hora y los tropiezos no parecen tener fin. Al principio parece casi imperceptible, pero inexorablemente la suave pero interminable subida les empieza a afectar cada vez más y no han parado de subir desde entonces «Heartbreak Hill» (La Colina Rompecorazones). Aun así, correr el maratón de Boston con la persona a quien se ama es una bellísima e inspiradora experiencia que hace que todo el dolor y sacrificio valga la pena.

—¿Cómo te sientes Vic? —pregunta Erasmus con la respiración entrecortada.

—Todo me duele... mi cuerpo está... pidiéndome a gritos... que me detenga.

—Aguanta un poco más, ya llevamos las tres cuartas partes del recorrido.

—¿Cuándo se acaba esta subida?

—No se va a acabar Vic, va a ser así casi hasta la meta.

Una estación de hidratación interrumpe la conversación mientras ambos se detienen brevemente a beber unos pocos tragos del preciado líquido. Cuando finalmente ven la línea de llegada al final de una larga calle en el centro de la ciudad, deciden cruzar la meta agarrados de la mano. El reloj señala el tiempo que han hecho, justo por debajo de cuatro horas. Después de meses de preparación lo han logrado. Pero Erasmus sabe que el rendimiento de Vicky fue, comparativamente, mucho mejor que el suyo.

—Vicky, lo que has hecho es fantástico, estoy tan orgulloso de ti, nueve minutos por milla de promedio. Increíble, es un logro para ser este tu primer maratón.

Vicky se sonroja pero en el fondo no le importa mucho. «Estoy aquí únicamente por ti mi incorregiblemente absorto británico, solo con el objeto de sacarte de tu cascarón intelectual», piensa ella mientras engulle su segunda banana.

—Erasmus tengo una idea —dice, aun cuando ya ha planteado esa idea de antemano y deliberadamente.

—¿Y cuál sería esa idea, mi adorada atleta?

—¿Por qué no visitamos a nuestro nuevo mentor, el Acertijo?

—Pero, ¿estará abierto un domingo?

—¿Qué día de la semana es hoy, Erasmus?

—Dom... ups... se me olvidó completamente —responde apenado por no tener idea de en qué día de la semana se encuentra.

Y así, gracias a que el maratón de Boston siempre se corre los lunes, es como Vicky y Erasmus terminan visitando al señor Ringwald en su librería, la cual está convenientemente ubicada en el centro de la cuidad a pocas calles de la línea de llegada.

—Sr. Ringwald ¿cómo le va esta mañana tan espectacular? —pregunta un efusivo Erasmus al entrar en la librería.

—¿Cómo cree que me va cuando las partes más importantes de Boston están totalmente cerradas al tránsito? —responde el Acertijo totalmente ofuscado.

Al percibir su agitado estado de ánimo, los corredores se sientan sin chistar y permanecen únicamente a la escucha del eminente anticuario.

—Han corrido ustedes en el evento destructor de mis ventas de principio de semana.

—Ujm —es la breve respuesta al unísono de los dos jóvenes.

—¿Y cómo les fue?

—Llegamos a la línea final juntos en un tiempo ligeramente menor a las cuatro horas —responde Erasmus.

—Y agarrados de la mano —declara una exuberante Victoria.

—¿Cómo? —pregunta el Acertijo abruptamente, hoy totalmente insensible a los asuntos del corazón.

—Cruzamos la meta agarrados de la mano —ella reitera.

El Acertijo sigue mirándoles con el ceño fruncido y el rostro desencajado. Su rictus contorsionado es el resultado de la falta de ventas en su librería inmaculada.

Aunque los jóvenes están cansados físicamente, continúan mirándole con sus rostros llenos de felicidad y esto, poco a poco, desarma su mal genio.

—Muchachos, ustedes están exhaustos y doloridos, ¿por qué están aquí? ¿Por qué no están en su lugar de residencia recuperándose y ocupándose de aliviar sus molestias? —les pregunta el inveterado Acertijo.

—La culpa es mía. Como ya estábamos en la vecindad le sugerí a Erasmus que viniésemos a verle —declara Victoria dándose crédito por la visita.

—¿Y debo presumir que su Alteza Real, el Príncipe del despiste no sabía que hoy es lunes? —pregunta retóricamente el Acertijo.

—¿Cómo lo sabía? —pregunta maravillada Victoria.

—No es difícil darse cuenta de que el joven Erasmus nunca está del todo en el planeta Tierra —continúa en tono de broma el Acertijo. Pero Erasmus simplemente mantiene su cara de científico loco, completamente ajeno a las observaciones que el Acertijo está haciendo acerca de él.

—Ustedes dos acaban de hacer un viaje de veintiséis millas y pico, lidiando con retos y toda clase de obstáculos, empezando por sus propios cuerpos, quemándose progresivamente sin sus fuentes de energía y su capacidad de procesar oxígeno eficientemente. Lo que han hecho es un viaje que se parece en buena medida al de la vida misma.

El Acertijo se aleja caminando hacia la parte más recóndita de su librería en forma de rectángulo y allí recoge un libro delgado y largo de las estanterías que están al nivel del suelo.

—Tengo aquí algo que he atesorado toda mi vida. Permítanme leérselo. El Acertijo empieza entonces a leer y sus palabras inmediatamente se apoderan de los dos jóvenes ya que no solo se oyen por toda la librería, sino que también tienen absoluta resonancia con lo que acaban de hacer y lograr esta mañana.

El viaje de la vida
Viajamos a través de la vida
desde el momento en que arribamos al planeta Tierra.
Donde quiera que estemos, sea lo que sea lo que hagamos,
caminamos hacia algún lugar
ya que siempre hay un destino final.
Pero nuestra vida reside en el viaje no en el destino.
De tantas maneras la vida es como los magníficos océanos, vastos
pero peligrosos.

Nuestros viajes son los rumbos, los senderos que seguimos y las estelas que dejamos atrás, siempre acompañados por otros viajeros que se nos unen en el camino
y nosotros somos la nave que los recorre sin parar.
De todos los compañeros de viaje algunos son mejores que otros, a muchos podemos elegirlos, pero a otros no, algunos están con nosotros por siempre, otros se van quedando en el camino, pero los más cercanos, leales y queridos, son aquellos que permanecen con nosotros para siempre.
Nuestra nave es sólida, recia y resistente, pero si adicionalmente tenemos confianza, la conocemos en detalle, la damos mantenimiento, la conducimos, la llevamos y queremos bien, entonces nuestro barco será capaz de resistir cualquier tormenta que la vida nos arroje sobre la mar.
Nuestros viajes ocurren porque buscamos conocer todos los océanos de la Tierra, siendo totalmente conscientes y a sabiendas de que hay innumerables lugares a descubrir,
y aún mucha más gentes por conocer.
Hay momentos en la vida en los que parece
que volamos sobre los océanos,
hay otros por el contrario en los que caemos
y nos hundimos hasta el fondo del mar.
Como en la vida, en un viaje a través del océano
llegamos a innumerables puertos y destinos,
algunos bellos como una postal,
otros llenos de riesgos y peligros de todo tipo.
Algunas veces gloriosas playas de arena nos esperan,
otras oportunidades para nuestros destinos son insufribles
y exigen de nosotros sacrificios de magnitudes insuperables.
En algunas ocasiones los mares permanecen calmos
y nos permiten navegar en paz y tranquilidad,
en esos días preciosos, el sol es gentil
y las aguas que caen del cielo son solo lloviznas.
En ciertos momentos los océanos parecen felices
y llenos de gozo, durante esos días
los sonidos del mar parecen un concierto extraordinario,

con cada instrumento tocando música inspirada en la vida misma,
mientras el cielo brilla pintado de colores
con tonos llenos de gloria y alegría.
En esas circunstancias parecemos flotar o caminar sobre el agua,
dominando las olas al cabalgarlas, controlando el viento con la vela
y disfrutando del fondo del mar al sumergirnos.
En esos días nos llenamos de regocijo, celebramos a los océanos y
el viaje de la vida se convierte en un paseo lleno de felicidad, el cual
deseamos que nunca se acabe.
Pero hay instantes en los que casi no podemos
mantenernos a flote, mucho menos nadar,
mientras los mares nos succionan como si fuéramos
lastres de mayor peso.
En esos días los océanos lloran llenos de dolor
al chocar contra las rocas,
y los cielos suenan como tambores y lamentos tristes con colores
opacos hechos de penas profundas.
En esos momentos todo parece estar lleno de tristeza y nostalgia,
pero aun así nosotros resistimos,
al final casi siempre vencemos
y de ser así pronto llegamos a un nuevo día
en el cual podemos vivir de nuevo.
A veces cuando nos llegan frentes con mal tiempo,
después de que han pasado nos damos cuenta de que,
una buena preparación, suficiente prudencia y prevención, podrían
o seguramente lo habrían evitado todo.
Así que, la vida en el último análisis es un gran y enorme viaje que
puede ser duro, difícil y desafiante.
En ocasiones el océano y los elementos de la naturaleza pueden
mostrarnos súbitamente toda su fuerza y fortaleza, como si
tuvieran furia y rabia saltándoles en las venas.
Cuando esto sucede nos enfrentamos a ellos, peleamos, la mayoría
de las veces los derrotamos y los conquistamos a través de nuestra
capacidad de aguante y tolerancia,
nuestros deseos de superación,
supervivencia y perdurabilidad sobre ellos.

Los océanos pueden transformarse
y convertirse en monstruos mortíferos.
En solo pocos segundos sus olas parecen destructoras voraces de
todo lo que les atraviesa y esté a la vista,
es por ello que no hay pilotos automáticos en la vida,
ni nunca podemos dar por garantizada,
la travesía segura de nuestra nave.
Por ello en un viaje de la vida bien llevado,
siempre apreciamos los buenos días entre los malos,
ya que nunca sabemos cuál vendrá primero, antes o después.
En el viaje de la vida experimentamos el nacer y el amor.
La muerte y la esperanza. El triunfo y la derrota.
La fe y la duda. Lo maravilloso y lo exuberante.
La magia y la realidad. La construcción, la destrucción
y la reconstrucción. El genio y el talento.
Las risas y los llantos.
La mediocridad y los esfuerzos infatigables.
Las celebraciones y los lutos. La fama y la vulgaridad.
La verdad y las falsedades. El bienestar y el dolor.
El perdón y la traición. La tragedia y la renovación.
La pasión y la humildad. Los fracasos y la redención.
Y cada uno de ellos vive en nosotros cada día, cimas y mares. Y
mientras el viaje continúa, aprendemos una y otra vez
que únicamente el amor, la fe, el coraje, la experiencia,
la sabiduría y la esperanza son nuestros salvoconductos
a través de los malos momentos y lugares.
El círculo de la vida es de hecho un viaje,
viajamos infinitamente y sin parar,
volando fácilmente por encima, o con dificultad por debajo,
a través de mares calmos o en furia desatada,
con sol brillante o ausente
aunque llueva, truene o relampaguee,
a través de incontables puertos
y con compañeros de viaje,
que encontramos en el camino,
viajamos de manera incansable y sin parar,

desde el principio hasta el final
con un espíritu inconformista y aventurero
y con un alma gitana, indomable, insaciable
e intensamente curiosa.

—Mis queridos jóvenes, Victoria y Erasmus, el poder bruto e incólume, la fuerza y la intensidad de los océanos y todos sus elementos fueron elevados por los griegos a niveles de deidades de los mares. Así de poderosos creían que eran. Por ellos, igual sucede en la vida, nunca nos ponemos en contra de los océanos, por el contrario absorbemos su energía para facilitar nuestro viaje. Vicky, aquí tienes un dije que está en mi posesión desde que era un joven adolescente, lleva el nombre del texto que les acabo de leer —el Acertijo se lo ofrenda como regalo de partida a los burbujeantes enamorados.

—El viaje de la vida —lee Vicky.

—Gracias señor Ringwald —dicen ambos al unísono.

Espontánea como siempre, Vicky sorprende al Acertijo cuando agradecida le da un beso en cada mejilla; luego la pareja de jóvenes se marcha, llenos ambos de la felicidad inspiradora que sienten todos los viajeros cuando se alejan de su puerto de salida.

Royal Cambridge Scholastic Institute (2018)
(Aula Magna de la universidad)

El profesor Cromwell-Smith regresa a su clase, al presente, con palabras de cierre hechas a la medida de lo que les acaba de narrar.

—Todos nosotros estamos embarcados en un periplo existencial interminable y arriesgado pero a la vez lleno de extraordinarias recompensas que encontramos en los senderos de nuestras vidas, y para cruzar con éxito nuestro viaje, tenemos que confiar en nuestra nave, pero por encima de todo recordar pertinentemente que nuestros logros y éxitos existenciales residen principalmente en el viaje, su recorrido y no en su destino. Les veo a todos la semana próxima.

Por un instante, la clase entera parece llena de marinos en una sesión de entrenamiento y preparación, alistando sus naves para partir hacia los grandes océanos en sus propios viajes a través de la vida. El profesor al partir, se lleva consigo la sensación de que cada uno de sus estudiantes se siente tal como se sentía él con su misma edad, como un marino lleno de confianza en sí mismo, dispuesto y listo para embarcarse en su propio periplo existencial en el vasto océano de la vida que tiene por delante.

CAPÍTULO 9

La riqueza, la fama y el amor

Royal Cambridge Scholastic Institute (2018)
(Hogar de Erasmus y Victoria en el campus universitario)

—Querido, desde que me propusiste que nos casáramos y me diste esa preciosa batuta como regalo de compromiso, he pospuesto una conversación importante entre nosotros —Victoria le susurra al oído en horas tempranas de la mañana de Año Nuevo, cuando ambos están aún acostados.

—No puede ser más transcendental que la última conversación que tuvimos, ¿o acaso sí? —pregunta Erasmus, una vez más tomado por sorpresa.

—Bueno, la verdad es que en cierto modo sí, pero gracias a Dios el tema es claro y sencillo, nada que ver con mi enrevesada historia como novia en fuga —anuncia ella deseosa de hablar cuando todavía está oscuro.

—Mi fallecido esposo dejó una póliza de seguros de vida sustancial. Tengo planeado establecer fondos de fideicomiso para mis tres hijos con la totalidad de la misma. Yo tengo ahorros suficientes, mi pensión de viudedad y sin olvidar, en unos años, también la pensión. Todo lo cual significa que puedo mantenerme a mí misma sin depender de nadie —le explica Vicky en un tono que suena como de negocios.

Mientras tanto, Erasmus la escucha con una mirada benevolente y una sonrisa llena de picardía.

—¿Por qué me estás mirando de esa manera? —le pregunta sintiéndose incómoda por su extraña reacción.

—¿Recuerdas la primera vez que me hiciste la misma pregunta? —la interroga Erasmus con una expresión divertida.

Victoria contempla a su prometido con ojos penetrantes mientras regresa en el tiempo. Ella quiere seguir con el tema y de repente sus ojos se abren y se llenan de sorpresa cuando se da cuenta de que el comentario de Erasmus habla de lo mismo.

—Por supuesto que lo recuerdo cariño, cómo podría olvidarlo, jamás. —responde Victoria.

—Vicky sabes bien lo que pienso acerca de la riqueza y las cosas materiales. Sin embargo, debo decirte que me parece algo maravilloso que estés asegurando el futuro de tus hijos de esa manera —le dice Erasmus con un tono que denota su apoyo incondicional.

—Pero lo que me preocupa, Erasmus, es que con esta decisión puedo poner en peligro nuestras propias necesidades financieras. Después de todo, una vez que haga esto vamos a depender únicamente de lo que quede cuando terminen nuestras carreras como pedagogos y de lo que yo ahorré de mi breve pasado por la profesión de psicología criminal —razona preocupada.

—Victoria antes de que me dieras las magníficas noticias yo estaba a punto de proponerte que hiciéramos lo mismo para tus hijos. Y la verdad sea dicha, todavía lo podemos hacer, si así lo deseas. —le anuncia sonriente Erasmus, mientras Victoria lo mira confundida y un poco perdida.

—Erasmus Cromwell-Smith, no hagas juegos de palabras conmigo sobre un tema que es tan importante para mis hijos y para mí —le dice Victoria con una pequeña erupción emocional. —¿Te podría preguntar cómo piensas hacerlo? Tú, el hombre más desprendido que he conocido en mi vida —le interroga y a la vez afirma ella con tono sarcástico.

—Así es, mi adorada dama, ese soy yo —más divertido aún le responde.

—Pues mi vida, hoy en día, todo se ha puesto sumamente caro, pero tus intenciones son nobles y eso es lo que cuenta. Te amo más por este gesto —ella le concede, no tomando realmente sus palabras en serio, pero Vicky no podría estar más equivocada.

—Ven, acompáñame —le dice Erasmus con aplomo tomándole tiernamente de la mano.

Erasmus guía a su preciosa dama hacia su estudio y sin decir palabra alguna saca tres carpetas de su archivo y se las entrega; con gran curiosidad Victoria abre la primera y, al leerla, se queda boquiabierta de la impresión.

—He publicado un sinfín de novelas de acción y un par de libros educativos. Lo que estás viendo son las regalías que he recibido a través de los años —revela.

—Yo pensaba que a ti no te importaba el dinero para nada —ella balbucea en estado de *shock*.

—Así es y así lo continúa siendo, a mí no me gusta hablar de riqueza material, ni tampoco celebrar el obtenerla.

—Siempre has dicho que los bienes materiales solo te sirven para ser libre ya que uno no debe estar demasiado pendiente de las cadenas que la riqueza conlleva y es bello que la gente adinerada nunca te haya impresionado en lo más mínimo —recuerda ella en voz alta.

—Sí, en efecto, así es —le confirma complacido de su buena y exacta memoria después de tantos años.

«Victoria ha vivido toda su vida preocupada por no tener lo suficiente para pagar sus cuentas y gastos cotidianos, y es evidente que nunca ha tenido lo suficiente. Su reto ahora es dar un giro de 180 grados y dejar atrás todas sus angustias económicas», razona Erasmus mientras la observa.

—Quién lo iba a pensar, me reencuentro después de tantos años con mi desprendido monje y resulta que es inimaginablemente rico, pero sigue siendo el mismo monje —ella declara con espontánea alegría.

—Vicky, podemos hacer lo que queramos, ir a lugares, ver el mundo, conocer gente, tomarnos un tiempo sabático, te voy a llevar a todos los lugares donde he estado.

—A juzgar por las fotos que he visto, parece como que has visto el mundo entero —observa impresionada. —Todo esto no puede ser así de fácil, cuáles son los peros o condiciones para todo esto cariño, ¿hay algo más? —pregunta Vicky todavía tratando de absorber su nueva realidad.

—Simplemente que lo hagamos siguiendo los mismos tres principios bajo los cuales he vivido toda mi vida —Erasmus declara.

133

—Espera un momento, los recuerdo todos —anuncia interrumpiéndole. —Austeridad —balbucea ella, el primero.

—Correcto —dice Erasmus con una sonrisa y cara de sorprendido.

—Espera, espera, el segundo es… —dice animada en voz alta. —Sí, sí, anonimato —balbucea nuevamente, recordando el segundo también.

—Diste en el clavo una vez más —le confirma Erasmus, ahora en expectativa del último.

—El último es fácil —le dice ella impaciente. —Libertad, es la libertad —declara triunfante.

—¿Recuerdas la primera vez que nos topamos con esos tres principios? —Erasmus le pregunta.

—Lo que quieres decir realmente es si recuerdo el día en que los adoptaste. Como podría yo no tener en mi memoria esa ocasión tan especial en nuestras vidas. De hecho, ese fue el momento en que me hiciste el inolvidable comentario acerca de cómo veías tú todo lo material, ¿recuerdas? —le pregunta ella retándole.

—¿Y cuál fue ese comentario? —le pregunta él retóricamente.

—Tú me explicaste por qué no le atribuyes mayor valor a las cosas materiales o a las personas que acumulan demasiadas de ellas —le responde, pero se interrumpe repentinamente ya que en ese instante y con solo una mirada furtiva percibe su deseo.

—¿Por qué me estás mirando de esa manera? —Victoria pregunta nuevamente, pero esta vez de forma coqueta y seductora ardiendo de pasión.

—Pues solo hay una manera de averiguarlo, mi deseada dama —responde Erasmus deleitado y tentándola. Se aproxima a Victoria deliberadamente y acaricia su mejilla con ternura. En el momento en que su mano libre deshace el nudo del cinturón de su bata, ella suelta sin querer un gemido espontáneo y desinhibido que una vez más llena su mundo de deseo imparable.

Un poco más tarde, cuando está listo para irse a clase, el profesor Cromwell nota que es tarde, es plenamente consciente de que el amor desenfrenado no es compatible con las monótonas reglas de exactitud de la agenda por la cual se rige la vida de un profesor universitario como él. Por primera vez en su vida sufre la ignominiosa vergüenza de llegar cinco minutos tarde para empezar su sacrosanto ritual pedagógico. Pero en este día en particular no le importa o por lo menos eso es lo que piensa. Está enamorado y todo lo que siente es efusividad e impulsividad en un estado de felicidad plena.

Royal Cambridge Scholastic Institute (2018)
(Aula Magna de la universidad)

—Hola —saluda con un tono un poco apenado.

—Ujm, ujm, ujm —es la aclaración de garganta colectiva del cuerpo estudiantil a través de todo el Aula, poniendo en evidencia su tardanza.

—Lo entendemos profesor —declara un grupito de estudiantes que se levanta a disculparse por él en tono de burla ante todos los demás presentes.

—Les pido que me disculpen. Hoy no les he dado un buen ejemplo. Pero aun así, quizá sin merecerlo, todavía voy a continuar exigiéndoles puntualidad en su horario.

—Le hemos dicho que lo entendemos profesor —se levanta otro grupo a decir lo mismo, esta vez tomándole el pelo.

Ahora el profesor está intrigado y realmente apenado. Así que la próxima intervención le exalta aún más.

—Un pajarito nos lo ha dicho —anuncia otro pequeño grupo de estudiantes.

—¿Qué está pasando aquí? —pregunta el profesor totalmente confundido.

—Un pajarito que llegó antes que usted nos informó de que nuestro ilustre pedagogo llegaría tarde, además nos dijo que estaba totalmente segura acerca de lo que usted iba a contarnos el día de hoy y ella no se lo iba a perder por nada del mundo —declara un cuarteto de estudiantes que obviamente han practicado la broma de antemano.

El profesor Cromwell-Smith recorre el Aula con su mirada y la ubica de inmediato. Allí está Victoria, en la tercera o cuarta fila.

—Aquí estoy, aquí estoy cariño —dice hablándole con los labios en recuerdo de su memorable reencuentro en el mismo lugar después de cuarenta años separados.

La situación toma por sorpresa al profesor. La emoción al verla nace desde lo más profundo de su corazón y lo sobrepasa un instinto y no lo puede contener ya que siente que en ese momento le pertenece solo a ella. En ese estado emocional le cuesta mantenerse de una pieza, permanecer circunspecto y mantener el decoro adecuado que su audiencia merece.

—Clase, en el día de hoy les llevaré cuarenta años atrás, al día en que Vicky y yo recibimos una invitación muy particular que nos lanzó hacia una aventura llena de conocimiento y de sabiduría existencial que nos ha durado toda la vida —les dice con una voz imperceptiblemente resquebrajada.

Harvard (1976)
(Estudio de Victoria y Erasmus)

—Erasmus ¿vamos a aceptar la invitación o no? —pregunta Vicky ligeramente exagerada.

—No lo sé, ¿qué piensas tú? —responde evasivamente.

—No me hagas la misma pregunta cada vez que quiero que me des tu respuesta. Y hazte un gran favor a ti mismo, no trates de parecerte al señor Ringwald porque es mejor que haya un solo Acertijo en el mundo de anticuarios de Nueva Inglaterra y no eres tú —le responde con tono totalmente sarcástico y ya molesta.

—Estoy pensándolo —Erasmus responde dándole otra mala excusa.

—Cuánto tiempo más vas a estar pensándolo, Erasmus. Además, esa es también la misma respuesta que me das cuando te presiono. —ella le dice todavía más sarcástica.

—Ok Vicky, voy a tomar la decisión pronto —le contesta sumiso pero poco convincente.

—Es mejor que lo hagas o nos la vamos a perder. —Le advierte.

Erasmus abre la tarjeta de invitación una vez más y la lee.

Invitación

«Están ustedes cordialmente invitados a conocer a un grupo selecto de anticuarios de todas partes de la nación. Un número limitado de libros antiguos estará en exhibición. Cena y cócteles serán servidos».

«¿Por qué estará vacilando tanto? ¿Qué sucede?, si no es más que una simple decisión. Debería estar muriéndose por ir. Normalmente Erasmus aceptaría una invitación de este tipo en un abrir y cerrar de ojos, tal como lo hace cuando identifica cosas que le obsesionan, y esta es ciertamente una de ellas, sin embargo, no lo está haciendo ahora. ¿Por qué?», se pregunta Victoria tratando de hallar una respuesta y la solución.

Impulsivamente camina hacia él y lo sorprende contemplando la tarjeta de invitación. Se la arranca bruscamente de la mano y la empieza a leer una vez más; pero nuevamente se queda en blanco acerca del porqué de su reticencia para aceptar; no puede entender el motivo por el cual se resiste tanto a ir.

—¿Por qué? —le pregunta distraídamente mientras lee acerca de las formalidades y etiqueta de la recepción.

Cuánto la gustaría estrenar su traje de domingo con un grupo tan selecto de eruditos. De repente, en una fracción de segundo se da cuenta, sus ojos se quedan fijos en la dirección de la recepción en la tarjeta. En ese instante pierde la calma y se gira para encararlo.

—¿Es la bendita dirección, no es así? ¿Todo este embrollo porque es una vecindad de gente súper rica?

Él no le responde, ella le da la espalda y se aleja.

—Voy a aceptar la invitación te guste o no te guste, vengas o no vengas, no me importa —declara sin realmente creer en la amenaza que está haciendo.

Erasmus tiene la mirada perdida y en blanco. Sus ojos fijos en la nada, solo contemplando el vacío. De hecho, se siente aliviado. La presión de repente se va como si le hubiesen quitado un peso de encima.

«Sí, eso fue lo que ocurrió. Quizá yo nunca hubiera decidido si ella no lo hubiera hecho», razona Erasmus con la incertidumbre de

137

que, por el contrario, seguramente hubiera seguido torturándose en círculos viciosos e interminables.

Recepción en los suburbios en Boston (1976)

—Erasmus estamos aquí apenas hace una hora y ya te las has arreglado para alienar a tres de los anfitriones del evento, quienes, debo añadir, están entre los hombres más ricos no solo de Nueva Inglaterra sino de la nación entera. ¿Cuál es tu problema? ¿Qué es lo que está pasando contigo? —pregunta una irritada Victoria.

—La riqueza material no me impresiona. No tengo respeto alguno por falsos sentidos de superioridad o la banal arrogancia de los ignorantes y profundamente miserables e infelices seres humanos —declara un pomposo Erasmus.

—Pero ellos son los que hicieron posible este evento, ellos son los que pagaron por él —declara Vicky con cautela.

—Y por ello estoy extremadamente agradecido y así se lo he expresado de todo corazón —reconoce Erasmus.

—¿De dónde sacaste todo ese resentimiento típico de la clase trabajadora británica? —le pregunta una sorprendida Victoria.

—Por el contrario Vicky, de hecho nos va muy bien en nuestra isla con gente auténtica, educada, verdadera y sobre todo profunda, así como una vida llena de cultura, tradiciones y afluencia ilimitada, gracias —le responde con sumo aplomo.

—¿Entonces ninguna persona adinerada en el mundo merece el aprecio y respeto de *su Alteza Real*? —declara Victoria irónica.

—Por supuesto que muchos de ellos lo merecen, pero, como te he comentado ya, son una especie muy rara y difícil de encontrar Vic —le dice Erasmus como un hecho irrefutable.

—Ok, dame un ejemplo —responde Vic retándolo a que valide lo que dice.

—Te doy uno, Andrew Carnegie, empresario escocés-americano, a quien este país no reconoce lo suficiente. Especialmente para poder entender su grandeza uno debe estudiar las siguientes dimensiones acerca de su vida: ¿Cuántas instituciones creó para la mejora de las artes, la educación y las humanidades que todavía existen hoy en día, en 1977, después de casi seis décadas de su fallecimiento? ¿Cuánta gente en nuestro país todavía se beneficia de su obra? ¿A qué edad empezó a devolver su dinero a la sociedad? ¿Qué porcentaje de su riqueza donó mientras estaba vivo y qué porcentaje donó después de muerto? —declara en un discurso Erasmus.

—¿No fue acaso un hombre de negocios despiadado y sin escrúpulos? —pregunta incrédula Victoria.

—Vic, no se trata de cuáles son las habilidades mercantiles o las destrezas acumulativas de estos hombres tan adinerados, es acerca de la cantidad y calidad de sus contribuciones a la sociedad, sobre todo las que perduran a través del tiempo —argumenta adicionalmente Erasmus.

—Discúlpenme, ¿les puedo interrumpir? —intercede de manera muy ruda un hombre excesivamente delgado y alto con un rostro hundido y un traje que le cuelga porque es mucho más grande que su osamenta.

—Si no le molesta estamos teniendo una conversación privada —le responde parcamente Erasmus pero con una pizca de curiosidad acerca del acento escocés que ha detectado en el inoportuno desconocido.

—Sí, sé que es de muy mala educación y una falta de respeto inaceptable que les haya interrumpido. Por favor discúlpenme. Y es aún más inexcusable que adicionalmente haya escuchado la mayor parte de lo que hablaban, sobre todo cuando mencionaron el nombre de un compatriota mío, el insigne gigante liliputiense de Dumfermline, el escocés más grande que jamás haya existido.

Erasmus y Victoria permanecen inmutables y no reaccionan porque no saben qué hacer.

—¿Quién es usted, señor? —pregunta Erasmus.

—Colin Carnegie.

—¿Es usted?... —le presiona aún más Erasmus.

—Sí, soy un pariente lejano de Andrew —responde el señor Carnegie.

—No, lo que quiero decir es si usted es el famoso anticuario de Edimburgo.

—Sí, soy yo, a vuestro servicio, tengo también sucursales en Glasgow e Inverness Y usted, joven, es de Gales, ¿Cardiff quizá?

—Gales sí, pero de Hay-On-Wye —le responde Erasmus al deleitado escocés que asiente con su cabeza sonriendo. Victoria rápidamente se da cuenta de que Erasmus ha cambiado su foco de atención y está a punto de caer en uno de sus estados obsesivos cuando entra en contacto con lo que le apasiona, el mundo de los libros antiguos. Pero el anticuario escocés rápidamente toma el control de la conversación.

—Jóvenes, ustedes se han tropezado por accidente con una veta de oro, voy a compartir con ustedes un escrito que se refiere y es pertinente de manera exacta y precisa al objeto de su discusión, estoy seguro de que va a enriquecer e iluminar algunas nacientes ideas. ¿Les importaría si se lo leo? —pregunta el caballero.

—Hágalo por favor —responde un entusiasta Erasmus.

Mientras tanto, Vicky luce decepcionada al sentir que una excelente oportunidad entre Erasmus y ella para clarificar ciertos temas vitales quizá se ha perdido irremediablemente. Pero no podría estar más equivocada.

El hombre flacucho regresa con un pergamino enrollado en un cilindro y mientras la recepción continúa empieza a leer. El entusiasta anticuario escocés capta la atención de la joven pareja y los transporta a otro mundo.

La riqueza, la fama y el amor
De una manera u otra,
todos andamos detrás
de la riqueza, la fama y el amor,
y en este exacto orden de importancia.
Pero estas ilusiones existenciales,
no siempre se nos presentan en el orden prescrito
o están sujetas a elección.
Por el contrario,
la realidad es que nunca sabemos
cuál se nos aparecerá primero,
ni siquiera si alguna de ellas se hará presente jamás.

Pero si lo hacen,
nos encontraremos con una de las más
sorprendentes incógnitas existenciales,
y es que aquello que buscamos con tanto afán,
no solo nos elude
sino que usualmente lo alcanzamos
a costa de alguna u otras cosas más.
Es así, que lo que sucede a menudo es que
cuando nos hacemos ricos y famosos,
esto ocurre a expensas del amor,
o cuando nos llega el amor, viene sin riquezas o reputación,
o el buen nombre nos llega sin dinero ni amor,
o nos hacemos ricos a costa de las otras dos.
Más aún, lo que no es obvio ni aparente,
es que los tres espejismos de estas tres ilusiones,
las cuales perseguimos con tanto deseo y determinación,
nos llegan a expensas de otro conjunto de virtudes,
todas ellas cruciales en nuestras vidas.
Ya que cuando perseguimos la riqueza,
sacrificamos la austeridad
y con ello corremos el riesgo de perder nuestra capacidad
de apreciar el verdadero valor de la gente
y todo lo que nos rodea,
o peor aún, podemos volvernos incapaces
de valorar las cosas y detalles más sencillos de la vida,
especialmente aquellos nominalmente escasos
en magnitudes cuantificables.
Y cuando vamos tras la fama y la reputación,
corremos el riesgo de que nada acerca de nosotros
sea anónimo
y creemos en nuestra propia ficción en la importancia banal
de lo que los demás piensan acerca de nosotros,
convirtiéndose en un tema obsesivo
que se torna más importante que la realidad misma
de quienes somos en realidad.
Falsamente el anonimato se vuelve así un sinónimo

con la falta de logros o el ser una persona fracasada
y todo lo que hacemos, trabajamos o logramos,
se adhiere perniciosamente a nuestro nombre y ego.
Pero el riesgo más grande que corremos con la fama
es que todo lo que hacemos en la vida,
por nosotros u otros,
se torna de algún modo o manera
en algo dirigido o condicionado
por lo que otros piensan, cómo reaccionan
y cómo se comportan.
Por lo tanto perdemos parte
o todo nuestro sentido de identidad,
ya que los actos más puros y auténticos en la vida,
que son los actos de la consciencia,
donde solo nos rendimos cuentas a nosotros mismos,
se nos escapan y somos totalmente ajenos a ellos.
Pero la más difícil de nuestras ilusiones existenciales,
es el amor
ya que al entregar parte o todo nuestro ser a otro,
corremos el riesgo de perder nuestra libertad.
El amor es un compromiso de dos almas,
donde cada una cede y entrega parte de sí misma,
y así nace una pareja.
Pero la unidad de dos es algo aparte e independiente
de cada individuo por separado,
y el balance entre la individualidad de cada uno y la pareja,
aun cuando puede ser alcanzado,
es muy difícil de lograr,
y más aún de mantener,
ya que el problema yace
en que la autodeterminación y la libertad
no son muy compatibles con el amor,
porque toma mucha madurez y tolerancia
para que ambas puedan coexistir.
Es quizá el amor verdadero
donde las fronteras en una pareja se mezclan mejor.

Esto ocurre con la libertad,
en vez de ser un obstáculo,
es de hecho el lazo
que une al amor auténtico.
Y esa conexión sublime y vital
no se mantiene con murallas y paredes
de inseguridad y posesión
sino a través de la añoranza natural,
cómoda y espontánea por nuestra otra mitad,
y la certeza de no pertenecer inmanentemente
al corazón del otro.
¿Es acaso que lo único que hacemos en la vida,
es perseguir estas tres ilusiones existenciales?
¿Es acaso esto lo único
que somos capaces de hacer en la vida?
Ir tras ellas incesantemente cuando solo son tres espejismos
que se hacen realidad a través de la virtud.
¿Sacrificamos acaso austeridad cuando vamos tras la riqueza?
¿Perdemos el anonimato y nuestra identidad
cuando vamos trasla reputación y el buen nombre?
¿Perdemos la libertad y la autodeterminación
cuando vamos tras el amor?
Quizá antes de ir tras las riquezas
deberíamos primero aprender a ser austeros,
para conocer el verdadero valor de las cosas
y lo precioso que hay en cada ser humano.
Y deberíamos aprender primero,
a ser humildemente anónimos y comedidos
para así valernos de nosotros mismos
y que todo lo que hagamos no dependa de nadie,
mucho menos de lo que dicen los demás,
sino únicamente de lo que dice nuestra consciencia,
antes de ir a la fama,
que siempre está basada
en lo que los demás piensen de nosotros
y no en lo que nosotros realmente pensamos

de nosotros mismos.
Y podríamos aprender acerca de la libertad
y la autodeterminación primero,
idealmente antes de que el amor verdadero toque a la puerta
y nos enganchemos con otra persona,
ya que así seremos capaces de equilibrar
la pareja emergente con la individualidad
y el sentido de ser de cada uno.
La vida es un espejismo con tres grandes ilusiones,
la riqueza, la fama y el amor,
las cuales requieren de un balance muy delicado entre ellas,
para no perjudicar una
a costas de las otras,
la austeridad, el anonimato y la libertad,
ya que las requerimos a ellas también
para una vida plena, equilibrada y feliz.

—Señor Carnegie, estaremos siempre en deuda por el resto de nuestras vidas —declara Vicky impregnada de sabiduría recién adquirida que le permite entender y resolver los temas previos del día.

—La austeridad, el anonimato y la libertad serán los principios por los cuales me voy a guiar de ahora en adelante —declara Erasmus prometiendo mantenerse en contacto para siempre con el anticuario de las montañas escocesas.

Al irse, poco después, la joven pareja se siente distendida y juguetona.

—¿Por qué me estás mirando de esa manera? —le pregunta sorprendida cuando entran a su pequeño estudio.

—Vic, no hay nada más sensual para mí que una bella mujer usando zapatos planos al estilo de Katherine Hepburn, desenvolviéndose con soltura, sintiéndose cómoda y llena de confianza en sí misma, con cada gesto, mirada o postura. Lo encuentro el epítome de la feminidad —responde.

—¿Por qué? —ella pregunta.

—Me encanta cuando a una dama no le importa su estatura y cómo tal banalidad no parece ser relevante sino algo totalmente irrelevante. —le contesta con sumo placer.

—¿Me estás llamando de corta estatura? —le presiona Vicky con tono de duda y vanidad herida.

—La reacción inevitable debería haberlo imaginado, es mi error, disculpa. No Vicky, no lo eres y tú lo sabes. No estás captando lo que te quiero decir, tu altura no es de lo que te estoy hablando —le reasegura, pero Vicky apenas le escucha, ya que la sensación de sensualidad que siente a través de sus zapatos planos la tiene completamente atrapada en sus redes.

—Entonces, mi adorada dama, me podrías decir nuevamente, ¿cuál fue tu pregunta original? —le susurra con un sutil mensaje subliminal que reafirma todo el deseo que corre por las venas de la enamorada pareja.

—¿Por qué me estás mirando de esa manera? —le dice mientras se le acerca.

Para responderle a su mensaje, Erasmus la recibe en sus brazos para llevarla a su mundo de pasión interminable, siempre rodeados de tensiones sanas y diferencias de opinión, salpicados ambos por la personalidad vivaz y espontánea de Victoria, perennemente radiante con sus zapatos planos al estilo Katherine Hepburn.

Royal Cambridge Scholastic Institute (2018)
(Aula Magna de la universidad)

El profesor Cromwell-Smith regresa a su clase, al presente, con una amplia sonrisa en su cara y la mirada fija y directa a los ojos de su amor verdadero.

Deleitada de habérsele unido hoy, Victoria, por su parte, está como en un trance mientras asiente con su cabeza y mantiene ambas manos sobre su corazón.

—Clase, llévense esta lección para siempre, ¿qué significa la austeridad en relación a la riqueza?, ¿qué significa el anonimato en relación a la fama?, ¿y qué significa la relación en cuanto al amor? —el profesor pregunta con profunda sabiduría.

—Los antídotos —intercede espontáneamente desde su asiento Victoria para completar su pregunta retórica.

Sus palabras al principio la avergüenzan, ya que según las dice le suenan a intromisión, pero la reacción colectiva de aprobación del cuerpo estudiantil la relajan y por ello continúa:

—Y quiero que sepan que hoy en día el profesor es la misma persona que era cuando nos separamos. Vive y sigue fielmente esos principios —añade como soporte de sus convicciones.

Esta vez es el turno de Erasmus de agradecerle a ella sus palabras con ambas manos en su propio corazón.

Varios grupos de discusión entre los estudiantes permanecen en el Aula Magna mientras Vicky y Erasmus se marchan agarrados de la mano. Al alejarse, muchos observan que la pareja parece estar inmunizada contra las tres grandes ilusiones con que la vida nos tienta y nos ofrece desde que tenemos uso de razón.

CAPÍTULO 10

La familia, las verdaderas amistades y el amor

Royal Cambridge Scholastic Institute (2018)
(Hogar de Erasmus y Victoria en el campus universitario)

Los tres hijos de Victoria, la mayor Elizabeth-Victoria de 24 años, el mediano Bartholomeus de 22 años y la pequeña Sarah de 19, quienes todavía viven en la casa de sus padres, aparecen en la nueva residencia de su madre tal como lo habían acordado con ella antes de marcharse el fin de semana a la isla de Nantucket con un grupo de amigos. La sorprenden al entrar sin anunciarse mientras ella está tomando el desayuno. La reunión familiar es importante ya que Victoria va a compartir con ellos la excelente noticia que ha guardado en secreto.

—Erasmus me ha pedido que me case con él —les anuncia titubeante.

—¡Felicidades mamá! —es la respuesta colectiva de sus hijos.

Victoria les muestra la original y distintiva «batuta» de compromiso.

—¿Cuándo te lo propuso? —pregunta Sarah mientras inspecciona la preciosa joya. Bart, por otro lado, está perdido tratando de entender lo que significa el extraño objeto colgante.

—Hace unas semanas me sorprendió pidiéndome la mano de improviso —dice Victoria con una sonrisa llena de felicidad.

—¿Por qué una batuta? —pregunta Bart.

—Es algo más simbólico que otra cosa —le explica.

—Ah, la historia de la batuta rota —balbucea Bart finalmente recordando la famosa anécdota que todos ellos han escuchado de su madre un sinfín de veces desde que eran niños.

—Mamá, ¿por qué esperaste a decírnoslo? —pregunta Sarah.

Rápidamente se forma un silencio incómodo mientras Victoria tiene dificultad en articular las palabras adecuadas.

—Quizá porque quería estar segura de que era algo verdadero —dice Victoria un poco compungida.

—¿Y qué le respondiste? —pregunta Elizabeth-Victoria.

—Le dije que sí, por supuesto, y con todo mi corazón —Victoria le responde con espontaneidad pero a la vez se percata de que es un momento agridulce para sus hijos.

—Mamá, ¿podrías hacer el esfuerzo de dejar de sentirte culpable de una vez por todas? Cuántas veces te tenemos que decir que esto es lo que todos nosotros queremos para ti —le dice Bart en términos claros.

Sus tres hijos la rodean en círculo y la abrazan con alegría. Todos lloran un poco y se ríen, en lo que todavía sigue siendo un momento difícil de entender y procesar emocionalmente para toda la familia.

—Ahora todos podemos mirar hacia delante, una nueva vida y una nueva familia —declara Elizabeth-Victoria con entusiasmo.

—Mamá, entonces, por favor explícanos cuáles son tus planes para el futuro —pregunta Bart.

—Todos vamos a vivir aquí, he puesto nuestra casa a la venta y planeo mudar pronto cada una de vuestras habitaciones aquí. Si os estáis preguntando por qué no vivimos en nuestra casa, la razón es muy sencilla, nuestros trabajos como profesores nos quedan muy cerca de esta dirección, como sabéis antes tenía que conducir unas horas para llegar a mis clases, ahora son solo diez minutos —declara Victoria dando todo por hecho. Pero para su gran alivio, lo que ve son rostros de consentimiento, así que decide continuar con el segundo tema que quiere tocar. —Por otro lado, quería avisaros de algo igual de trascendente. Voy a establecer para vosotros fondos de fideicomiso con la totalidad de la póliza de seguros de vida que vuestro padre dejó —anuncia Victoria para gran sorpresa de sus hijos.

—Mamá, ¿pero qué hay acerca de ti? —pregunta Sarah, repentinamente preocupada.

—Tengo mis ahorros propios, también mi pensión de viudedad y en un futuro no muy lejano mi pensión de la seguridad social. Todo modesto, pero suficiente.

—¿Y el profesor? —pregunta Bart.

—Bueno, al principio yo asumí que como pedagogo tendría una situación parecida a la mía, pero me sorprendió completamente al respecto. Dejadme primero contaros algo de historia acerca de Erasmus. Como sabéis el profesor es soltero, nunca se casó ni tuvo hijos. Así que cuando me dijo que estaba pensando hacer lo mismo y establecer por cuenta propia fondos de fideicomiso a cada uno de vosotros, por poco no me lo tomo en serio. Pero resulta que mi adorado británico, la persona más desprendida que jamás haya conocido, es inimaginablemente rico, gracias a las regalías de numerosos libros educativos y de ciencia ficción que ha escrito a lo largo de los años.

—Mamá, ojalá su dinero no interfiera en vuestra relación —interviene Bart con un ligero tono de preocupación.

—No, eso no va a ser problema. Vosotros conocéis bien mis principios acerca del dinero —responde Victoria con convicción.

—¿Cómo lo llamas tú, mamá? —pregunta Sarah.

—Dinero con o sin dignidad. Una mujer moderna debe vivir de lo que ella y su marido devengan juntos, aun cuando su trabajo sea en casa. Todo es un asunto de respeto por uno mismo. Recordad siempre esto muchachos: toma mucho tiempo ganarse las cosas en la vida y en particular, en el caso de Erasmus y yo, transcurrirá mucho tiempo hasta que yo pueda legítimamente tener derecho alguno a lo que hoy en día le pertenece solo a él, porque es él quien se lo ha ganado y no yo.

—Bueno mamá, obviamente él no está en casa, ¿dónde tienes escondido al profesor?, todos queremos hablar con él —le dice Bart.

—Lo siento hijo, yo quería tener esta conversación a solas con vosotros. A esta hora está camino a clase, pero estará de vuelta al final de la mañana.

Royal Cambridge Scholastic Institute (2018)
(Aparcamiento de la facultad universitaria)

El profesor Cromwell-Smith está sumamente preocupado mientras aparca su vieja y oxidada bicicleta. La noche anterior Victoria le informó de que sus hijos la visitarían hoy por la mañana.

«¿Por qué se reunirán solo con ella y no con nosotros dos?», se pregunta desconcertado.

«¿Apoyan ellos nuestra relación? Ninguno ha dejado todavía el nido ni las alas protectoras de su madre. ¿Aprueban ellos que su mamá no esté viviendo más en su casa? ¿Se mudarán con nosotros de acuerdo a los deseos de su madre?», se dice discutiendo atropelladamente consigo mismo, sin embargo, recuerda una vez más que fueron ellos quienes tomaron la iniciativa de localizarlo, después de que su padre falleciera.

«Ellos son conscientes de los sentimientos de su madre y conocen toda nuestra historia de jóvenes perdidamente enamorados viviendo juntos cuando estudiábamos en Harvard, también a través de Sarah conocen toda mi vida antes de reencontrarme con su madre».

Mientras camina a través de los corredores de la facultad, el profesor va todo revuelto por dentro, en estado de exaltación y angustia máxima. Hasta que finalmente se da cuenta…

«Viejo torpe, ella simplemente les está informando de tu propuesta de matrimonio», reflexiona mientras se le ilumina el rostro y a la vez se siente como un verdadero tonto.

Pero al acercarse al Aula el deber le llama y rápidamente se espabila.

«La familia. ese va a ser el tema que voy a tratar en el día de hoy».

Royal Cambridge Scholastic Institute (2018)
(Aula Magna de la universidad)

—Buenos días a todos —Erasmus abre su clase saludando a los estudiantes con gusto.

—Buenos días profesor —le responden al unísono.

—Hoy revisaremos un momento en el tiempo donde la familia de Victoria interfirió en nuestras vidas. Empieza así:

Harvard (1977)

—Erasmus, mis padres son gente muy conservadora del medio oeste norteamericano.

—Magnífico, pues estoy deseoso de conocerles.

—No estoy segura de que el sentimiento vaya a ser mutuo —abruptamente, ella interviene.

A Erasmus se le nota de inmediato sorprendido.

—¿Por qué dices algo como eso Victoria? —le pregunta con zozobra en su rostro.

—No creo que vaya a ser ninguna razón en particular, ni nada negativo acerca de ti, ni siquiera será algo personal, después de todo no te conocen todavía —argumenta.

—Exactamente —le responde, pero su palabra solo extrae una mirada en blanco de Vicky. —¿De qué se trata entonces?

—Ellos quieren que me case con alguien de mi comunidad, más específicamente con alguien de mi congregación. Cualquier otra cosa simplemente no la pueden concebir —le explica.

—Y entonces, ¿cómo es que te dejaron venir a Harvard? —le pregunta.

—Casi no me dejan. Pero me lo gané académicamente. Así que al final tuvieron que dar su consentimiento porque no les quedó otra opción —responde Vicky.

—Ahí lo tienes entonces. Quizá son más abiertos y flexibles de lo que tú piensas —le contesta, pero con la sensación creciente de no estar llegando a ningún lado.

—Me temo que ellos tienen la expectativa de que regrese a casa —prediciblemente ella le responde.

—Victoria, pero tú eres una persona adulta. De cualquier forma, lo que importa es lo que tú quieras. ¿Qué es lo que quieres hacer Vicky? —un frustrado Erasmus le pregunta.

—No hay nada que desee más en este mundo que el estar contigo —le dice mientras se besan apasionadamente. —Yo me encargo de ellos, no te preocupes —le asegura.

—Maravilloso, entonces, ¿cuándo me los presentas? —pregunta Erasmus ingenuamente.

—Eso no va a ocurrir en esta ocasión, Erasmus —responde de manera definitiva Vicky.

—¿Qué? ¿Por qué? —Erasmus pregunta totalmente sorprendido.

—Ellos no saben que estamos viviendo juntos y, conociéndote como te conozco, no veo manera alguna de que una vez delante de ellos no se te escape, sin querer, la verdad, debido a tus buenos modales y etiqueta británica, sobre todo en nuestro caso tu sentido de la exactitud y precisión en todas las respuestas. Y, Erasmus, ni se te ocurra sugerirlo, porque no te voy a pedir que mientas —razona con decisión sus palabras.

—Entonces no me presentes como tu novio, sino como un compañero de clase o como lo que tú decidas —Erasmus le pide una vez más, percibiendo una pared de ladrillos inamovible frente a él.

—No todavía, no quiero que caigan presiones innecesarias sobre mí, especialmente si ven a un hombre a mi lado. Pero te prometo que lo haremos pronto, nos montamos en el tren y vamos juntos a Waterloo a visitarles —le responde de manera definitiva.

—Victoria, creo que te estás ahogando en un vaso de agua y haciendo esto más grande de lo que es —se lamenta en vano el joven enamorado.

Y es así como dos días después los padres de Vicky se marchan sin que ella les haya presentado a Erasmus, quien altamente preocupado por lo sucedido, sobre todo por su comportamiento, decide llevarla con él en la búsqueda de sentido común y sabiduría en el tema de la familia. Para ello se dirigen a visitar a uno de sus mentores de confianza, Thomas Albert Faith, quien según la opinión de Erasmus es el mejor equipado para ayudarles en ese tema en particular.

Riverside, suburbios de Boston, (1977)
(Librería del señor Faith)

—Victoria y Erasmus, aquí estamos para serviros ¿en qué les puedo ayudar? —les pregunta un animado señor Faith.

—Señor F., deseamos enriquecernos en el tema de la familia. Sobre todo cómo reaccionar y tratar con ellos.

—¿Cuál es la naturaleza del problema que estáis tratando de resolver?

—Victoria —dice Erasmus para que ella responda.

Vicky titubea pero luego encuentra las fuerzas necesarias para empezar. Mientras avanza en su narración se siente avergonzada a medida que relata el problema con sus padres al señor Faith.

El señor Faith reflexiona un momento mientras observa a ambos jóvenes.

—Quizá esta es una buena oportunidad para que visitemos la bóveda —les anuncia.

—¿La bóveda? —pregunta Erasmus sorprendido.

El señor Faith se pone en movimiento de un brinco y camina rápidamente hacia la parte de atrás de su librería. Ellos le siguen hasta lo que parece su oficina y al entrar lo ven de inmediato: Hay un pequeño ascensor detrás de una puerta de madera de las que se abren deslizándose hacia los lados manualmente.

Juntos bajan un piso y al llegar se encuentran literalmente en la entrada de una bóveda bancaria. Al señor F. solo le toma unos pocos segundos abrirla.

—Este edificio solía ser un banco hasta que yo lo compré hace casi dos décadas.

Una vez dentro de la bóveda, los ojos de Erasmus se agrandan de admiración mientras inspecciona el contenido de la misma: Hay cientos de libros gigantescos. La condición de los libros y sus portadas le indican que está en presencia de una colección eterna y de valor incalculable. En el centro del cuarto hay una mesa de conferencias, el ambiente tiene una temperatura controlada y una sequedad absoluta inducida. Luces fluorescentes dan una iluminación intensa y muy blanca.

153

—Siéntense por favor —les indica el señor F. y procede a seleccionar un enorme libro antiguo, lo coloca encima de la mesa y lo abre con un cordón marcador que está exactamente donde él quiere.

—Ustedes dos se orientan en la dirección equivocada. Rechazan el intervencionismo y la interferencia, pero Victoria, ambas son las reacciones naturales de tus padres por el miedo a perderte.

—Nosotros somos dos personas adultas que queremos estar juntos, ellos no tienen derecho alguno a decidir la vida que Vicky va a vivir, mucho menos a quién puede querer y con quién formar una familia —protesta Erasmus.

Los ojos de Victoria se abren con sorpresa ya que es la primera vez que él menciona la palabra familia entre ellos. Le gusta y le tiene miedo a la vez, ya que la sola idea le hace temblar.

—Quizá deben contemplar la situación con una mente más abierta y una visión más amplia —les dice el señor F.

—¿Cómo? —dice Erasmus.

—No se trata únicamente de la familia —responde el señor F. de una manera un poco críptica.

—¿Qué es lo que quiere decir exactamente? —le presiona Erasmus.

—Ante todo, nuestros seres queridos lo conforman y abarcan un grupo bastante grande que incluye no solo a nuestra familia, sino a nuestros amigos de verdad y todos aquellos incluidos en lo que tenga que ver con el amor. Una vez entendemos quién es quién en nuestro círculo más íntimo de la vida, las preguntas fundamentales que surgen son: ¿Qué es lo que estamos dispuestos a hacer por ellos? ¿Qué es lo que se espera de nosotros? ¿Cuáles son los límites que debemos establecerles y establecernos en las relaciones con todos ellos? —razona el señor F. con sabiduría. —Debo advertirles, sin embargo, que este escrito no suena como un poema o una disertación, sino más bien como un manifiesto.

La pareja de jóvenes está completamente hipnotizada por las palabras del señor Faith: le escuchan con suma atención y absoluta concentración.

—Está escrito como una declaración donde se enuncian una serie de ideales —continúa describiendo el señor F.

—¿Cómo si fuera una declaración de independencia? —le pregunta Victoria con una ingenuidad esplendorosa.

—Ciertamente en esa vena, pero limitada a los temas del amor, la amistad verdadera y la familia. Así que, una vez más, tengan en cuenta que este escrito antiguo es un enunciado de los deberes, responsabilidades, derechos, las fronteras y límites que existen en estos tres temas. Es, también, un conjunto de aspiraciones e ideales a seguir en nuestras relaciones con todos aquellos que son lo más cercano a nosotros —concluye el erudito mentor al completar su introducción.

En ese momento el señor Faith empieza a leer con un gesto de profunda satisfacción.

Las familias, las verdaderas amistades y el amor
En todos los asuntos de familia,
la verdadera amistad y el amor residen,
además de en los lazos que nos unen,
en todos aquellos a quienes queremos demasiado,
ya que son los más cercanos a nuestro corazón.
La cercanía tan próxima y la invisible unidad
de esos tres lazos existenciales,
son algunas de las fuentes más importantes
de fortaleza y felicidad en nuestras vidas.
Pero nunca podemos tener cuidado suficiente,
ya que la cercanía y la proximidad con nuestros seres queridos
no son inmanentes,
al contrario tienen que ser merecidas y obtenidas,
a través de esfuerzos y sacrificios diarios y continuos,
que hacemos en nombre de nuestra familia,
los verdaderos amigos y el amor.
El poder y la fortaleza de estos lazos,
se origina en nuestra habilidad de permanecer unidos
como un bloque, sin considerar nada o a nadie.
La felicidad emerge de la intimidad que se origina

por vivir una vida plena, en cercanía y proximidad,
con aquellos que son cercanos a nuestro corazón.
Todo lo que hacemos en asuntos de familia,
los verdaderos amigos y por amor,
se originan en los actos de conciencia,
donde nos rendimos cuentas únicamente a nosotros mismos
y actuamos solo porque nuestras conciencias
así lo dictaminan,
no por lo que aquellos más cercanos a nosotros,
hacen o piensan o quieren.
Pero los límites o fronteras entre lo que debemos hacer
o lo que se espera de nosotros y viceversa,
en asuntos de la familia, la amistad verdadera o el amor,
son tenues, difíciles de distinguir o precisar
o más probablemente blancos en movimiento
o arenas movedizas.
Esto, a menos de que estemos dispuestos o seamos capaces
de formular y enunciar una declaración,
en cierta manera un manifiesto,
que nos vista de un manto sagrado,
consistente en estos tres invalorables lazos existenciales,
y al mismo tiempo,
algo que deje grabado en la piedra con suficiente claridad,
qué es lo que perseguimos.
El manifiesto dirá lo siguiente:
Juntos,
amamos sin límites con toda la fuerza de nuestros corazones,
somos salvajes e infinitamente leales,
siempre defendemos y preservamos la unidad entre nosotros,
siempre nos comportamos con impecable dignidad,
siempre protegemos
y mantenemos la integridad de nuestro honor,
siempre rezamos incesante y humildemente
en la práctica de nuestra fe,
siempre atesoramos cada una y todas las preciosas
e inolvidables memorias y momentos de nuestras vidas,

156

jamás abandonamos ni renunciamos al poder de la esperanza,
y nunca, nunca dejamos asuntos por resolver, ni renunciamos o
saltamos de la nave, nos escapamos, flaqueamos, titubeamos,
vacilamos, rompemos filas o voluntariamente dejamos a alguno de
los nuestros abandonado o detrás.
Fallamos y caemos juntos, pero nos levantamos todos de nuevo y a
la vez, una y una y otra vez,
de nuevo siempre y sin chistar.
Y así,
cuando los senderos de nuestras vidas se trazan, definen y
desenlazan en esfuerzos tangibles de superación personal, logros
deliberados o proyectos en marcha,
juntos, cultivamos, preparamos, apoyamos, exaltamos, motivamos,
creemos en, asistimos, levantamos, aupamos, establecemos,
guiamos, tutelamos, aconsejamos, dirigimos, nos mantenemos al
lado de, inspiramos, somos el ejemplo de, apoyamos, elogiamos,
enseñamos con paciencia ilimitada y especialmente siempre
estamos disponibles a cualquier hora
para lo que pudiésemos ser necesitados.
Cuando en otras circunstancias la vida requiere de nuestra
intervención e involucramiento actuamos juntos rápida y
decisivamente y nos enfrentamos, amonestamos, reprendemos,
reclamamos, protestamos, refutamos, disentimos, contradecimos,
nos oponemos, prevenimos, salvamos, evitamos, cambiamos de
dirección, rectificamos, escuchamos en detalle y bien, más aún, si
está bajo nuestro control lo prohibimos sin titubear.
En otras ocasiones somos puestos a prueba por dentro y por fuera,
y nuestras virtudes y valores, especialmente nuestra integridad y
capacidad de dar, son desafiadas al máximo, en estos momentos,
por encima de todo, enarbolamos la resplandeciente bandera de la
verdad, esperamos con paciencia ilimitada, siempre estamos listos a
responder, tenemos una tolerancia inquebrantable, actuamos con
compostura y moderación, estamos listos a dar lo que tenemos y
compartir lo que tenemos, y de manera predecible cumplimos con
todas nuestras promesas y compromisos actuando siempre con
respeto y valorando a los demás.

Cuando cometemos errores,
actuamos compungidamente, corregimos, nos arrepentimos,
buscamos el perdón y estamos siempre listos
para perdonar y ser perdonados.
La etiqueta, el decoro y el verdadero respeto no solo se esperan
sino que se requieren de nosotros, por lo tanto, nunca gritamos,
maldecimos, humillamos, insultamos, derogamos, herimos,
hundimos, buscamos venganza, juzgamos o criticamos a otros.
Por el contrario buscamos ser el ejemplo
actuando siempre de manera humilde
en nuestras palabras y comportamiento.
Perseguimos la austeridad, la modestia,
la discreción y la moderación.
El guiar y educar a las nuevas generaciones es nuestra
responsabilidad; por ello, siempre estamos enseñándoles
y los proveemos, los entrenamos, enseñamos,
les inculcamos y asignamos responsabilidades,
haciéndoles rendir cuentas por ellas posteriormente
y además invertimos tiempo el uno en el otro.
Pero por encima de todo no perdemos la perspectiva
acerca de las pequeñas cosas de la vida,
por lo que es dulce, doloroso o agrio, siempre decimos la verdad,
nos reímos y disfrutamos.
Nos reímos y divertimos, gozamos y compartimos la felicidad.
Y juntos aclamamos y celebramos la vida con la familia,
los verdaderos amigos y el amor.

—Victoria y Erasmus, en todos los asuntos de la familia, los verdaderos amigos y el amor somos los tres mosqueteros de Dumas, todos para uno y uno para todos. El catálogo de todo lo que estamos dispuestos a hacer y quiénes queremos ser, es denso y amplio, pero en ninguna instancia refleja o nos otorga el derecho de gobernar a ninguno de esos tres lazos. Victoria, tú eres una persona adulta, únicamente tú puedes decidir lo que vas a hacer con tu vida —concluye el erudito mentor.

—Gracias señor F. estamos en deuda con usted para siempre — le dice Erasmus mientras la joven pareja parte hacia la estación de tren.

Erasmus viaja en el tren lleno de confianza, aliviado de que una gran nube haya sido disipada de sus vidas. Victoria, sin embargo, está llena de dudas y se siente empujada y atrapada en una esquina.

«Mis padres solo quieren lo mejor para mí», razona extrañamente, tratando de defenderles de su mitad enamorada.

Royal Cambridge Scholastic Institute (2018)
(Aula Magna de la universidad)

El profesor Cromwell-Smith regresa al presente con cara preocupada. Sus viejas inseguridades están todas de regreso. Racionalmente, él sabe que ninguna de ellas tiene base, pero sus miedos pueden más. De repente siente una necesidad imperiosa de verla y para sorpresa de toda su clase el venerable profesor se marcha de manera apurada y abrupta con un leve saludo de despedida y mascullando solo entre dientes.

—Les veo la semana próxima.

Pero al salir del Aula Magna, en la puerta de entrada, casi se choca con ella.

—Vicky —dice aliviado.

—¿A dónde vas tan apurado, cariño? —ella le pregunta sonriendo y medio en broma, pero en una fracción de segundo, se percata del miedo intenso en sus ojos. De ahí en adelante sus instintos la guían, primero cubre su rostro con sus palmas y mirándole de cerca a los ojos le reafirma nuevamente:

—Estoy aquí viejo tonto y no me voy a ninguna parte —le dice con voz amorosa y unos ojos llenos de determinación.

—Por favor, nunca dejes de decírmelo mi adorada dama —le pide Erasmus mientras se relaja más y más aún.

—Tantas veces como sea necesario, continuaré haciéndolo cariño —le confirma otra vez.

—Hablando de otras cosas, necesito hablar contigo acerca de mis hijos —le anuncia.

159

Los ojos de Erasmus se agrandan nuevamente, pero ella lo corta de inmediato.

—No entres en pánico de nuevo, no hay necesidad, son muy buenas noticias —Vicky le asegura una vez más.

Mientras la pareja se aleja, el Aula todavía está llena, muchos todavía inmersos en las profundidades del tema explicado por el eminente profesor. Sus estudiantes parecen reevaluar los lazos, las relaciones, los límites y fronteras que tienen con sus propias familias, verdaderos amigos y otras mitades, contrastándolo con lo que han aprendido el día de hoy con el profesor.

CAPÍTULO 11
La vida como un circo

Royal Cambridge Scholastic Institute (2018)
(Hogar de Erasmus y Victoria en el campus universitario)

La noche anterior Erasmus y Victoria pasaron una estupenda velada y una espléndida cena en un restaurante de frutos del mar cocinados al estilo de Nueva Inglaterra. Fue un evento memorable, ya que allí los hijos de Victoria dieron su aceptación a la pareja de enamorados. A fin de cuentas, lo que le importa más que ninguna otra cosa a los hijos es ver a su madre con un brillo de alegría en sus ojos, totalmente relajada al lado de Erasmus y, sobre todo, verdaderamente feliz.

—Cariño, estuviste magnífico anoche —ella declara con gusto, mientras pedalean juntos a través de las calles del campus universitario.

—Algo sumamente fácil de hacer con tus hijos y debo añadir que te quieren todos muchísimo, mi adorada dama, —afirma Erasmus con voz entusiasmada mientras zigzaguea jugueteando con su vieja y oxidada bicicleta a través de los colores del inicio de la primavera.

Victoria le contempla sintiéndose orgullosa y ligera, sin ningún peso emocional.

—No creo que recuerdes cuándo fue la primera vez que yo me enamoré de la idea de ser madre y tener hijos, ¿o acaso te viene a la memoria? —le pregunta, retándolo un poco, pero bastante segura de que tiene idea de lo que le está hablando.

—Bueno, la única vez que puedo recordar en la que mencionaste algo al respecto fue en el círculo —responde de inmediato.

Atónita, Victoria respira profundo con ojos sorprendidos y un corazón lleno de empatía al valorar su sensitiva memoria acerca de un momento tan trascendental en su vida.

—De hecho fue un día muy afortunado porque fuimos al circo —le dice jugando con él.

—Yo diría que en vez de afortunado fue algo deliberadamente calculado por tu parte. Lo planeaste desde un principio —le dice un divertido Erasmus, sin caer en la trampa.

El profesor Cromwell está tan perdido en sus pensamientos que solo cuando su bicicleta golpea a un policía acostado sale del trance en que se encontraba y vuelve a la realidad; entonces se percata de que tiene a Victoria todavía a su lado y que están a punto de llegar al edificio de la facultad.

—El circo, ese será el tema de hoy —dice en voz alta, repentinamente inspirado. Y ella asiente con una sonrisa de apoyo y acuerdo total.

Rápidamente monta la bicicleta de Vicky en el gancho del coche y la despide con un beso cálido y tierno, antes de que ella se dirija a su clase. Momentos después, el profesor entra en el Aula Magna con su cabeza llena de un mundo de artistas itinerantes que actúan para el público dentro de una gran carpa, viajando por doquier y sin cesar.

Royal Cambridge Scholastic Institute (2018)
(Aula Magna de la universidad)

—Buenos días a todos —saluda animado el profesor.

—Buenos días profesor —le responden los estudiantes listos para comenzar.

—La semana pasada estuve distraído por un asunto doméstico así que dejé la clase precipitadamente, por favor les pido que me disculpen —el profesor explica en tono compungido.

—¿Está todo bien en casa profesor? —le pregunta un grupo de estudiantes incrédulos, al unísono.

El profesor parece sorprendido y les mira con un gesto de incomodidad.

—¿Qué es lo que se traen ustedes entre manos?

En ese momento se da cuenta, justo antes de que la broma que le están gastando continúe.

—Muchos de nosotros vimos la escena tipo *Shakespeare* que ocurrió en la entrada del Aula la semana pasada —el mismo grupo le responde en tono sarcástico.

Apenado el profesor decide contárselo todo.

—Ok, es suficiente por hoy, basta de burlarse de su profesor —les dice sin mucha convicción en su voz.

En ese momento ve las miradas expectantes de sus estudiantes y decide complacerles.

—Está bien, la verdad es que no sucedió nada, Victoria se presentó sin avisarme y estaba en la puerta justo cuando salía de clase. Fue una agradable sorpresa —explica el profesor con una sonrisa amplia en su rostro, mientras les asegura que no hay nada de qué preocuparse.

«Todos ellos se preocupan por mi bienestar», piensa mientras les mira a los ojos con gratitud.

Pero el protocolo rápidamente se impone y el profesor, en cuestión de segundos, está listo para empezar la clase.

—En el día de hoy voy a llevarles a un momento en particular, cuando Victoria y yo encontramos y adquirimos eterna sabiduría existencial después de que hicimos una visita al circo. La historia comienza así...

Ciudad de Nueva York (1977)

El equipo de fútbol de la Universidad de Harvard acaba de jugar contra la Universidad de Princeton. Vicky dirigió la banda, y como siempre, iluminó toda la ceremonia de apertura y cierre del evento.

—Erasmus, quiero que me lleves a la tienda en Nueva York donde me compraste la batuta.

Un poco después, en el tren desde New Jersey hacia la gran ciudad, Erasmus se rasca la cabeza tratando de entenderla. «¿Por qué querrá que la lleve allí?».

En un tris se les ve caminando agarrados de la mano por las calles de Manhattan y la belleza del otoño anticipado que se dibuja a través de todo Central Park.

«Ir a esa librería, de alguna manera, es algo muy importante para ella», piensa Erasmus al entrar al pulmón de la ciudad desde la intersección de la calle 69 con la 5.ª Avenida.

Mientras pasean a través del parque, es evidente el amor exuberante entre los dos jóvenes. La intensidad con que se agarran de la mano, los incesantes juegos y bromas entre ambos, además del espíritu libre que se nota en ellos. Corren tras las palomas en la laguna, se embadurnan el uno al otro las caras con los helados de la fuente, se echan encima palomitas de maíz en *Strawberry Fields*, dejan ir hacia el cielo docenas de globos de todos los colores en *El panteón de los poetas*.

—Quizá algún día serás un poeta icónico que honrarán en este panteón con una estatua como esta —le dice Vicky repentinamente con ojos cándidos y una sonrisa llena de esperanza ingenua, mientras contempla las figuras en ese recodo de Central Park donde celebran a los grandes poetas.

Verla tan inocente, bella, espontánea y con grandes sueños para el futuro inspira a Erasmus.

—¿Por qué no? —le responde con la misma ingenuidad.

Y es ahí cuando ocurre la magia y Erasmus empieza a recitar de improviso sin quitarle los ojos de encima a su bella dama.

—Llamémoslo un verso en *El panteón de los poetas* —le dice antes de comenzar.

Un verso en *El panteón de los poetas*

Las hojas caen
en *El panteón de los poetas*,
y allí veo tus ojos brillar
con los colores del otoño.
El silbido de la suave brisa
llena tus pulmones
de la Gran Manzana
la gran metrópoli,
y esparce el espíritu
de Central Park,
a todo nuestro alrededor.

El parque está colorido
con tonos infinitos,
amarillos y naranjas,
y por qué no,
algunas tonalidades de rojo,
también.
Todo esto al parecer,
solo por y para ti,
mi amor.
Pero es en este recodo sagrado,
donde tu sonrisa resplandece
al máximo
y cuando llena de sueños,
te das cuenta de que tu corazón,
ya no te pertenece,
porque se lo ha llevado,
un romance de otoño,
el espíritu de Central Park
y el mío mismo,
mientras recito este verso
hecho de hojas otoñales
y de mi corazón y mi alma,
postrados ante ti,
en este *panteón de los poetas.*

Vicky extiende sus brazos y deliberadamente lo acerca a ella hasta que se quedan totalmente pegados el uno al otro. Allí, le besa efusivamente por todos lados. Sus palabras son suaves pero firmes ya que vienen de un alma enamorada y decidida a la vez.

—Mi corazón está total y perdidamente enamorado de ti —ella le dice completamente entregada a su verso en *El panteón de los poetas.*

Entonces hablan sin parar, como si no se hubieran visto desde hace años. Cuando finalmente salen del parque, por su esquina suroeste hacia Columbus Circle, están impregnados del espíritu de Central Park, el magnífico pulmón de Nueva York, así como de la

Gran Manzana, que es también como se la conoce en el mundo a esta gran ciudad.

Tras otra caminata despreocupada deambulando por las calles de la bulliciosa metrópoli, Erasmus se queda aún más confundido cuando entran en la librería de instrumentos musicales y Vicky no pasa más de cinco minutos en ella.

—Este lugar simboliza tu declaración de amor. Este fue el lugar donde tu gesto de amor me conquistó y robaste mi corazón. Cuando me enteré que habías viajado toda la noche para conseguir un reemplazo para mi batuta rota, se despertó en mí un deseo de mover montañas, ir a cualquier lugar, hacer lo que fuera por ti y de protegerte. Y aun cuando en aquel entonces no sabía quién lo había hecho, rezaba y rezaba porque fueras tú —le dice Vicky inspirada.

Victoria le besa efusiva y apasionadamente. Al hacerlo se sostiene con una sola pierna mientras la otra está flexionada hacia arriba en el aire como el beso de la novia que se despide de su marido cuando este se alista a servir en alta mar.

—Cariño, hay otra razón por la cual te he traído aquí. Échale un vistazo, por favor, a la dirección de la tienda de instrumentos musicales —le dice mientras le entrega la tarjeta.

«El mundo de los instrumentos de las bandas de música» (La tienda de su clase más grande en el planeta Tierra) ubicada en la ciudad de Nueva York (convenientemente detrás del Madison Square Garden y al lado de la estación de tren Penn Station).

En ese momento Vicky le enseña un recorte de periódico y al leerlo los ojos de Erasmus se agrandan como los de un niño ante una sorpresa por algo que le gusta sobremanera.

«El circo de los Ringling Brothers se presenta en el Madison Square Garden, en la ciudad de Nueva York, durante los meses de septiembre a diciembre del año 1977».

—Quiero que me lleves al circo —le dice con la expresión de una niña pequeña. Erasmus la complace con gusto y lo que hacen es simplemente cruzar la calle y durante las siguientes dos horas se divierten al máximo.

Al terminar y salir a la calle Erasmus toma la iniciativa esta vez.

—Tomemos el tren y vayamos a ver al señor L. en New Heaven.

166

—De acuerdo, pero solo con una condición —le responde.

—Quieres ir a comer al French Bistró —le responde Erasmus leyendo su mente.

—Cariño, Bistró y Boulangerie —le corrige saboreando ya sus pasteles franceses favoritos.

Y es cuando están de camino que Vicky hace el memorable comentario:

—Cariño, hoy por primera vez en mi vida al contemplar a tantos niños con sus caras sonrientes sentí ese intenso deseo de tener hijos y algún día ser madre —le dice con todo su corazón.

Erasmus la abraza fuerte contra su pecho y sueña con ella. Pero aparte de ello, quizá por ignorancia o muy probablemente timidez, no dice nada más, lamentablemente esto no pasa desapercibido para Vicky y fatídicamente ella interpreta erróneamente su gentil y buen corazón.

New Heaven, Connecticut (1977)

El señor L. se emociona al verles entrar en su librería.

«Puede que esté separado de Francia por tres generaciones, pero el señor Lafayette es cien por cien francés para mí», piensa Victoria al observar sus gestos, maneras y su ropa.

—Jóvenes, ¿a qué debo el placer de contar con su augusta presencia en mi humilde *Athenaeum* en el día de hoy? —les pregunta pomposamente el alto anticuario.

La joven pareja titubea antes de responder a su bombástica interrogante.

—No hay partido de fútbol este fin de semana por estos lares, ¿correcto? —curioso les pregunta. Cambiando de improviso su floreado recibimiento a una pregunta mundana.

—Harvard juega contra Princeton así que tomamos el tren desde New Jersey. Primero fuimos a Manhattan y allí decidimos venir a verle —Victoria le responde.

—Un viaje un poco largo solo para visitar a vuestro controversista anticuario —el señor L. comenta.

—Los dos le queríamos ver, ya que un par de horas antes estuvimos en el circo de los Ringling Brothers —le explica Victoria.

—¿Y? —pregunta el señor Lafayette ya anticipando el tema detrás del propósito de la visita.

—Quisiéramos saber si tiene algún escrito antiguo relativo a la vida circense, el circo en general o de alguno en particular — pregunta Erasmus.

—Pues sí, y es una de mis lecturas favoritas. Esperen un segundo que ya regreso —les dice mientras se levanta y va caminando con zancadas imposiblemente largas.

Contrariamente a lo sugerido, algo casi predecible, tarda una eternidad en retornar y llega sucio y lleno de polvo.

—Disculpen pero fue muy difícil de encontrar aunque valió la pena. Tengo aquí conmigo la perfecta lectura para cumplir con sus deseos —les dice el anticuario sin tener idea de cuánto tiempo consumió en la búsqueda.

Por consiguiente el señor Lafayette empieza a leer con deleite.

La vida como un circo
La vida es como un circo
donde en vez de una gran carpa,
los mismos y exactos personajes
saltan de las páginas de un libro.
Estamos rodeados de maestros de ceremonias
que mueven todos los hilos, construyen y controlan
a nuestra civilización.
Por otro lado están los acróbatas,
como los equilibristas o trapecistas,
quienes desafían la gravedad
y ejecutan piruetas que nos dejan boquiabiertos
como parte de sus rutinas diarias,
o los magos ilusionistas
quienes nos hacen creer
en las cosas que aparentemente no son ciertas,
a través de sus habilidades y capacidades
de soñar, visualizar, mejorar o aumentar
la realidad mundana,
y aún algunos se atreven

y la convierten en algo real,
causando enormes avances y progreso
en la evolución de la sociedad.
También están los prestidigitadores y malabaristas,
con su maestría y destreza
para manejar y controlar a la perfección
múltiples faenas a la vez,
como si fuese algo natural y fácil de ejecutar.
Ellos son los que operan, construyen,
ensamblan y mantienen
las máquinas y motores
de nuestra civilización,
a efectos de poder sobrellevar
los retos de un mundo moderno
complejo y terriblemente exigente.
Pero, igual de importantes,
son los domadores de fieras,
que controlan
a los que rompen las reglasde la sociedad
y a los incivilizados
a efectos de mantener
el orden y la paz social,
y hacer cumplir
las leyes del hombre, la raza humana y la sociedad.
Están también los tragasables y tragafuegos,
quienes desafían el peligro y hasta la muerte,
con cada uno de sus movimientos o lanzamientos,
a ellos, usualmente, les damos las riendas,
el control o el timón,
ya que confiamos en sus destrezas,
así como en sus ensayos, preparación y prácticas sin fin,
para llevarnos sanos y salvos a nuestro destino,
ya que sus actos no permiten
pasos en falso o malas decisiones,
sino exactitud y precisión absoluta
en su desempeño y ejecución.

Y también están los hombres bala
a quienes les gusta vivir
a través de detonaciones y explosiones.
Sus viajes sin rumbo
son la droga por la cual se desviven,
y por eso viajan montados en una bala
están dispuestos a llevar la vida a su límite,
solo por un vuelo de unos pocos segundos
y aun cuando su trayectoria
inevitablemente termina
en una situación en donde
se estrellan y se incendian
sin dejar ni siquiera una estela existencial.
Y por supuesto están los payasos,
siempre detrás de la broma o el chiste,
bien a través de hacer el ridículo,
lo burlesco, grotesco o vergonzoso.
Ellos siempre están a la caza
del lado menos pesado de las cosas,
tras las risas y sonrisas,
de las cuales nunca hay suficientes en la vida.
Por otro lado están los espectadores,
quienes son los testigos, jurados y jueces,
que aprueban o rechazan el espectáculo,
que tiene lugar en una pista.
Consecuentemente son exigentes y críticos,
con todo lo que ven, además nunca se pierden detalle alguno
y a veces hasta pueden cambiar
la dirección, forma o contenido
de los actos y aun las funciones de la vida en un circo.
Al igual que los niños nunca olvidan
la primera vez que fueron a un circo,
el espectáculo más grande en la Tierra
por ende también conecta con el niño
que todos llevamos dentro.
Y esto ocurre porque en un circo

somos testigos del espectáculo de la vida
sin prejuicios, sin reglas sociales, filtros o juicios previos.
El espectáculo del circo nos muestra
a sus artistas en el uso de sus mejores talentos,
cándidamente expuestos, ejecutando actos
que nos impresionan por su dificultad,
que aun cuando son practicados de antemano,
son tan peligrosos y arriesgados,
aparentemente hasta imposibles,
que nos regocijamos al verlos,
con exuberancia infantil.
Y tal como los demás lo hacemos en la vida,
los artistas de circo vienen de todo tipo de lugares y oficios,
pero todos ellos tienen algo en común,
que los espectadores reconocen, aspiran y desean:
todos ellos hacen lo que aman y les apasiona hacer.
Los artistas alcanzan sus impecables niveles de ejecución
a través de un deseo y motivación excepcionales,
habilidades innatas y extrema preparación
sobre extensos periodos de tiempo.
Encontramos artistas de circo
en todos los caminos de la vida,
no solo como artistas brillantes y atletas aventajados,
sino también como ciudadanos comunes y corrientes,
dispuestos a hacer uso de sus máximos potenciales,
a través de poder hacer aquello para lo cual han nacido.
Todos tenemos algo de estos personajes de circo
dentro de nosotros.
¿Qué será? ¿Un poco de payaso y maestro de la ilusión?
¿O algo de trapecista y diestro malabarista?
¿O quizá algo de maestro y mucho de payaso?
Cualquiera que sea el personaje de circo que mejor nos cale,
la realidad es que en ellos residen
nuestros mejores talentos y fortalezas.
En los carácteres del circo,
podemos contemplar y apreciar

qué es lo que ocurre cuando hacemos uso
de nuestras mejores habilidades.
La vida es como un circo, en tanto en cuanto
dejemos que el niño que todos llevamos dentro
se identifique con el artista de circo
que habita en nosotros,
y lo haga sin cortapisas, miedos o prejuicios,
para así descubrir cuál o cuáles de ellos
residen en nuestro ser,
de manera que podamos liberar y dejar volar
nuestros mejores talentos y pasiones,
como los genuinos artistas de circo lo hacen a su vez.
El señor Lafayette termina con una sonrisa de circo,
como un niño grande lleno de felicidad.

—Muchos si no casi todos los artistas que vemos en un circo viven dentro de nosotros. Como mínimo tenemos un poco de cada uno de ellos como parte de nuestra naturaleza. Pero algunos, literalmente, hemos nacido para ser circenses. El reto se convierte en: ¿Qué es lo que somos? ¿Un maestro de ceremonias o un equilibrista? ¿Un trapecista o un malabarista? ¿Un payaso o un mago? Identificarlos y lograr la maestría de cualquiera de ellos es la clave para una sólida y buena actuación en el circo de la vida —concluye el sabio anticuario.

—¿Escogemos nosotros quién queremos ser en la vida? —pregunta Erasmus pensando en voz alta.

—Hasta cierto punto sí, pero en cierto modo no, ya que cada quien nace con una serie de aptitudes que definen y prescriben exactamente lo que deberíamos alcanzar en nuestra maestría. Por ejemplo, alguien no se convierte en un trapecista simplemente porque quiera, lo será únicamente si combina su deseo, tiene la habilidad innata para serlo y a eso le añade un esfuerzo constante para ponerlo en práctica. Todo ello probablemente dará como resultado un buen trapecista —añade el señor L. —Contemplar la vida como un circo es un sabio ejercicio. Por una parte las circunstancias de la vida se nos presentan de la misma manera que lo hacen los artistas en el circo. Por otra parte, el ritmo caótico, frenético y tumultuoso del espectáculo que ocurre en las tres pistas bajo una gran carpa y en donde se lleva de manera planificada la realidad mundana a sus extremos máximos, simboliza la virtud y el talento efectuados a la perfección después de mucho esfuerzo para brillar.

Aprender con maestría las destrezas de uno o varios de los artistas de circo es como hacerlo en la vida misma en situaciones similares, ya que es evidente que muchas de nuestras circunstancias en la vida son simplemente actos de magia o equilibrio, malabarismos o doma de bestias, actos de acrobacias o hacer el payaso, como maestros de ceremonias o simplemente como espectadores.

Royal Cambridge Scholastic Institute (2018)
(Aula Magna de la universidad)

El profesor Cromwell-Smith regresa con los estudiantes al presente al igual que Lafayette hizo con Victoria y él aquel día.

—Traten de identificar dentro de ustedes mismos cada uno de los carácteres del circo: ¿Cuándo son ustedes acróbatas o malabaristas o payasos? Luego identifiquen: ¿Cuál de ellos prevalece en ustedes? ¿Cuáles de ustedes están realmente inclinados a ser y para qué tienen más talento? —concluye el profesor Cromwell-Smith actuando como maestro de ceremonias.

—Les veo a todos la próxima semana.

El eminente profesor se marcha totalmente abstraído pensando cuál o cuáles de los personajes descritos habitan en él y en sus alumnos.

CAPÍTULO 12
Claridad en la vida

Royal Cambridge Scholastic Institute (2018)
(Hogar de Erasmus y Victoria en el Campus Universitario)

Al entrar Erasmus en su estudio durante la madrugada le vuelve a la mente el pensamiento al que le está dando vueltas en la cabeza.

«Victoria no es consciente de sus temores y esconde su propensión a sentir lástima de sí misma y ser culpable».

La jarrita de té y las galletas de mantequilla yacen encima de su mesa de leer. La sorpresa no solo le complace sino que además le hace sentirse amado. La pequeña nota lo llena aún más.

«Te quiero, siempre te he querido y siempre te querré».

Erasmus se abstrae y se deleita en el momento y el detalle. Solo la persistencia de la voz a su espalda lo trae de nuevo a la realidad. Delicadamente los cálidos brazos de su amada lo envuelven por la espalda.

—Mi dama de la noche, qué placer tan especial tenerla de visita a estas horas tan tempranas de la mañana.

—Estabas en trance, uno muy profundo —le susurra al oído con voz medio dormida. —Me haces tan feliz cariño, a veces solo desearía que no hubiéramos estado separados tanto tiempo —se lamenta repentinamente.

«Aquí vamos de nuevo», razona Erasmus perceptivamente, sabiendo lo que viene.

—¿Por qué te torturas de esa manera? —Erasmus le pregunta presionándola.

—Porque a veces desearía revertir el tiempo para que pudiésemos regresar y evitar estos cuarenta años de separación.

Antes de decir una palabra más, Erasmus decide dejar que desahogue todo lo que tiene por dentro.

—No lo puedo evitar. Constantemente me meto en círculos viciosos de dolor y pena, o pienso que no puedo o, a veces, parece que no quiero salir de ellos; me enfrasco en cosas como nuestra separación, la enfermedad de mi esposo, su fallecimiento y mi carrera interrumpida como psicóloga criminalista —dice llena de arrepentimiento y pena.

—Cariño, hay algo muy importante que te tengo que contar. Una conversación que tuve con Gina en aquel entonces. Tuvo lugar justo después de la visita de mis padres a Boston.

—¿Te refieres a la ocasión en la que no me presentaste a tus padres? —recuerda Erasmus, aun cuando la prudencia le insta a contenerse, a guardar silencio y continuar escuchándola.

—Esta fue una anécdota trascendental en mi vida. Estoy obsesionada con ella, repitiéndola a través de los años innumerables veces en mi cabeza, permíteme llevarte a ese momento —Victoria le informa sin preguntar y procede sin saber si él está dispuesto a oírla.

Harvard (1977)
(Dormitorio estudiantil de Gina)

—¿Cómo que tienes miedo? —le pregunta Gina.

Un silencio incómodo surge entre las dos buenas amigas hasta que Victoria empieza a balbucear unas pocas palabras entrecortadas.

—Un profesor, ¿eso es todo lo que él va a ser el resto de su vida? —se pregunta Vicky en voz alta.

—Vicky, ¿es que acaso lo único que te importa a ti es el amor derivado del éxito? —le pregunta incisivamente Gina.

—Algunas veces parece que sí —contesta balbuceante.

—¿Sabes lo que pienso? Eso es solo una excusa, el argumento del éxito y la riqueza material no es tuyo. Cuando hablas así, lo que haces es repetir lo que has oído toda tu vida en casa, especialmente por parte de tu madre. A la Victoria que yo conozco no le importan las cosas materiales —le dice Gina de manera contundente, algo usual en ella al iniciar cualquier tema de conversación. —Victoria lo que a ti te preocupa es si tu despistado intelectual británico va a proveer y ocuparse de ti de la forma y manera como te enseñaron en casa.

—¡Yo no necesito a nadie que me provea o mantenga! —reacciona bruscamente Vicky.

—De hecho, ese es el tipo de seguridad que tú estás buscando y que crees necesitar de manera imperiosa, a ti te gusta que te mantengan y provean. Quieres tener el control pero que el otro se ocupe de ti; en otras palabras, el devenir, tú consumes y todo lo que es de él es tuyo también —añade Gina asertivamente.

—¿Y qué hay de malo en eso? —Victoria responde, siendo finalmente sincera consigo misma.

—Eso no te va a funcionar con Erasmus y su ética británica del trabajo.

Él está enamorado de una mujer independiente y trabajadora que se mantiene ella sola. De ese tipo de mujer se va a ocupar para siempre, pero no esperes que Erasmus provea para alguien que no produce su propia parte. Es cuestión de idiosincrasia no solo del lugar de donde viene sino también del tipo de persona que es —continúa su gran amiga.

Victoria se siente sumamente incómoda por lo crudo de la conversación. Pero Gina no ha terminado todavía:

—Más aún Vicky, a menos que resuelvas los serios problemas de autoestima que tanto daño te hacen, con este hombre vas a estar bajo presión constante toda tu vida solo para mantenerte a la par con su mundo. A veces parece que la verdadera razón de todas tus inseguridades, ansiedades y ese deseo de escaparte con quien tu madre quiera es que en lo más profundo de tu ser te sientes total y terriblemente inadecuada con respecto a él. Dices a veces que le tienes miedo. La realidad es que tú no le tienes nada de miedo. ¿A quién le puede inspirar miedo Erasmus? Tú tienes miedo realmente a que te deje porque, equivocadamente, piensas que existe una inmensa e insuperable desventaja intelectual entre ambos y el ritmo al cual él continúa creciendo intelectualmente. Erasmus es, por si no lo recuerdas, el amor de tu vida, pero Vicky, estos son juegos mentales que solo existen en tu mente confundida. Erasmus ha hecho brotar y florecer lo mejor de ti, si no observa quién eres a su lado: una Victoria realmente feliz, independiente, genuina, con confianza en sí misma, desprendida de lo material y todo corazón.

Lo mejor de ti está a la vista en estos momentos. Métete esto en la cabeza Vicky y recuérdalo constantemente, Erasmus te quiere no de la manera que tus padres y la sociedad quieren que tú seas sino simple y llanamente tal como tú eres en el fondo, tal como eres en realidad —Gina concluye.

Royal Cambridge Scholastic Institute (2018)

(Hogar de Erasmus y Victoria en el campus universitario)

—Debí haberla escuchado pero no lo hice, cariño —lamenta Victoria. Cuando lo dice y al ver la cara de Erasmus se da cuenta de que está cometiendo nuevamente un grave error.

Todas sus alarmas internas se disparan y en una fracción de segundo la expresión del lenguaje corporal de Victoria se transforma en sus cómodos y recurrentes círculos viciosos llenos de penas y lamentos acerca de una realidad que siempre es incompleta e imperfecta. Vicky de repente luce como pillada *in fraganti* (con las manos en la masa).

—Mi adorada dama, acabas de hacer de nuevo un acto de *mea culpa* (admisión de culpa) acerca de tu desaparición en busca de perdón y absolución —le dice de manera solemne.

El rostro de Victoria se ve ahora como el de una fugitiva que cansada de correr está agradecida de que finalmente la hayan atrapado. Permanece pasiva y atenta a cada una de sus palabras, preparada para recibir y aguantar cualquier cosa que él diga, aunque sea puro resentimiento y rabia. Está dispuesta a capear el temporal, pedirle perdón y mantenerse firme a su lado sin importar lo que venga. Pero Victoria no puede estar más equivocada: este momento no es acerca de él, por el contrario, es únicamente acerca de ella.

—Vicky, en cuanto a tus lamentos y tu dolor acerca del pasado, ¿recuerdas cuando nos sentamos con la señora Peabody y ella nos leyó ese magnífico escrito sobre los arrepentimientos y las penas?

—Por supuesto que lo recuerdo cariño, ¿por qué? —le responde y pregunta defensivamente intuyendo dónde se dirige.

—En el día de hoy en clase vamos a revisitar ese día y ¿sabes qué? Estoy convencido de que será de gran ayuda para ti que asistas a clase conmigo.

—Por supuesto que iré, cariño —le dice todavía incómoda.

—Te va a venir a medida —le dice con una amplia sonrisa.

Media hora después conducen en silencio hacia la facultad. Él, animado y aliviado, ella pensativa y concentrada. Sin embargo, como toda pareja cercana van agarrados de la mano con fuerza. Es un apretón firme a través del cual se dan seguridad y fortaleza el uno al otro, como si trataran de capturar y preservar el amor que se profesan siempre.

Royal Cambridge Scholastic Institute (2018)
(Aula Magna de la universidad)

—¿Cómo están todos en el día de hoy?

—¡Insanamente genial profesor!

—Como habrán notado, Victoria está nuevamente con nosotros hoy y hay una muy buena razón para ello: estaremos revisitando un día memorable, el cual empieza así…

Costa de Massachusetts (1977)

Erasmus no sabe nada del mar pero Vicky sí ya que en sus vacaciones de verano, desde que era niña, su padre la llevaba a hacer vela durante horas y horas en el mar. Hoy la pareja de jóvenes enamorados después de alquilar un pequeño velero zarpa desde Newburyport hacia el océano Atlántico a través de Salisbury Beach. Aunque se mantienen cerca de la costa han puesto rumbo hacia el sur mientras Vicky le enseña a Erasmus todas las cosas básicas acerca de la navegación a vela, incluyendo el manejo del barco, sus velas y el viento. Vicky empieza a compartir el timón con su novio cuando se siente cómoda con su destreza. Y es entonces, en el vasto océano, cuando se dejan llevar por la belleza, los sonidos, colores y aromas que les absorben y envuelven.

En ese momento, inspirado y de improviso el joven poeta comienza a recitar palabras de arte en rima y verso para su novia

179

que son rápidamente barridas por el viento pero no sin antes
quedar grabadas en su corazón.

Esos rizos brillantes son solo míos
La gentil brisa
bate libremente
esos rizos brillantes
que son solo míos.
El vasto océano refleja
un lienzo magnífico
para pintar hasta la eternidad
esos ojos incandescentes
a los cuales pertenezco
para siempre.
Con una cornucopia
de azules, plateados y blancos
se me ha otorgado el privilegio
de una paleta infinita
para pintar tu preciosa sonrisa,
que se adueña toda de mí,
sin dejar espacio alguno,
sino para nuestros dos grandes corazones
muy apretujados el uno contra el otro.
A través del horizonte
en uno de sus lados,
el sol sale,
y con él llegan
las luces suaves y brillantes,
de un nuevo día
y con ellas te contemplo
maravillado, en éxtasis,
deseando también,
que seas toda mía.
Simultáneamente,
en el otro lado del horizonte,
el sol se oculta,

con tonos intensos
iguales a tus fuegos y pasiones,
esos ante los cuales,
me entrego, me rindo
y mi corazón se hace
solo tuyo,
mi amor.
Y en medio del horizonte
como paisaje para nuestra nave y velas,
exhibiendo cada color
que existe en nuestro universo,
yace un arco iris extraordinario
que atraviesa todos los cielos
de un lado a otro y
por completo,
enmarcándote en su centro,
en una pose perenne,
con tu preciosa sonrisa,
tus ojos incandescentes
y la gentil brisa
batiendo libremente,
esos rizos bellos y brillantes,
que son solo míos.

Victoria permanece inmóvil prestándole atención a Erasmus. Su labio inferior tiembla ligeramente, sus ojos están ensimismados por la emoción y el gesto de su rostro está lleno de amor y dicha por el verso mágico y la ofrenda de su amado. Y es así como algunos minutos después, que parecen una eternidad, la conversación se torna de nuevo algo mundano, de vuelta a la realidad.

Llenos de felicidad, con la brisa suave que les lleva, los jóvenes marineros se convierten en espectadores de una exhibición esplendorosa de las maravillas de la naturaleza de Nueva Inglaterra.

—¿Cómo se llama esa punta de playa? —pregunta Erasmus.

—Cape Ann y a la derecha Hailbut Point —responde Vicky.

—¿Es allí donde vamos? —pregunta ignorante del rumbo que ella eligió.

—No, nosotros vamos hacia esa pequeña bahía que está más cerca de nosotros, se llama Ipswich Bay —le contesta señalándola.

—¿Por qué se llama así? —pregunta Erasmus incrédulo.

—¿Acaso no lo sabes? Es famosa por las almejas tipo Ipswich —le explica, contenta de saber algo que Erasmus ignora, al parecer algo recurrente en el día de hoy.

—¿Y ese es nuestro destino final? —pregunta Erasmus insistiendo en el punto.

—No cariño, eso es una sorpresa —responde en tono misterioso.

Con la suave brisa a sus espaldas navegan hacia la costa. Con destreza y precisión, Victoria se aproxima a la pintoresca bahía donde encuentran un muelle pequeño totalmente vacío. Saltando a tierra de inmediato, Erasmus la ayuda a amarrar el bote a los pilotes de madera.

Lanesville, costa de Massachusetts (1977)

Una vez en tierra firme después de un paseo bucólico y distendido, Erasmus se da cuenta de que están en Lanesville, la guarida de su querida anticuaria la señora Peabody. Solo tienen que caminar una distancia corta para encontrarse con la fachada de la librería de su mentora. Al entrar, su efusiva anfitriona reacciona con entusiasmo y se les acerca con los brazos abiertos dándoles la bienvenida.

—Señora P. —le dice Erasmus sonriente.

—Qué agradable sorpresa —les dice emocionada.

La señora P. les da un abrazo enorme a ambos a la vez.

—Antes de que se me olvide, Erasmus, tienes en el país de Gales a una fiel pero muy melancólica seguidora tuya quejándose de que la tienes totalmente olvidada y abandonada —le reprende cariñosamente la señora P. al darles la bienvenida. —Joven Erasmus, no le has escrito en más de un año —añade ahora totalmente seria su eminente tutora.

—¿La señora V.? —pregunta Vicky.

—Así es —le responde la señora P. con una mirada reprobatoria fija en Erasmus.

Pero es solo una fachada que no dura mucho en la bulliciosa anfitriona y anticuaria, especialmente después de que Erasmus prometa y jure escribirle apenas llegue a Boston.

—Señora P. necesitamos un remedio para el alma —Erasmus le solicita.

—Ajá, ¿y cuál es el asunto tan trascendental que requiere de clarificación adicional? —interroga la señora Peabody. —Y además, si pudiera saber cuál es la aflicción.

—Pues bien, se trata de los lamentos y las penas, siempre estoy colgando en ambas —declara un Erasmus compungido.

—Señora P. que sea un remedio muy fuerte, lo necesita con urgencia —le pide Victoria enfáticamente.

La señora P. se pone en movimiento en un tris antes de que Vicky haya terminado de expresar su petición, solo le toma unos pocos minutos pero, inexplicablemente, por lo menos ante los ojos de quien no la conoce bien, se las arregla para conseguir el libro en una de las innumerables pilas de libros dentro del caos que la rodea.

—Esta es una de mis lecturas favoritas desde que perdí a mi esposo en una tormenta de mar en la costa de Nueva Inglaterra —la amorosa mentora explica a la pareja de jóvenes, quienes la miran con cara de sorpresa ya que no sabían nada de su pérdida.

La señora P. coloca el escrito en su mesa de comedor convertida en una repisa de libros e inmediatamente lee con ojos llorosos.

Claridad en la vida
A aquellos que se lamentan sin cesar
y aquellos que parecen ahogarse interminablemente
en penas y lamentos les falta claridad en sus vidas.
Quienes tienen ansias por una realidad alternativa
de «lo que podría ser», «lo que debería ser» o «hubiera sido» están
embarcados en una búsqueda inútil de algo
que simplemente no existe ni ha existido jamás,
una máquina del tiempo.
Lamentarse por eventos del pasado,

las dificultades y aún las tragedias en círculos infinitos
y viciosos de dolor nos deja estancados e infinitamente ahogados
sin salidas ni soluciones que encontrar.
Las penas y los dolores son alimentados por inseguridades
profundamente enraizadas en nuestro ser.
Todas ellas funcionando como lentes de aumento sobre los
verdaderos dolores y pérdidas a sobrellevar.
Las penas y los lamentos nos llevan a lugares donde terminamos
con gente a la que no amamos o queremos,
haciendo lo que no nos gusta,
o extrañando sin parar a personas
o cosas que ya no tenemos
o simplemente ya no existen.
La abundancia material es una fuente de libertad
y liberación de las penurias,
pero no es un sustituto a los miedos,
culpas, faltas, aspiraciones falsas o el vacío
y la desolación del espíritu y el alma.
Las riquezas materiales no solo carecen
de valor existencial alguno, sino que,
además, nos crean un falso sentido de seguridad
y son una fuente de estados de penas y arrepentimientos.
Tenemos claridad en la vida cuando en vez de ansiar, aspiramos; en
vez de querer y desear
lo que ya no poseemos o perdimos,
soñamos, visualizamos, luchamos
y nos esforzamos para volverlo a tener.
Tenemos claridad en la vida
cuando poseemos propósitos definidos
y siempre estamos buscando un significado existencial.
Tenemos claridad en la vida
cuando somos totalmente conscientes
de nuestras debilidades y fortalezas,
por lo que constantemente y pertinazmente
buscamos desarrollar las virtudes que ya hemos adquirido y, con
determinación y empeño, las ponemos en práctica.

Tenemos claridad en la vida cuando,
nos guiamos con responsabilidad, disciplina
y siempre cumplimos con nuestro deber.
Tenemos claridad en la vida cuando,
somos bendecidos por la redención
de nuestras faltas y errores,
y a través del poder de nuestros credos y de la fe,
combinados con la confianza.
Tenemos claridad en la vida cuando,
entendemos que siempre nos podemos reinventar
a nosotros mismos
y podemos superarlo todo moviéndonos hacia delante
sin romper o violar nuestra esencia, principios y naturaleza.
Cuando seguimos a nuestro verdadero amor
y lo usamos como una fuente de felicidad e inspiración,
la claridad en la vida
nos lleva inexorablemente a la consecución
de logros y confianza en nosotros mismos,
esto a su vez crea círculos virtuosos,
donde las penas y los lamentos,
no tienen lugar para existir ni aire que respirar.
La claridad nos abre los periscopios de la vida,
nuestros horizontes se expanden
y no hay límites en el espacio abierto
que espera por nosotros,
sino un firmamento infinito
y un universo vivo
a ser experimentado, disfrutado y apreciado
ya que disfrutamos de absoluta claridad en nuestras vidas.

La señora Peabody cierra el libro de manera solemne y contempla a la joven pareja con ojos claros y bondadosos.

—Victoria y Erasmus, la vida está en constante movimiento. Si no dejamos atrás el pesimismo y nos deshacemos de él, simplemente no somos compatibles con la dinámica del estar realmente vivos.

Royal Cambridge Scholastic Institute (2018)
(Aula Magna de la universidad)

El profesor Cromwell-Smith regresa al presente añadiendo una reflexión adicional.

—Desde ese día, no me dejo atrapar por este tipo de pensamientos recurrentes de dolor y pesimismo —les revela.

Victoria le mira desde las gradas con un gesto en su rostro de arrepentimiento y vergüenza.

—Gracias —se le dibuja en sus labios con una expresión que muestra que finalmente comprende el tema.

Erasmus asiente lentamente en su dirección reconociendo su gesto pero su semblante permanece solemne como diciéndole: «suficiente con este tema».

Pero la clase no ha terminado todavía.

—Profesor, ¿qué pasa cuando la pérdida es irreemplazable? —pregunta una joven hispana.

—La cultura coreana define ciertos tipos de dolor como penas que no tienen solución, las llaman *han* (penas sin resolver). En efecto, hay pérdidas y tragedias que reconocemos y aceptamos. No las escondemos, ignoramos ni tratamos de evadirlas o evitarlas. Por el contrario, no solo las tenemos presentes sino que sabemos que no se van a marchar. Además, somos conscientes de que el dolor va a subsistir. Pero lo que no hacemos es permitir que las penas controlen o conduzcan nuestras vidas, sino que las colocamos en su propio lugar —responde el profesor Cromwell-Smith con sabiduría imperecedera.

—Profesor, ¿qué sucede cuando las penas y los dolores se quieren apoderar de uno? —pregunta un joven alto y delgado con acento del sur de Estados Unidos.

—Desde que soy adolescente hago algo que me enseñó mi madre —responde el profesor y añade algo más. —Cuando las sientan venir, o cuando se percaten de que han caído en uno de esos estados, ante todo, respiren profunda y lentamente; mientras inhalan, repitan la palabra VIDA en su mente. Respiren y digan la palabra VIDA visualizando cómo se esparce por todo su cuerpo.

Repítanla hasta que la angustia vaya disminuyendo. Funciona de maravilla —describe el profesor. —Eso es todo por hoy, les veré la semana próxima —les dice despidiéndose.

Mientras el profesor y Victoria se marchan, observan a muchos de los estudiantes respirando profundamente con los ojos cerrados y en paz.

—Están respirando VIDA, Victoria —le dice mientras ella lo guía hacia el parque del campus universitario y no hacia el *parking* como es su costumbre.

—Así lo hacen cariño, quizá ahora seré yo la que deje definitivamente de estar lamentándome y arrepintiéndome del pasado, como tú lo hacías en aquel entonces —dice Vicky con determinación.

—Estoy seguro de que lo harás —contesta con cautela Erasmus, pero deseando creerla de todo corazón.

Victoria sigue pensando mientras caminan juntos. Sus manos están entrelazadas, como siempre. La presión que hace Victoria en la mano de Erasmus le permite percibir toda la energía que está hirviendo dentro de ella.

—Cariño, venir a clase contigo me ha ayudado a entender muchas cosas y me llenó de claridad acerca de las penas que todavía tengo sin resolver —dice repentinamente mientras se sienta en un banco del inmaculado parque.

—¿De qué manera? —pregunta Erasmus todavía con cautela.

—Porque, si bien es cierto que existen cosas que lamentaré siempre, un dolor que nunca se irá por completo, y hay pérdidas que son irreemplazables, ahora sé que puedo colocarlas en su propio lugar y puedo continuar viviendo mi vida —reflexiona en voz alta mientras él la escucha con suma atención, deleitado y sin deseo alguno de interrumpir el flujo de su raciocinio.

—Hoy, al recordar esa ocasión con la señora Peabody me doy cuenta de que más allá de lamentarme, también he actuado constructivamente, ya que inadvertidamente he buscado soluciones a mis penas no resueltas —dice Victoria pensando en voz alta, al concienciarse de sus actos. —Aun cuando siempre lamenté no haber escuchado a mi amiga Gina en aquella memorable conversación acerca de ti, en esta ocasión no cometí el mismo error, por el contrario, mantengo sus sabias palabras muy presentes desde el primer momento en que nos reencontramos —Victoria declara mientras continúa con su monólogo, en cierta forma buscando para sus adentros reafirmarse. —Erasmus, aquel día que te fui a buscar, cuando estaba sentada en tu clase, sin anunciarme, siguiendo las instrucciones precisas de mi hija, hasta el final de la sesión, y únicamente después de que ella me hubiera presentado, yo estaba consumida por los nervios mientras te contemplaba desde lejos y una parte de mí no estaba segura si me recibirías de nuevo —revela Vicky subiendo el nivel de interés de Erasmus aún más. —Cariño, mientras estaba sentada en la parte de arriba de las gradas me di cuenta de cuál iba a ser el primer error que no iba a cometer en esta nueva oportunidad: creer que tú me aceptabas como un signo de debilidad de tu parte. «Ten cuidado Victoria», me dije. Sin embargo, si tú me querías de nuevo iba a ser únicamente por la absoluta fuerza de carácter que tienes. Lo cual significaba que habías reflexionado sobre todo lo que yo había hecho y ya me habías perdonado. Así que el reto en este sentido era solo mío y debía saber si había sido honesta conmigo misma y me había perdonado por mis actos o no. Además, que me aceptaras no significaría tampoco que íbamos a durar. Así que pensé que aun cuando nuestra afinidad y amistad continuarían exactamente donde las dejamos, la pasión y el amor iban a ser asuntos completamente distintos. El deseo requiere de ambos. Erasmus, a ti te gustan las mujeres autosuficientes, no controladoras, y apasionadas. En mi caso, vengo de una relación donde hacía lo que me daba la gana con mi esposo. Ese día, mientras esperaba en las gradas, me di cuenta de que eso no iba a funcionar contigo, ni por un segundo. También, mientras te veía dirigirte a tus alumnos, me percaté de que parte de la intensa atracción que siempre sentí por ti fue porque nunca pude controlarte o manipularte, sino de manera muy limitada. Adicionalmente, en relación al amor y al romance, tu estilo está impregnado de ingenuidad, candidez, inocencia, pequeños detalles, gestos y nunca aceptarías nada menos de lo que habías dado y recibido con anterioridad. Más aún, captarías lo que siento de verdad en un instante. Eso me hizo entender que tenía que dejar mi cabeza fuera de la ecuación desde el principio. En ese sentido mi problema era aún mayor, ya que venía de una relación donde todo lo que yo hacía era en términos estrictamente racionales y de una manera totalmente controlada y, sin embargo, mi recompensa por ser una auténtica reina del hielo era que me trataban como si fuera parte de la realeza sin dar nada a cambio, excepto ser una mucama de lujo. Todo esto me lo dije a mí misma, en forma de llamada al orden, antes de nuestro reencuentro, haciéndome ver que esa actitud por mi parte sería un récipe para un fracaso y desastre total contigo.

Erasmus y Victoria continúan agarrados de las manos mientras pasean por las calles del campus universitario. Él absorbiendo todo y ella desahogándose sin parar.

—Así que hice los ajustes, cariño. Desde el primer día, en aquel momento mientras esperaba hasta antes de llamarte por tu nombre desde las gradas al terminar tu clase. Desde entonces me enfrento a mis culpas, arrepentimientos y penas abriéndome contigo como un libro sin secreto alguno, siempre con la verdad en la mano. Así hemos trabajado en ello juntos. Y en relación a nuestro taburete de tres patas, nuestra amistad, pasión y amor, simplemente me he dejado arrastrar por mi corazón y esto me permite ser yo, de nuevo, la misma persona que conociste en aquel entonces —concluye con una mirada clara y ojos llenos de felicidad.

Sobrecogido de emoción, Erasmus se detiene y toma su rostro con ambas manos, la besa con pasión y gratitud, ella lo abraza aún más fuerte como tratando de poseerlo para siempre.

CAPITULO 13
Gratitud

Royal Cambridge Scholastic Institute (2018)
(Hogar de Erasmus y Victoria en el campus universitario)

Erasmus lee un voluminoso libro en su estudio. Todavía todo está oscuro en las primeras horas de la mañana cuando lo sorprende Victoria. Tal como acostumbra, ella desliza sus brazos y le abraza por la espalda, desliza sus dedos a través de su pecho por debajo de su bata y le susurra al oído…

—Te quiero.

—Yo también mi adorada dama —le responde dejando el libro sobre su escritorio mientras coloca sus manos sobre las de ella. Victoria continúa acariciando delicadamente su torso con sus dedos. —¿A qué se debe el placer de verla por aquí a estas altas horas de la noche? —le pregunta.

—Bueno, ayer cuando me mirabas de una manera como nunca lo has hecho antes, te pregunté: ¿Qué es lo que ves en mí? Y me respondiste que a ti te gusta contemplarme sin parar. Cuando una vez más te pregunté por qué, me respondiste que para poder explicarlo bien me ibas a escribir algo al respecto —le dice Vicky llevándolo con sus palabras donde quiere.

—¿Y mi dama cree que de alguna manera yo ya he abordado y completado el valioso pero desafiante esfuerzo? —dice en tono de burla y lentamente se vuelve mientras el cálido abrazo de Victoria continúa haciéndole temblar por dentro.

—Yo sí lo creo, conociéndote como te conozco, estoy segura de que ya lo hiciste —afirma ella con absoluta confianza en sí misma.

Erasmus ahora contempla cada gesto y movimiento de su cara y parece nuevamente perderse en ellos.

—Erasmus, cariño, regresa al planeta Tierra, por favor —le pide Vicky cariñosamente tratando de llamar su atención.

Una ligera sonrisa se dibuja en el rostro feliz de Erasmus. Sin romper su abrazo estira el brazo y toma de su escritorio un pergamino enrollado bellamente anudado con un lazo.

—Ábrelo, planeaba dártelo cuando te levantaras, pero subestimé tu inefable curiosidad.

Ella lo abre con una sonrisa gigante en su rostro.

—Por favor, léemelo cariño —le suplica y él lo hace con gusto.

Contemplando tu rostro
A través del tiempo nuestro rostro
se convierte en un reflejo de nuestra vida
y de lo que estamos hechos realmente por dentro.
A través del tiempo
las máscaras de la juventud se desvanecen,
reemplazadas por las marcas y cicatrices de cómo
y de qué manera hemos vivido
y experimentado nuestras vidas.
En un rostro gastado por el tiempo, cada línea, protuberancia, piel
colgante, puente o arruga refleja nuestras buenas acciones, así
como nuestros puntos altos y bajos, nuestros triunfos, pérdidas y
derrotas, nuestro dolor y gloria.
Todos a la vista y expuestos al frente de todos ya que no hay nada
que podamos hacer para ocultarlos.
¿Cómo luce nuestro rostro? ¿Ofuscado? ¿Mal intencionado? ¿Quizá
plástico? ¿O acaso exuda bondad, nobleza, un espíritu gentil y un
alma inspirada? ¿Transpira oscuridad y soledad u optimismo y
entusiasmo? ¿Vibra por angustia y tristeza o felicidad y gozo?
¿Muestra un estado depresivo y de desesperanza
o uno de alegría y pasión?
Cualquiera que sea su respuesta honesta, esa será quien
probablemente eres.
Pero nada expresa mejor nuestra verdadera naturaleza y condición
humana que nuestra mirada.
Hay miradas que retratan a la muerte misma
y nos causan tanto miedo que nos calan los huesos

porque vienen del tipo de ojos que han estado en su presencia por
buenas o malas razones.

Hay otras que son miradas de locura frente a las cuales respiramos
de cerca el tumulto e inestabilidad del mundo interno
de quien encaramos.

Y hay así una galería de miradas en la especie humana.

Ojos envidiosos, obsesionados, ambiciosos, tristes, rabiosos,
resentidos, vengativos, codiciosos, hipócritas; en contraste con
aquellos que son gentiles, benignos, generosos, inspiradores,
curativos, felices, pacientes, agradecidos, indulgentes o
simplemente alucinantes, brillantes y mágicos.

Pero entonces está el amor.

Nuestras miradas y rostros se transforman
bajo el manto del amor.

Juventud, frescura, mejillas sonrosadas, pureza, destellos y
resplandor que nos envuelven con un halo
que proyecta energía positiva impregnada
con vitalidad que encanta y contagia.

El aura de amor es una obra de arte en donde vemos dibujada en
nuestra alma gemela todo lo que compartimos
y atesoramos con él o ella.

Por ello, cuando contemplamos los rostros de nuestros
compañeros de vida,
vemos mucho más allá de lo que nadie podría,
ya que cada gesto, movimiento o cada ángulo
refleja un momento distinto de una vida juntos.

Cada expresión y cada gesto nos recuerdan a una anécdota,
circunstancia o experiencia diferente
de la vida que hemos llevado juntos.

Colocamos sus sonrisas en memorias eternas,
recordamos vívidamente sus alegrías
y las innumerables ocasiones y lugares
como también vemos lágrimas de alegría
en aquellos que han compartido
con nosotros a través del tiempo.

Vemos en sus rostros las ocurrencias y las películas de nuestros
viajes por la vida,
tales como la primera vez que descubrimos
en las miradas de nuestros compañeros de vida
los instintos maternales o paternales
cuando nacieron nuestros hijos,
o sus ojos de tristeza en cada una de nuestras partidas
o sus explosiones de alivio y alegría
en cada uno de nuestros regresos,
o sus gestos de disgusto
con nuestras trasgresiones o decepciones
o su felicidad inmensa cuando sus corazones
fueron sorprendidos con gestos espontáneos
y pequeños detalles de nuestro corazón.
Cuando vemos el rostro
que ha viajado con nosotros tanto tiempo,
estamos mirando cada pequeña cosa
que es tanto parte de ellos como de nosotros.
Por ello no podemos evitar el contemplar,
sin querer y hasta casi sin saber,
asombrados y maravillados,
el tipo de belleza única e inimitable
de la cual está hecha la riqueza de una vida juntos,
llena de incontables e inolvidables recuerdos
y momentos de una pareja.
Y esa es la razón por la cual nadie, excepto nosotros,
puede apreciar, valorar, entender, leer, ver, percibir o sentir los
rostros y miradas de nuestros compañeros de vida,
ya que nadie sino nosotros conoce y ha experimentado
la historia, anécdotas y experiencias de vida detrás de ellos.

Cuando Erasmus termina de leer con intensidad apasionada, sus ojos están perdidos en un mar de emociones.

—Nunca dejas de asombrarme mi adorado británico. Algunas veces eres simplemente fascinante y cautivador. Hay una profunda belleza y un hechizo adictivo en tus palabras, mi amor —Vicky le dice con una mirada que denota inmensa gratitud.

Lentamente su gesto empieza a cambiar de mujer enamorada a una con picardía tentadora. Se le acerca deliberadamente y le besa con pasión, extiende sus brazos y le toma de la mano. Victoria se lo lleva escaleras arriba y una vez más ambos caen inmersos en su cruzada interminable de amor apasionado.

El sol está a punto de salir, en el trasfondo de la casa se puede oír a Ella Fitzgerald y Louis Armstrong interpretar la melodía *Our love is here to stay* (Nuestro amor está aquí para quedarse). Saboreando con pequeños sorbos su café de la mañana, rodeada de un bosque denso e inmaculado, Victoria contempla el paisaje y a su alma gemela a través de la ventana mientras a sus pensamientos les acompaña la música extraordinaria que llena todo el ambiente.

A lo lejos, en la distancia, la figura de Erasmus camino a clase lentamente se achica mientras trota a través de la calle enmarcada por árboles. La música está a todo volumen cuando una de sus canciones favoritas, *Amare Veramente* (Amar verdaderamente) interpretada por Laura Pausini, inunda todo el ambiente e, inmediatamente, Victoria se pierde en senderos que están llenos de felicidad y plenitud como también lo está su corazón.

«La muy escondida soledad se desvaneció, la melancolía crónica desapareció. Su trabajo ya no es una herramienta de evasión sino simplemente pasión y placer, y extrañamente se siente segura y protegida» Victoria reflexiona en paz consigo misma.

Erasmus ya es solo un pequeño punto en la distancia, que va a desaparecer en el otro lado de la subida que remonta y, de repente, como cayéndose desaparece. El pequeño sobresalto de miedo que siente de inmediato es una reacción de su subconsciente adaptativo a la manera abrupta en la que desapareció. Victoria trata de racionalizar lo que acaba de ocurrir en la cima de la colina, pero su instinto, actuando como un sexto sentido, alimenta un sentimiento de angustia creciente. ¿Está imaginando cosas? Como si fuese un presagio, la canción *Stormy Weather* (Clima Tormentoso), interpretada por Judy Garland, se oye por toda la casa. ¿Será que la mente le está jugando una mala pasada?

«Solo para estar segura debería montarme en la bicicleta para comprobar que no le ha pasado nada», razona Victoria mientras se urge a actuar. Y eso es lo que hace precisamente. En fracciones de segundo y con el albornoz mal abrochado, sale apurada de casa y pedalea llena de angustia hacia la colina que está a lo lejos.

El leve pero creciente sonido de sirenas que escucha a lo lejos la crispa.

Los segundos que siguen son como una eternidad mientras el sonido de las sirenas continúan incrementándose hasta que el golpe de viento, que la hace brevemente tambalearse, de la ambulancia al pasar a toda velocidad rumbo a la cima de la colina es la confirmación de que algo va mal.

Cuando poco después, casi sin respiración, Victoria alcanza la cima de la vía, la primera imagen que salta a su vista es la de un coche de patrulla y un oficial de seguridad del campus sosteniendo la cabeza de Erasmus en el suelo, mientras dos paramédicos bajan una camilla con ruedas de la ambulancia. Cuando ella se acerca sus ojos están completamente cerrados.

—¡Nooo! —exclama llena de miedo.

Impulsivamente se abalanza hacia él y arrodillada en el suelo le pone ambas manos en el rostro.

—Erasmus, cariño mío —le suplica llena de angustia.

—Señora, por favor, déjenos hueco, déjenos hacer nuestro trabajo —le ordena uno de los paramédicos.

Pero ella no se mueve. Lágrimas caen en cascada por su rostro mientras acaricia sus mejillas y su frente. En ese momento, cuando está a punto de que se lo lleven, Erasmus abre sus ojos y la primera visión que tiene es la del rostro de Victoria.

—Victoria —balbucea con una ligera sonrisa en sus ojos y labios.

Al reaccionar, ella se queda paralizada un instante por la emoción. Sus sollozos se transforman rápidamente en una sonrisa llorosa de alivio y respiración profunda.

—¿Qué ha pasado mi querida dama? —pregunta Erasmus completamente ajeno a lo que ha sucedido.

«Pensé que te había visto caer en la distancia y simplemente por intuición decidí acercarme hasta aquí.

—El profesor Cromwell-Smith se cayó frente a mí. Yo conducía en sentido contrario y al parecer tropezó. Frené bruscamente para evitar el choque pero de todas maneras cayó sobre su pecho con los brazos extendidos encima del capó de mi coche —explica el guardia de seguridad del campus universitario.

—De hecho eso pudo haber evitado la caída al suelo y una posible conmoción cerebral —explica uno de los paramédicos mientras con la ayuda de su compañero suben a Erasmus en la camilla.

—Ya recuerdo, me tropecé con el cordón suelto de mi zapato —repentinamente aclara Erasmus recordando lo sucedido.

Después de treinta minutos de un reconocimiento detallado, Erasmus insiste en quedarse, por lo que al marcharse la ambulancia y la patrulla de seguridad del campus, la agradecida pareja se queda sola en la misma colina donde ocurrieron los hechos.

—Cariño estoy tan aliviada de que no te haya sucedido nada. Cuando te vi por primera vez tirado en el suelo con tus ojos cerrados, por un instante pensé que te había perdido —le dice abrazándose fuertemente a él.

—Victoria, cuando me desperté en el suelo no tenía idea de dónde estaba, pero como en nuestra conversación de esta mañana, lo primero que vi fueron tus ojos llenos de amor y angustia. Mi adorada dama, al contemplar tu rostro, observé en él un instante de nuestra vida plasmado como un mosaico de experiencias inolvidables en cada gesto, arruguita y expresión tuya —dice Erasmus a una sonrojada Victoria.

—Mi amor, este es uno de esos momentos en la vida en los que debemos demostrar gratitud, ¿no crees? —ella contesta guiñándole el ojo.

—¿Recuerdas la primera vez que hicimos esto? —pregunta Victoria mientras pone la mano sobre su corazón y la de él en el suyo.

Y mientras él asiente pausadamente, sus ojos denotan el recuerdo vivido mientras su alma gemela continúa…

—Cierra los ojos —susurra.

Luego, con una voz suave y firme pero llena de fe intensa, ella le profesa:

—Estar viva y tenerte a ti son regalos preciosos e irreemplazables que tengo que ganarme y agradecer cada día. Demos gracias al Creador. Demos gracias a la vida —ambos recitan al unísono.

Una vez más, cuando cada uno abre sus ojos, la primera visión que tiene es la imagen del otro.

—¿Cómo no me iba a acordar?, es algo que nunca olvidaré —responde Erasmus con una sonrisa amplia y plena.

—Todavía tienes tiempo —contesta ella casualmente como quien no quiere la cosa, pero con una clara intención bajo la superficie.

—¿Para qué? —pregunta él con su usual despiste.

—Para hacer de la gratitud el tema de tu clase de hoy —le responde con palabras que suenan a sugerencia, pero en el fondo son lo que realmente ella quiere que él haga.

—¿Me queda tiempo suficiente?

—Todavía te queda una hora para tu clase, regresemos y en vez de que lo hagas solo en la facultad nos bañamos tú y yo juntos en casa —dice ella con voz tentadora y por lo cual queda atrapado al instante.

—Qué idea tan maravillosa, me la quedo. Pues bien, mi querida dama, móntese en el manillar de la bicicleta para que pedalee hasta casa —sugiere Erasmus mientras la pareja desciende, zigzagueando y aliviada por la suave cuesta en su vieja y oxidada bicicleta, hecha solo para uno pero ahora, peligrosamente, utilizada por dos.

Royal Cambridge Scholastic Institute (2018)
(Aula Magna de la universidad)

—¿Cómo están todos en el día de hoy? —pregunta el inspirado profesor, mientras se le hace difícil esconder el placer de su baño reciente en pareja.

—¡Geniales profesor! —le responde una animada clase.

—En el día de hoy vamos a viajar a un momento inolvidable como sospecho que lo será para ustedes también. La historia empieza así…

Ciudad de Nueva York, Carnegie Hall (1977)

Victoria y Erasmus viajan de noche desde Boston a Nueva York invitados por el anticuario escocés Colin Carnegie, quien se encuentra en el país en una corta visita; después de un día en los parques, museos y librerías públicas, excitados se visten con sus mejores ropas para ir por la noche a un concierto de gala. Para ambos es la primera vez que van a la sala de conciertos del Carnegie Hall. La experiencia resulta inolvidable pues ven la actuación del genio musical Rick Wakeman quien, literalmente, les lleva a *Un viaje al centro de la Tierra*. Cuando salen el señor Carnegie les está esperando.

—Victoria, Erasmus, que verdadero placer verles por aquí. Estoy feliz de que hayan podido venir. Pero díganme, ¿cómo lo pasaron? —balbucea atropellando las palabras.

—Fantástico, de niño leí todas las obras de Julio Verne, pero nunca hubiera imaginado un libro como *Un viaje al centro de la Tierra* en forma de concierto de Rock, mucho menos con una orquesta filarmónica acompañándolo —declara un exuberante Erasmus.

—Señor Carnegie, asumo que este magnífico concierto es parte del legado de su familiar lejano —pregunta Erasmus.

—Eso es correcto —responde con orgullo.

—Tal como usted lo ha dicho con anterioridad, su legado no solo continúa existiendo después de tanto tiempo, sino que se ha entretejido con la esencia de nuestro país —declara Erasmus también orgulloso.

—Bien dicho mi querido joven, bien dicho. Forma parte del aire que respiramos. Pero no somos tan conscientes de que lo tenemos. Simplemente lo usamos y disfrutamos. Lo mismo pasa con el hombre en sí mismo, Andrew Carnegie, su Fundación, en dólares ajustados por la inflación, es la organización filantrópica más grande de la historia. Pero eso no es muy conocido en el país — declara el anticuario entusiasmado.

—Una justa medida de la estatura del hombre como ser humano trascendente —dice Erasmus.

—Como usted lo ha dicho, el hombre no es valorado lo suficiente o reconocido —aclara Victoria.

—Así es —reconoce el señor Carnegie.

—¿Y a qué se debe eso? —pregunta Victoria con candidez exuberante.

—Eso te lo dejo para que lo investigues y descubras tú. Es una investigación que tiene mérito. Yo espero sinceramente que en algún momento los Estados Unidos reconozcan y aclamen de manera justa los grandes legados de Andrew Carnegie.

—¿Gratitud? —pregunta Victoria.

—Así es mi joven dama. Su legado se ha ganado el agradecimiento de todos —declara el señor Carnegie antes de continuar.

—Sentémonos, por favor. Precisamente del tema de la gratitud traigo conmigo un escrito antiguo, de esta manera nuestro encuentro no se agotará sin una dosis de tutoría por mi parte — explica su dadivoso tutor mientras se sientan en el cubículo privado del señor Carnegie. Y allí mismo comienza a leer con gusto…

Gratitud

La gratitud más importante
es celestial o existencial por naturaleza.
Nuestra mera existencia es inexplicablemente afortunada
y ha sido inmensamente bendecida,
y por ella agradecemos a nuestro Creador por traernos
al planeta Tierra en vez de trillones de otras células reproductivas
que nunca llegan a las etapas procreativas
y gestatorias que preceden al nacimiento.
Tenemos, además, mucho más por lo cual estar agradecidos
una vez que estamos aquí,
especialmente cada día que estamos vivos, sanos, conscientes
y rodeados de nuestros amigos y familia.
Pero a estas dos, sigue nuestra gratitud por los demás.
Con gratitud, reconocemos la lealtad
que otros nos demuestran.
Con gratitud, valoramos la fe que los demás nos tienen.
Con gratitud, apreciamos el valor de los gestos
que los demás nos ofrecen.

Con gratitud, rendimos respeto a la calidad como seres humanos
de aquellos que nos dan mucho,
lo merezcamos o no.
Con gratitud, recompensamos los actos de bondad
con los que somos bendecidos.
Con gratitud, disfrutamos lo que ofrendamos
y los que nos ofrendan.
Con gratitud, celebramos el lado ingenuo
y cándido de la vida.
La gratitud tiene su mayor impacto cuando se origina
genuinamente en el corazón,
en vez de por razones de imagen o por figurar socialmente.
La gratitud auténtica es espontánea
y no es dictada o dirigida por nada o nadie.
La gratitud es genuina cuando es anónima,
y como se origina en un acto de consciencia,
nada acerca de ella pertenece al dominio público.
La gratitud es genuina cuando coloca a quienes,
o aquello por lo que estamos agradecidos en primer plano,
como protagonistas,
mientras nosotros permanecemos en bastidores.
La gratitud es auténtica cuando no se mide, ni cuantifica,
es decir no es proporcional o medible en magnitudes.
La gratitud se expresa a través de actos, gestos
y aún más, sacrificios.
Por el contrario, la falsa gratitud es una farsa narcisista,
ya que nuestra única y verdadera preocupación
somos nosotros mismos y nuestra imagen,
pero absolutamente nadie ni nada más.
La gratitud es una fuente fiable de paz interior,
felicidad e inspiración,
ya que sus notas musicales le cantan
al mejor lado de nuestra condición y naturaleza humana donde la
chispa de creatividad y visualización
pueden hacer ignición en cualquier momento,
dando origen a una de las condiciones

con las cuales jamás seremos bendecidos:
la de estar eternamente agradecidos al Creador,
a la vida y a los demás.

Colin Carnegie les mira con una gran sonrisa dibujada en su rostro.

—Ahora permítanme hacer un ejercicio de gratitud con ustedes. Uno que, si Dios quiere, repetirán el resto de sus vidas —declara el señor Carnegie.

Royal Cambridge Scholastic Institute (2008)
(Aula Magna de la universidad)

El profesor Cromwell-Smith regresa con sus alumnos al presente para demostrarles lo que el anticuario escocés les enseñó a Vicky y a él en esa ocasión. Es el mismo ejercicio que Victoria hizo con él por la mañana en el mismo sitio de su accidente.

—Permitidme repetir con ustedes lo que el señor Carnegie nos invitó a profesar esa noche en el Carnegie Hall. Es una lección eterna e inolvidable para toda la vida. Esto es lo que quiero que hagan. Por favor pónganse de pie —les pide.

Todo el cuerpo estudiantil se levanta tal como el profesor les pide. Entonces el profesor calma el rumor y les dice:

—Esto es lo que nuestro querido Carnegie nos enseñó ese día. Pongan ambas manos en el corazón. Ahora cierren los ojos y en su mente digan las siguientes palabras: Estar vivo y sano es un regalo precioso e irreemplazable que tengo que merecerme cada día. Demos gracias al Creador. Demos gracias a la vida —toda el Aula guarda silencio mientras el acto de gratitud tiene lugar.

—Les veo a todos la semana que viene —dice el profesor.

Al marcharse el pedagogo puede ver a muchos de los estudiantes repitiendo el ritual con ambas manos sobre sus corazones. Él sonríe ante la plenitud de rostros demostrando gratitud por todas las ofrendas que el Creador y la vida les han ofrendado.

CAPÍTULO 14
La duda

Royal Cambridge Scholastic Institute (2018)
(Hogar de Erasmus y Victoria en el campus universitario)

Erasmus se levanta sobresaltado, su primer pensamiento es comprobar si ella está todavía ahí o, peor aún, si alguna vez ha estado a su lado y está realmente de regreso.

«Tu mente trastornada te está volviendo loco», reflexiona acariciándole delicadamente la frente mientras ella duerme.

«Tu espíritu está envenenado y lleno de dudas y no pareces ser capaz de superarlo», piensa lleno de angustia.

Erasmus se arrastra fuera de la cama y, todavía medio dormido, se las arregla para llegar dando tumbos a la cocina con el objetivo de prepararse su té de la mañana. Pero para su gran sorpresa se lo encuentra listo y humeante, con una tarjeta al lado con un poema que empieza a leer de inmediato lleno de emoción.

Siempre **allí**
Hoy,
cuando mi corazón fue en busca tuya,
me sentí aliviado y lleno de alegría,
porque al necesitarlo,
mi sueño acerca de ti,
allí seguía, y pronto se hizo presente,
una vez más,
como presentía,
de alguna manera,
esperaba que se hubiera ido,
pero esa es la otra parte de mí,
la que me quiere anclar,
no dejándome volar
o ir a ningún lado donde residan los sueños

y el amor de verdad.
Por la noche
me fui a la cama temprano,
<u>y tu sueño acerca de mí,</u>
seguía en el mismo lugar,
donde lo habías dejado.

Mañana,
estaré despierto antes del alba,
y poco después, al atardecer,
<u>nuestro sueño se hará presente,</u>
como siempre lo ha hecho,
en nuestra realidad,
la que siempre está llena
de fantasía, felicidad
y nuestro sueño, nunca se va a ningún lado.

Erasmus lo lee de nuevo en éxtasis y sonríe.

«Viejo tonto, ¿cuánto tiempo te vas a tomar para dejar ir de una vez tus dudas y miedos?», razona con alegría enojado.

—¿Te gusta? —le pregunta Victoria apoyada en la puerta de la cocina.

Erasmus se voltea en cámara lenta y la recibe con una sonrisa esplendorosa.

—Me encanta, mi adorada dama —le responde mientras se acerca a abrazarla.

—Recientemente le escribí a la señora Peabody y fue muy gentil al encontrarlo para mí en su baúl de tesoros donde tiene su colección de libros antiguos.

—Eres increíble –le susurra al oído y ella tiembla.

—Realmente no, cariño. Simplemente sé por lo que estás pasando ya que lo mismo me pasó a mí en aquel entonces.

—¿Quieres decir con las dudas? —Erasmus le pregunta.

—Sí, estaba llena de incertidumbre, así que me fui —dice ella con sentimiento de culpa.

—Ya hablamos sobre eso Vicky. Pero tengo una pregunta a la que le he dado vueltas en mi cabeza varios días y tenía pendiente hacértela, pero siempre se me olvida —anuncia.

—¿Acerca de qué? —pregunta ella presintiendo de qué se trata.

—Antes de que entremos al tema, tengo algo aquí para ti —le dice, mientras le entrega un pedazo de papel.

—¿Qué es esto? —pregunta ella empezando a leer.

—Se llama *Una labor de amor*, te lo escribí entonces, está dirigido a quien yo visualizaba que serías en el futuro y lo que ibas a lograr en tu carrera como psicóloga criminalista.

Una labor de amor

Qué tarea tan importante,

la de tener que navegar

a los más oscuros confines

de las mentes de otros,

pero no a la de uno mismo.

Esos senderos donde

la tierra no es firme,

y donde el suelo se mueve,

los senderos de la vida son borrosos

sin suficiente luz

y no existe un sentido de bienestar alguno,

o felicidad.

Pero quizá no hay trabajo más difícil

que el de aquellos que tratan con mentes

que no solo carecen de sentido

y propósitos en sus vidas

sino que además son potencialmente e intrínsecamente

perversos, diabólicos, maquiavélicos y tramposos

o simplemente se quieren tanto a sí mismos

que no dejan lugar, ni les importa, nadie más.

Qué trabajo más difícil el de hacer el bien

mejorando la mentalidad y las actitudes

de los que más lo necesitan,

de aquellos en busca de redención

o una segunda oportunidad,
aquellos en los cuales pocos creen o apoyan,
qué trabajo más difícil,
qué trabajo más imposible,
qué maravillosa labor de amor,
eso es lo que harás y serás en el futuro,
dejando atrás una bella estela,
es lo que habrás logrado al final,
esa será tu obra, tu gran legado.

Al terminar de leer, las lágrimas brotan en cascada a lo largo del rostro de Victoria.

—Es una belleza —balbucea sobrecogida por la emoción y los recuerdos del pasado. —Eso es exactamente lo que hice largo tiempo —hace memoria mientras acaricia delicadamente su rostro.

—Lo cual nos lleva a la pregunta que tenía pendiente para ti, ¿por qué cambiaste de carrera? —le pregunta Erasmus mientras saborea su té de la mañana.

—Estaba esperando que me hicieras esa pregunta —le dice resignada.

—¿Qué fue exactamente lo que te pasó, Victoria?

—Un paciente se obsesionó conmigo. Durante más de un año nos acosó y amenazó tanto a mi difunto esposo como a mí, la situación afectó a toda la familia. A través de la Corte un juez le puso una restricción judicial para que se mantuviera alejado de mí. Fue arrestado varias veces por violar la restricción pero de nada sirvió, su obsesión solo escaló en intensidad y se agravó —la voz de Victoria se quiebra. Erasmus reacciona colocando su brazo alrededor de ella. Ella inclina y apoya su cabeza en sus antebrazos y permanece inmóvil tratando de recuperar su compostura. —Fue una experiencia traumática para la familia. Como consecuencia, nunca más fui capaz de ver pacientes. Al final, las pesadillas se acabaron únicamente cuando dejé la profesión del todo —balbucea con dolor profundo.

—¿Cómo te sientes acerca de esa decisión ahora que ha pasado el tiempo? —le pregunta Erasmus delicadamente.

—Nunca tuve la oportunidad de pensarlo. Mi difunto esposo enfermó y en los siguientes cinco años no hubo tiempo para nada más —se lamenta.

—Y ahora, ¿regresarías a tu profesión? —insiste Erasmus con curiosidad.

—No, esa etapa de mi vida se cerró definitivamente. Ahora se trata únicamente de nosotros —le dice besándolo suavemente en la mejilla.

—Y tú cariño, ¿por qué cambiaste de universidad? —ella le pregunta.

—Bueno, a mí me gusta mucho la universidad de Brandeis, así que no tuvo nada que ver con ellos. Yo pedí un cambio por causa tuya —le responde de inmediato.

—¿Yo? ¿Por qué yo? —pregunta incrédula Victoria.

—Estaba buscando renovación y empezar de nuevo, fresco. Necesitaba un cambio en mi vida. Fue mi pequeña forma de evolucionar —dice Erasmus.

—¿Y lo lograste? —pregunta ella.

—En buena medida sí, la facultad hizo maravillas por mí, pero con relación a nosotros, eso nunca lo superé —afirma Erasmus. —Y tú mi querida dama, ¿nunca tuviste dudas?

—Cuando te dejé estaba llena de ellas —se lamenta.

—Yo nunca tuve duda alguna —le dice Erasmus con firmeza en su voz.

—¿Entonces por qué tenerlas ahora? —le pregunta tratando de que lo que dice tenga sentido.

—Eso es lo que no entiendo, especialmente la manera recurrente en que está ocurriendo —se lamenta.

—Quizá eso es lo que te está pasando. Estás aterrado de que te deje nuevamente. Hay una parte de ti que está llena de dudas y miedos de que te pase lo mismo una vez más. Pero el tiempo lo cura todo, así que poco a poco se irán disipando tus dudas —le diagnostica Victoria mientras el psicólogo en ella se hace presente.

—Ciertamente irán a la velocidad de un rayo. Cada vez que ves estos ataques de pánico venir me ayudas a atajarlos antes de que empiecen. Y lo haces de maravilla con esas expresiones y pequeños detalles de amor incondicional —afirma.

—Cariño, hay temas en nuestro interior que es mejor no tratar de explicar y mucho menos tratar de encontrar una respuesta para todo. Lee esto por favor, es otro de los escritos que me envió la señora P. —le pide.

Un sabio acertijo

Un sabio acertijo es difícil de resolver,
sin embargo,
inevitablemente,
siempre tendrá una solución.
Lo mismo ocurre con
una adivinanza, un enigma,
un misterio y hasta un rompecabezas.
Pero la vida no siempre es
un acertijo para resolver,
ya que sus soluciones
no vienen en forma de santo y seña,
por el contrario,
a menudo no existen todavía,
o simplemente cambiarán o se formarán en el camino.
Por ello, aun cuando los acertijos de la vida,
están ahí para ser resueltos,
sus soluciones
no necesariamente lo están también.
Y si uno tiene que ser demasiado cuidadoso
con lo que quiere o desea,
entonces algunos de esos acertijos existenciales,
es mejor dejarlos sin resolver.

—Gracias, mi adorada dama —le dice Erasmus pensativo. —La duda, ese será mi tema de hoy.

—Ah, estás hablando de la señora Pointdexter, la directora de la biblioteca de Harvard —le dice Victoria de inmediato, recordando la memorable ocasión con la erudita anticuaria.

—¡Te acuerdas! —Erasmus le dice validando su respuesta antes de que continúe.

—¿Cómo podría olvidarla?, si solamente hubiera puesto en práctica lo que aprendimos ese día —ella se lamenta. —Cariño, solo tienes un pequeño problema —Victoria agrega con cautela.

—¿Y cuál será, mi dama? —le pregunta intrigado.

—¿No te has percatado de la hora que es? —le informa con angustia mientras le echa un vistazo al reloj de la pared. —Quince minutos para el comienzo de clase —Victoria dice en voz alta.

Un pandemonio cunde en el hogar de la pareja de enamorados mientras el profesor se viste a toda prisa.

Royal Cambridge Scholastic Institute (2018)
(Aula Magna de la universidad)

Pero de alguna manera, cinco minutos más tarde, Victoria todavía con su bata de dormir lleva al profesor a clase en su coche. Y con solo un par de minutos de sobra, Erasmus salta del coche al llegar a la facultad.

—Te amo, mi dama embrujada —le grita mientras se va corriendo.

—Te quiero mi británico lunático —le responde con su cabeza fuera de la ventana.

Mientras el profesor corre por los pasillos, el Aula Magna está en suspenso al ver que los segundos se agotan. ¿Será esta la segunda vez que el profesor llega tarde a clase? Las apuestas están corriendo, aquellos a favor de que en efecto llegará tarde creen que el adorado profesor está todavía de luna de miel, aquellos en contra creen que no llegará tarde, porque su luna de miel ya se terminó. 10, 9, 8, 7, 6, 5, 4, 3…

—Buenas días a todos —les dice Cromwell-Smith al irrumpir en el Aula, aguantando la respiración. El profesor contempla a sus estudiantes lo que parece ser una eternidad; con unos pasos lentos se pasea por el escenario recuperando la respiración. Cuando cree que tiene la atención absoluta de la clase, continúa:

—El tema de hoy serán las dudas —anuncia. —De la misma manera que muchos o algunos de ustedes dudaron si yo llegaría a tiempo a clase hoy, eso es lo que hacemos todos, acumulamos dudas en el tiempo. Hoy haremos un viaje hacia el pasado, al día que Victoria y yo conocimos a una mujer excepcional en un *Athenaeum* imperecedero; en esa memorable oportunidad ella nos ofreció una lección existencial que ha permanecido eternamente con nosotros —les dice. —Empieza así…

Biblioteca de Harvard (1977)

—Están completamente desaparecidos, ¿será la única manera de poder verlos?, ¿en la biblioteca? —declara con sarcasmo Gina, la mejor amiga de Vicky.

—Se han vuelto unos ermitaños del amor —se queja Matthew, el mejor amigo de Erasmus.

—Deberíamos salir juntos —añade Gina.

La pareja de enamorados observa, distraídos y hasta un poco divertidos, las caras y sonrisas de sus amigos, pero sin articular palabra alguna.

—Supongo que los perdimos a ambos —declara Matthew en tono de chiste y resignación.

—Por supuesto que no, nos tienen que dar tiempo —salta Victoria repentinamente en la conversación.

—Erasmus, ¿qué hay con relación a tus viejos mentores en tu ciudad natal, te has olvidado de ellos también? —le pregunta Matthew.

—En cierta manera, sí. A la única que le he escrito recientemente es a la señora V. pero eso ocurrió solo después de bastante tiempo sin hacerlo y únicamente porque una colega de ella me lo recordó. Lo que sí hice fue contarle todo acerca de nosotros dos —responde a la defensiva Erasmus.

—¿Y? —le presiona Matthew.

—Ella me respondió tiempo atrás —añade Erasmus.

—Fue una carta muy especial y nos envió varios escritos antiguos, particularmente me gustó mucho una llamada *El taburete con tres patas* —intercede una animada Victoria.

—Pues bien Vicky, explícame algo, por favor —empieza Matthew con tono conspiratorio.

—¿Qué quieres que te explique Matt? —pregunta una intrigada Victoria.

—En Martha's Vineyard te jugaste el todo por el todo al cubrirle los ojos a Erasmus por sorpresa y a su espalda, luego se besaron y el resto es historia, pero Gina nos ha dicho que ni siquiera sabías si él era la persona para ti —declara Matthew riéndose entre dientes.

Un silencio incómodo emerge mientras Victoria se muerde el labio y mira con ojos acusadores a Gina.

—Eso es cierto, no lo sabía. Solo seguí a mi corazón y les juro muchachos que cuando entré en el restaurante lo hice sin plan alguno en mente, todo lo que hice fue por impulso. Simplemente, cuando vi a Erasmus, perdí el control de mí misma —declara una Victoria emocionada.

—Todos esos pequeños gestos ya habían abierto y conquistado su corazón, así que ese arranque y explosión estaba a punto de ocurrir en cualquier momento —analiza clínicamente Gina. — Bueno, mi príncipe encantador, te la ganaste con la batuta, ¡ese fue el toque mágico y decisivo! —anuncia Gina tratando de ser agradable pero todavía utilizando su usual tono sarcástico.

—Y tú Victoria, capturaste su corazón con el viaje a casa para ver a su padre —declara Matthew.

Los dos jóvenes enamorados se miran el uno al otro con un gesto y una expresión que denota que lo que han escuchado lo saben ya de sobra en lo más profundo de sus corazones.

—Erasmus, tiempo de ir a trabajar —dice Matthew rompiendo el embrujo.

—Nosotros también tenemos que estudiar, vamos —le dice Gina a Victoria mientras ambas amigas se mueven a otra mesa.

Un par de horas después los tortolitos están solos nuevamente, pero ahora con una biblioteca extraordinaria para el disfrute de ambos.

—Vamos a ver los libros antiguos —declara Erasmus.

Con sonrisitas y agarrados de la mano se mueven alrededor sin prestar mucha atención a las reglas o a los demás visitantes.

—¿Les podría ayudar en algo? —les pregunta con voz severa una diminuta mujer con gafas gruesas.

—Queremos ver la sección de libros antiguos —dice Erasmus.

—Los tienen que solicitar y leer en una sección especial.

—¿Por qué una sección especial? —pregunta Victoria ignorante.

—Cámaras de video filman permanentemente esa sección para asegurarse de que los libros sean tratados como se requiere, con sumo cuidado —les responde impacientemente la bibliotecaria. —¿Qué es exactamente lo que buscan? —pregunta la seria señora, con ojos escépticos.

—Estamos buscando escritos antiguos acerca de la duda —responde Erasmus.

—¿Están buscando un autor o período en particular? —interroga la bibliotecaria.

—No, eso se lo dejamos a usted —responde Erasmus.

—Si me permiten preguntarles, ¿cuál es la naturaleza de sus dudas? —inquiere la bibliotecaria intrigada.

—Por supuesto que puede, las mías son acerca de qué hacer en la vida —le responde Erasmus.

—Las mías son acerca de si quiero estudiar psicología criminal o no —añade Vicky omitiendo convenientemente sus verdaderas y crecientes dudas.

—Esas dudas son bastante convencionales en esta etapa de sus vidas. ¿Por qué les interesan los libros antiguos? —pregunta la bibliotecaria aún más intrigada.

—Crecí rodeado de ellos en el país de Gales —responde Erasmus.

—¿Tú eres el joven de Hye-On-Wye? ¿Y tú eres la joven de Waterloo, Illinois? —les dice la sorprendida y animada bibliotecaria.

—Los mismos y únicos —le responde Erasmus con orgullo, asumiendo correctamente cuán pequeña es la comunidad de anticuarios de libros en Nueva Inglaterra.

—De haber sabido que ustedes eran estudiantes de Harvard, yo soy Felicia Pointdexter.

—Erasmus Cromwell-Smith y Victoria Emerson-Lloyd, encantados de conocerla —le anuncia una entusiasta Victoria.

—Pues bien, sé exactamente qué conseguirles. Es una escritura eterna e inolvidable —asegura animada la señora Pointdexter. —Les dará la sabiduría que están buscando —dice la bibliotecaria con gusto.

La diminuta bibliotecaria se ausenta solo un par de minutos y regresa con pasitos rápidos y apurados y con un pergamino enrollado debajo del brazo.

—Quizá sea muy presuntuoso por mi parte, pero ¿me podrían permitir que se lo lea? —pregunta.

Ambos jóvenes cruzan miradas furtivas y a continuación, sonrientes, alzan los hombros con indiferencia.

—Será un honor —le dice galantemente Erasmus.

La señora Pointdexter empieza a leer con ímpetu en su voz:

La duda

Una duda sin método, propósito o confianza,
nos lleva al dolor y crea ansiedades recurrentes,
todas ellas en vano,
ya que irremediablemente serán una pérdida de tiempo,
cuando inexorablemente fracasemos de plano.
Este tipo de vacilaciones,
cuando dudamos, es porque escondemos algo,
y las dudas son únicamente escudos y excusas falsas
a las verdaderas causas y génesis de nuestro comportamiento.
Entre ellas están el miedo, la debilidad de carácter, la ignorancia,
nuestras limitaciones,
tanto como la falta de habilidad natural o talento,
y la falta de preparación o planificación.
Este tipo de indecisión
busca justificar la mediocridad y la incompetencia
a través de culpar o sospechar de otros,
cuando lo más probable, lo que realmente está mal,
yace únicamente dentro de nosotros.
Este tipo de titubeos

213

son como venenos mortales,
llevándonos inevitablemente a la inacción
y miedos paralizantes,
de manera creciente nos sentimos abrumados
por la incertidumbre, el escepticismo, la aprensión
y la falta acuciante de confianza en nosotros mismos,
lo cual inexorablemente nos lleva
a cometer errores por mal uso del juicio.
Esta es la razón principal por la cual las dudas de este tipo son la
antesala a los fracasos.
Los antídotos a la duda son método, propósito y confianza.
Ante la duda aplicamos el método cuando estamos
objetivamente inseguros frente a algo,
y nuestra inclinación a la incredulidad puede ser
superada observando y ateniéndonos a los hechos.
Cuando sentimos incertidumbre acerca de nuestras creencias u
opiniones, las superamos a través de subsanar nuestra ignorancia y
la falta de pruebas fehacientes.
A la duda le aplicamos el propósito
cuando estamos sobrecargados emocionalmente
y en estado de sitio,
abrumados por montañas de indecisiones,
paro disolverlas y romper sus defensas
descartaremos lo superfluo e innecesario,
si mantenemos nuestro objetivo a la vista
y en caso de que no tengamos alguno,
deliberadamente lo creamos y lo desarrollamos
ya que tener un propósito u objetivo claro,
es la manera más efectiva de romper y deshacer las dudas.
A la duda cuando le aplicamos confianza,
nos deshacemos de ella, al aplicarle el beneficio
de la duda a la situación o la persona.
En último análisis, una dosis sana de dudas
es un componente esencial de una vida plena.
Pero es nuestro reto a efectos de adoptar
y convivir con ciertas dudas,

214

el siempre hacerlo con método, propósito o confianza.

—Victoria y Erasmus, cuando apliquen confianza y buena fe a la duda la neutralizarán. Cuando apliquen método, ciñéndose a la disciplina y comprobación de los hechos la abrumarán y desvirtuarán. Cuando confronten a la duda con posesión de propósitos y objetivos claros en vuestras vidas se desharán y la destruirán por completo —concluye inspirada la señora Pointdexter.

El afortunado encuentro marca el comienzo de una relación de por vida entre Erasmus y la señora Pointdexter. En los siguientes años, hasta el momento de su retiro pasó horas interminables dándole a Erasmus tutorías invalorables que nunca olvidará.

Royal Cambridge Scholastic Institute (2018)
(Aula Magna de la universidad)

El profesor Cromwell-Smith regresa al presente con una sonrisa llena de recuerdos por la erudita bibliotecaria.

—Cuando tengan dudas acudan de inmediato a sus antídotos, incluyendo el más potente de ellos: tener propósito y objetivos claros en la vida —les dice al terminar.

—Profesor, ¿por qué son las dudas tan pegajosas y parece que nunca desaparecen? —le pregunta una estudiante alta y pelirroja con acento sureño.

—Lo más fácil es sentarse a compadecernos, dudando de todo y todos sin parar, para así justificar el no hacer nada. Las dudas sin sus tres antídotos son solo paredes y escudos falsos construidos en base a pobres excusas. Así que recuerden siempre, cuando tengan dudas, apliquen método, propósito o confianza. Les veo la semana que viene —se despide el eminente profesor mientras los estudiantes en pleno parecen percatarse de que el augusto pedagogo les acaba de dar la fórmula de cómo deshacerse de las dudas y las vacilaciones definitivamente.

Al caminar hacia el aparcamiento, en un magnífico día de primavera, al inspirado profesor le espera una espléndida sorpresa. Al principio no reconoce su vieja y oxidada bicicleta, ya que esta tiene una cesta instalada en el manillar llena hasta los topes y cubierta con un mantel de cuadros rojos y blancos. Levanta el mantel y en la cesta hay una colección de sus pasteles, quesos y frutas preferidas, en ella hay una tarjeta, la abre y al leerla su corazón se llena de amor y alegría.

«Es cierto que el método, el propósito y la confianza se deshacen de las dudas, pero lo único que realmente las elimina para siempre es el amor verdadero, el cual nosotros poseemos».

Instintivamente levanta la mirada y ahí está ella con su bicicleta, con su propia cesta de pícnic y cinco globos anudados y flotando sobre ella.

—¿Qué estás esperando? —le dice y en un instante se marcha pedaleando sacándole la delantera. Erasmus se monta en su bicicleta, la sigue y entonces ve lo que está escrito en cada globo.

En un globo, el segundo más grande se lee: «Cuando una duda aflige». En los tres globos más pequeños está escrita una palabra en cada uno: «Método, Propósito y Confianza». Y en el más grande en forma de corazón, sus ojos se abren de alegría cuando ve en letras gigantes: «Y el verdadero amor siempre triunfa sobre todas ellas».

CAPÍTULO 15

La dualidad

Royal Cambridge Scholastic Institute (2018)
(Río Charles, Boston)

La luz naciente de un nuevo día se filtra a través de la magnífica naturaleza que adorna el río. Los rayos de sol pintados de rojo suave y delicados amarillos se turnan para iluminar el silencioso paisaje. Los restos de la niebla se disipan al ascender hacia el cielo dando lugar a un magnífico pero extremadamente frío día de primavera. Únicamente el sonido sincronizado de los remos al chocar con el agua y la respiración pesada de los remeros faltos de aire se escucha mientras avanzan a través de las aguas tranquilas, con una velocidad moderada y un ritmo constante. Erasmus y Victoria han remado casi media hora cuando llegan a su destino. En su recodo habitual en el río Charles, atan su bote de remo y siguiendo una rutina perfectamente coreografiada, cada uno extrae de sus pequeñas mochilas un par de trajes calentadores, los cuales se ponen de inmediato. Luego, agarrados de la mano, la pareja de enamorados camina unas doscientas yardas para dirigirse a uno de sus lugares favoritos en Boston para desayunar, una pequeña panadería y pastelería francesa con mesas y sillas en la acera al lado del río.

—Cariño, algún día me gustaría visitar tu pueblo natal en el país de Gales —ella le pide mientras esperan por su cesta habitual de pan francés y pasteles con un par de *café au lait*.

—Mi adorada dama, nada me gustaría más —contesta, pensando en voz alta. Sus ojos de repente se abren al venirle la obvia idea a la cabeza. —¿Sabes qué? Iremos a Europa este verano y así podremos viajar en tren por el viejo continente. Siempre he querido hacer eso contigo —le dice con una mirada intensa mientras le acaricia delicadamente las manos con sus dedos.

—Yo he ido a Europa pocas veces, principalmente para conferencias, así que me vas a tener que pasear y llevar a todos los sitios de interés, pero con mucha paciencia —Victoria le suplica hecha un manojo de emociones porque encuentra todo extremadamente excitante.

—Será todo un placer, mi dama de la mañana —responde dispuesto a complacerla en todos y cada uno de sus sueños y deseos.

Un trueno en la distancia es el presagio de un cambio por venir al idílico clima. En un instante Erasmus observa cómo varía la expresión de Victoria después de una larga mirada entre ambos; sus emociones se apoderan de ella y ya no le mira más. A través de sus bellos ojos, Erasmus es testigo de cómo atraviesa por todo el espectro emocional. Al principio, y solo brevemente, su mirada denota nervios y enojo, pero gracias a Dios esto dura solo un instante, luego sus órbitas focales parecen moverse erráticamente en todas direcciones como si se quisieran escapar apuradamente, en solo un instante el ofuscamiento retorna hasta que los espejos del alma de Vicky se enfocan nuevamente en Erasmus. En ese momento, sus iris azules denotan sorpresa al notar que él se ha dado cuenta de todo, finalmente una profunda serenidad y plácida calma se apodera de ellos, seguida de un destello y de un titileo de alegría, hasta que finalmente la felicidad prevalece. Con ojos brillantes, Victoria finalmente sonríe mientras que Erasmus aprieta un poco más fuerte la mano de su media naranja como dándole fuerzas, cosa que siempre hace.

—Hubo un tiempo en el que no pude controlar mi miedo a los truenos —ella le dice.

—Y tenías buenas razones para ello, mi dama. Si un rayo cayó tan cerca de ti cuando eras niña, es natural que les tuvieras pavor para siempre —contesta Erasmus tratando de seguirle la corriente a sus pensamientos en voz alta.

Victoria contempla a Erasmus un largo rato, mordiéndose el labio como si tratara de decidir cómo reaccionar, hasta que repentinamente todo lo que tiene dentro brota hacia fuera, como siempre ocurre, en forma de erupción de un volcán.

—Eres totalmente inepto para disimular algo, mi adorable británico —le dice explotando en carcajadas.

—Mi dama, ¿por qué habría yo de interrumpir y perturbar tu fantasía favorita del incidente que tuviste de niña? —se defiende.

—Porque sabes muy bien que no quiero realmente hablar de ello, sino hablar de otras cosas —le replica con palabras que le vienen de su noble corazón.

—Lo que quieres decir realmente es que tu problema con el mal tiempo es algo simbólico debido a tu necesidad de perfección en la vida que se da con frecuencia en los mejores momentos y circunstancias. Aun cuando estas fueran magníficas y extraordinarias, siempre te parecerá que algo no es perfecto o está incompleto —le contesta directo y contundente ya que ella abre la puerta.

—Sí, es así, si el día no era perfecto lo sentía como arruinado para mí y esa actitud me hizo perder muchos momentos que podría haber disfrutado enormemente si hubiera aceptado las cosas buenas y las malas al mismo tiempo —razona Victoria en voz alta.

—Pero mi dama, contempla a la nueva persona que eres hoy en día. El cambio es notorio y sorprenderte, tus instintos naturales son los mismos de siempre pero ahora puedes racionalizarlos y ver la banalidad y futilidad de reaccionar de la manera que solías hacer, bloqueándote o reaccionando negativamente —explica Erasmus con palabras de apoyo y reconocimiento.

—Tenerte a mi lado lo hace algo mucho más sencillo —le contesta agradecida. —¿Recuerdas cómo encontramos la solución a mi aflicción? —pregunta de súbito Victoria.

—Como podría olvidarme de la señora Pointdexter quien nos regaló ese día mágico una lección y tesoro eterno acerca de la dualidad —le dice, recordando vívidamente con los ojos grandes por la emoción.

Y entonces ocurre como siempre en las parejas que están muy unidas, los dos piensan lo mismo simultáneamente. Se miran el uno al otro y se dan cuenta de lo que ocurre ya que saben exactamente lo que el otro está pensando y, por supuesto, el profesor Erasmus responde como le corresponde hacer.

—Perfecto, como anillo al dedo, dualidad será el tema de la clase de hoy —plantea con ojos pensativos mientras termina de desayunar.

Una hora más tarde, mientras Victoria le lleva a clase, ambos recuerdan a la diminuta y estricta bibliotecaria que se sentó pacientemente con ellos en incontables ocasiones a través de los años.

Royal Cambridge Scholastic Institute (2018)
(Aula Magna de la universidad)

Vicky da su usual toque de magia cuando están cerca del edificio de la facultad.

—Cariño, hoy estás en posesión de un regalo precioso para tus estudiantes. Ve y da lo mejor de ti porque de esa manera podrán aprovecharte en toda tu dimensión.

Y es así, junto con un beso cálido e íntimo, sus palabras le inspiran y poco después entra en la facultad con un aire y unas pisadas distendidas, silbando despreocupadamente. El profesor marcha a clase con alegría absoluta como si estuviera caminando sobre las nubes.

Royal Cambridge Scholastic Institute (2018)
(Aula Magna de la universidad)

—¿Cómo están todos hoy? —pregunta un animado profesor a sus alumnos.

—¡Inmensamente genial profesor! —le responde un cuerpo estudiantil entusiasmado.

—Clase, algunas veces en la vida vemos a la gente, el mundo y la vida como una elección entre polos opuestos ya que no podemos ver nada más sino dos opciones, y nos obsesionamos por la una o por la otra sin existir en nuestra mente alternativa alguna. De esta manera quedamos atrapados en una existencia donde contemplamos todo como una dualidad, ya que siempre nos colocamos en una esquina sin salida donde no hay otra alternativa sino escoger lo que creemos ciegamente que son las únicas dos opciones que existen y que están disponibles sobre la faz de la Tierra —continúa el profesor con la atención absoluta del alumnado. —La dualidad es un asunto que nos afectó a Victoria y a mí desde la niñez y a lo largo de la adolescencia hasta que una adorable mentora y bibliotecaria nos dio una lección existencial eterna que, todavía hoy, cuarenta años después, funciona para ambos —les explica el profesor. —Déjenme llevarles atrás en el tiempo. La historia empieza así:

Estudio de Victoria y Erasmus, Boston (1977)

A primera hora de la mañana el joven Erasmus sale a correr, mientras su otra mitad se queda durmiendo un poco más. Cuando Vicky se despierta lo primero que tiene a la vista es un vaso de zumo de naranja recién exprimido sobre su mesilla. Inmediatamente después ve un ramo de flores con una tarjeta a su lado y su corazón se detiene. Las rosas rojas están resplandecientes. La tarjeta dice: «Que nuestra vida continúe ofreciéndonos la magia del amor verdadero por siempre. Mi amada dama, usted está cordialmente invitada a pasar la tarde en el parque conmigo. Será un pícnic para dos. La recogeré exactamente a las doce del mediodía en la biblioteca de la universidad».

Ella se ríe entre dientes con regocijo, hechizada con el encanto de su mago británico. Aparentemente todo parece indicar que será un día magnífico, pero su premonición no dura mucho ya que poco después su alegría y espíritu son borrados por su obsesión por la perfección, haciendo que la felicidad o el amor sean algo virtualmente imposibles.

La mañana no va bien para Victoria Emerson-Lloyd. Todo empieza cuando cruza la puerta de su casa y sale a la calle, allí todo da un vuelco hacia lo peor cuando se encuentra con una lluvia y una neblina ligeras que están presentes desde la mañana; a lo lejos, se oyen truenos y eso la perturba aún más.

«¿Por qué hoy en particular se presenta el mal tiempo y se arruina el pícnic que Erasmus preparó para nosotros?», piensa totalmente ofuscada.

221

Biblioteca de Harvard (1977)

Victoria llega temprano a la biblioteca, con tiempo de sobra para su cita con Erasmus. Se sienta a hablar con su amiga, anda echando pestes de lo molesta que está y se olvida completamente de saludar a su mentora, la bondadosa señora Pointdexter.

«¿Qué le sucede a la joven Victoria? Cada vez que algo la perturba sus buenos modales y educación saltan por la ventana y desaparecen». Observa la bibliotecaria, mientras inintencionadamente escucha cada uno de los comentarios inapropiados que hace Vicky en voz alta. Totalmente ajena a lo que pasa a su alrededor, Victoria describe a Gina su mañana con todo detalle, lo bien que empezó el día y cómo de repente el clima lo echó a perder. Gina está incómoda e inquieta porque quiere hablar con Victoria acerca de otra cosa más importante, pero Victoria continúa quejándose sin parar, sin percatarse de que su amiga, al percibir su creciente ambivalencia acerca de su futuro con Erasmus, desea aclararle la mente en cuanto a lo que ella considera son actitudes innecesarias e imprudentes por parte de Vicky.

—Victoria, ¿por qué quieres obligar o forzar a Erasmus a mudarse a tu ciudad si se quiere casar contigo? ¿Por qué estropear el amor verdadero? —pregunta Gina incrédula.

—Porque esta es la única manera de que algo funcione entre nosotros —responde tajantemente Victoria.

—Todavía no me has dado una razón válida para justificar una mudanza obligada —refuta Gina.

Victoria se queda callada sin responder porque está hirviendo por dentro y frustrada, pero Gina no está preparada para dejarla escabullirse sin enfrentar la situación.

—No lo has hecho porque no tienes ninguna razón verdadera o real. La verdad es que aún para ti no es conveniente regresar a tu casa, tu futuro está aquí en Boston —añade Gina.

—Pero mi familia está toda allí —argumenta no muy convencida Vicky.

—Tú te mudaste a Boston escapando de tu familia y tu ciudad. ¿A quién quieres engañar?, ¿a ti misma? —responde bruscamente Gina.

Los ojos de Victoria saltan de un lado a otro aparentemente perdidos.

—Vicky, el amor culpable no funciona. Esperar que este británico haga lo que quieres porque se siente culpable si no se doblega a tus deseos es una fórmula para el desastre de tu relación con él. Tenlo claro, eso no va a funcionar. Y tampoco te va a funcionar el amor opcional: si vienes nos casamos si no lo haces... entonces no. Toma y dame, también te va a fallar con él Vicky. Lo que sí vas a lograr con toda seguridad debido a estos juegos es dañar lo que tienes —le dice Gina dándolo por hecho.

«Quizá Gina tenga razón, él nunca haría nada de eso», piensa Vicky percatándose de la realidad mientras varias premoniciones crecen en ella.

El reloj de la pared marca las doce del mediodía, prediciblemente el radiante británico hace acto de presencia y se dirige con paso firme hacia ellas.

—Damas, es un placer verlas a las dos —Erasmus saluda inclinando ligeramente su cabeza con palabras que parecen de otra tierra y época. Llega completamente ajeno a lo que acaba de ocurrir entre ellas.

Para gran sorpresa de Erasmus, Gina y Victoria lo reciben con expresiones circunspectas.

—¿Qué es lo que está pasando aquí? —pregunta intrigado.

—Yo te voy a decir qué es exactamente lo que está pasando aquí y mucho mejor de lo que tú lo harías, niña consentida y malcriada —interviene sin ser invitada la señora Pointdexter, la estricta y severa directora de la biblioteca de Harvard.

Gina, Victoria y Erasmus se vuelven hacia ella con un rictus incrédulo y de sorpresa total.

—Señora Pointdexter, ¿cómo está usted hoy? —pregunta Erasmus extendiendo su mano con alegría y despistado como siempre.

—No tan bien, joven. Ya que acabo de escuchar la conversación más banal y superficial que he oído en años —le responde, reprendiendo a la impresionada Victoria.

—Pero era una conversación privada —interviene Gina en defensa de su amiga, pero no puede terminar la sentencia porque la señora Pointdexter la interrumpe.

—No, no era una conversación privada. Ustedes dos violaron las normas de la biblioteca y deben ser expulsadas del edificio, ya que hablaban tan alto que muchas de las personas, no solo yo, escucharon todo lo que dijeron —les dice la señora Pointdexter con severidad en su voz.

Ambas amigas permanecen sentadas y sin moverse, tienen caras compungidas y avergonzadas.

Erasmus le guiña un ojo a la señora Pointdexter para que continúe.

—Estoy segura de que esto es un patrón de conducta que se repite a menudo, así que les pido permiso para leerles algo que es un perfecto antídoto contra lo que le aflige hoy, y quizá en otros momentos también, a nuestra inmadura y joven dama —la estricta bibliotecaria añade buscando su aprobación.

—Será todo un honor, señora Pointdexter, por favor proceda y busque el escrito —dice Erasmus mientras las amigas dan su consentimiento asintiendo como ovejitas obedientes a su petición.

La diminuta dama desaparece con pasos rápidos y llenos de determinación. La pueden ver en la distancia mientras sube una pequeña escalera y con movimientos precisos extrae de una estantería un libro que tiene pocas páginas pero es enorme en dimensión. En un tris está de vuelta y se sienta frente a ellos a leer…

Dualidad
Este es el problema con la dualidad,
a primera vista parece algo que no es,
como si fuera un estado de indecisión deliberada
o de ignorante duplicidad, en el cual no sabemos
a quién, qué o cuál elegir.
De hecho, es totalmente lo opuesto a lo que parece ser,

por lo menos en lo que se refiere a este escrito.
Nos topamos con la dualidad en los caminos de la vida,
cuando ansiamos no solo una,
sino la totalidad de las alternativas
que se nos presentan,
o contemplamos a todos y a todo
como una proposición de dos caras u opciones,
y nuestra elección es por la una o por la otra.
No se ha dicho lo suficiente
acerca del primer tipo de dualidad,
la cual consiste en el arte
de querer estar bien con Dios y con el diablo,
es el quererlo todo, simultáneamente,
en ese momento a cualquier precio y en cualquier lugar.
Sin importar qué, quién, dónde, cómo o cuándo,
lo cual usualmente no deja lugar para nada o nadie más.
Esta voracidad sin freno, en la mayoría de los casos
es un problema por sí solo.
No solo porque rara vez disfrutamos
de lo que obtenemos de esta manera,
ya que usualmente nos atragantamos
por querer tanto a la vez,
sino porque adicionalmente,
este tipo de dualidad con avaricia maligna,
no solo no vale nada,
sino que, además, es existencialmente perniciosa,
ya que no solo es una pérdida total de tiempo,
sino también un ejercicio inútil e infructuoso
de autogratificación continua e instantánea,
lo cual no solo es banal y vacuo,
sino que, sobre todo,
está privado de significado o propósito existencial
por lo cual no es trascendental,
lo que indica que no estamos vivos o viviendo
cuando lo ponemos en práctica o vamos tras ello.
Por otra parte,

cuando la dualidad es polarizante,
vemos al universo, al mundo, a la vida y su gente,
a través de polos opuestos,
partes antagónicas
y diferencias irreconciliables, todo el tiempo.
Todo a nuestro alrededor se torna,
blanco o negro, el bien o el mal, excitante o angustioso, pleno o
vacío, feliz o depresivo, repleto o solidario, divertido o aburrido,
verdadero o falso, fiel o traicionero, real o ficticio.
Todos aquellos con quienes interactuamos se tornan,
superiores o inferiores súbditos, influyentes o privativos, saludables
o enfermos, exitosos o fracasados, merecedores o parásitos,
solventes o lastres sociales, con o en contra de nosotros, hábiles o
minusválidos, libres o condenados, inocentes o marcados como
culpables por siempre, socialmente adaptados o psicópatas,
narcisistas o con baja autoestima.
Nuestras vidas racionales y emocionales son
controladas o caóticas, efusivas o llenas de resentimiento,
exuberantes o frustradas, exaltadas o deprimidas, abstemias o
viciadas, carnívoras o vegetarianas, agradables o desagradables,
generosas o avariciosas y vanas.
Pero la luz, el brillo y la belleza
que perdura en la vida,
no yace en los polos opuestos,
sino en el mero centro, en medio de todas las cosas.
Una vida plena está basada primordialmente
en la calidad y solidez de nuestras virtudes y valores.
Y estas residen únicamente entre los extremos,
en el mero centro de ambas.
Están ubicadas en el área de confluencia,
donde ponderamos y ajustamos
todos nuestros controles y mandos existenciales.
Y es ahí donde en vez de un mundo de pares o dúos,
de alternativas 'a' o 'b',
encontramos una tercera elección,
hecha íntegramente por los dos extremos,

y es así como conseguimos balance en la vida
ya que es solo en el medio, donde encontramos
no solo a la mayoría,
sino todas nuestras virtudes existenciales,
como la singularidad, la prudencia, la paciencia, el buen juicio, la
resistencia, la tolerancia, la capacidad de perdonar, la creatividad, lo
artístico, la templanza, la flexibilidad, nuestra apertura de mente, la
claridad, todo lo que sea o esté fuera de la norma, la cautela, los
estados meditativos y contemplativos, el arrepentimiento, la
generosidad, la gratitud, la moderación, la esperanza, la inspiración,
la frugalidad, el cambio, la evolución,
nuestra consciencia, nuestro espíritu,
nuestra alma y la fe.
La dualidad por naturaleza es incompleta y nunca nos llena
o satisface por completo, ya que nos priva de todas las alternativas
que están realmente disponibles, enviándonos a los extremos, así
como a posiciones radicales y rígidas.
La dualidad puede ser peligrosa ya que genera antagonismos que
ponen a los polos opuestos o posiciones extremas las unas en
contra de las otras, creando verdaderos conflictos y choques entre
las partes antagónicas, todos ellos basados en el nimio y banal
deseo de una o ambas partes por prevalecer sobre la otra a toda
costa, dando lugar a.
La dualidad también ciega nuestro corazón, espíritu y alma,
privándonos de nuestra habilidad de experimentar y disfrutar de la
vida, el universo, el mundo y su gente, simplemente porque
decidimos ignorar la tercera alternativa, la de contemplar la vida
desde el medio y entre los extremos.

Al terminar el escrito la señora Pointdexter Erasmus, Victoria y
Gina, la contemplan con ojos iluminados como si les hubieran
retirado un velo gigantesco de los ojos.

—Gracias señora Pointdexter —balbucea una muy agradecida
Victoria, todavía con un ligero tono de voz compungido, mientras
los otros dos jóvenes le dejan tomar la iniciativa.

—Victoria, observa lo que has hecho hoy, te levantas y recibes un maravilloso gesto y detalle de tu adorado británico. Además, bellas flores, un zumo de naranja recién exprimido y una invitación a ir de pícnic al parque vosotros dos solos. ¡Cómo quisiera yo tener a alguien que hiciera este tipo de cosas por mí!, y sin embargo, tú te las arreglas para ofuscarte por el clima. ¿Qué es lo que pasa contigo? La vida es muy corta, mi querida joven. Toma todo lo bueno y bloquea las cosas malas. Muy rara vez, si acaso, la vida es perfecta, conveniente, sin retos ni dificultades —le dice en conclusión la señora Pointdexter.

—Esta ha sido una lección que nunca olvidaré. Es la primera vez que lo veo todo claro como el agua y le prometo que de ahora en adelante haré todo lo que esté en mi mano para controlarme, para no convertirme en mi propio obstáculo y poder disfrutar de lo que la vida me ofrece en cualquier momento, sin importar cuan lleno de faltas o incompleto pudiera estar el ofrecimiento —le dice Victoria con gratitud, mientras la señora Pointdexter regresa apurada a sus deberes con una mirada que refleja certidumbre y satisfacción porque su mensaje ha sido bien recibido por los tres jóvenes.

Erasmus y Victoria, por su parte, salen poco después de la biblioteca agarrados de la mano, acompañados por Gina y en posesión de una nueva y poderosa herramienta existencial.

Royal Cambridge Scholastic Institute (2018)
(Aula Magna de la universidad)

—Clase, cuando en un futuro reflexionen acerca del tema de la «dualidad» y sus peligros, enfóquense en el hecho de que la virtud solo puede ser encontrada en la vida en el medio o en el mero centro de ambos extremos —les dice el profesor como conclusión.

—Profesor, en nuestra última clase nos introdujo magistralmente al tema de la «duda». ¿Podría usted explicarnos cómo se relacionan la dualidad y la duda? —pregunta un joven con el cabello largo.

—Es una excelente pregunta. De hecho están muy relacionadas. La duda surge de nuestra incapacidad para decidir entre los extremos o absolutos y nuestra incapacidad de ver el punto medio

228

de las cosas y así escapar de la dualidad —clarifica el profesor y en las caras que asienten de los estudiantes se nota que han visto la sutil conexión.

—Profesor Cromwell, ¿no tiene acaso nuestra sociedad que evolucionar primero para que muchos de nosotros, sus miembros, podamos como individuos buscar y adoptar el camino del medio en la vida? —pregunta un estudiante de origen chino.

—Magnífica pregunta. Ciertamente nuestra civilización tiene que lograr niveles más elevados y diferentes en nuestros comportamientos y creencias sociales a efectos de evolucionar y dejar atrás el ámbito dual y polarizado en el que nos encontramos en el presente. Este tipo de evolución no es solo necesaria, sino que es, además, nuestro próximo nivel de ascenso como sociedad. Y más aún, este sendero de progreso evolutivo nos está siendo señalado claramente desde el mundo de la ciencia. Por ejemplo, la nueva frontera en la tecnología de la información es la computación tipo *Quantum*. Actualmente, y coincidiendo con la vida real, en el mundo de la computación está todo basado en el sistema binario de unos y ceros. Es decir, un sistema dual. Sin embargo, la computación *Quantum* está basada en un tercer estado, un sistema que podríamos definir como un sistema trinario, en el cual en vez de bits de información se utilizan *quantum bits* de información, que involucran el uno (1) y el cero (0) al mismo tiempo, multiplicando exponencialmente la capacidad de procesamiento de un ordenador.

El profesor Cromwell-Smith contempla a su clase lo que parece ser una eternidad y por un instante le parece, al menos eso es lo que él espera de ellos, que sin excepción alguna sus estudiantes se observan bajo el prisma de la dualidad y se percatan de los peligros que significa vivir bajo sus cadenas.

CAPÍTULO 16

Genialidad

Royal Cambridge Scholastic Institute (2018)
(Hogar de Erasmus y Victoria en el campus universitario)

—Erasmus, aquí estamos cuarenta años después y en muchas maneras nada ha cambiado entre nosotros como pareja. Aunque nos amamos igual que antes, como individuos hemos cambiado; mis dudas se han convertido en culpa y las tuyas se han transformado en miedos. Además, nuestras experiencias de vida han sido totalmente distintas la una de la otra —declara Victoria, mientras están todavía en la cama antes del amanecer.

Como hoy es el último día de clases del año académico, la mente de Erasmus está en otro lugar.

—Cariño, si se pudiera saber, ¿en qué parte del universo te encuentras? —ella le pregunta.

Erasmus la contempla con una mirada profunda y la sonrisa llena de sabiduría.

—Mi adorada dama, la vida no es perfecta, siempre hay cosas que nos faltan, no funcionan o no están a nuestro alcance, pero lo que hacemos es enfocarnos y disfrutar de aquellas que sí tenemos —le responde Erasmus filosóficamente.

«Nuevamente me paró en seco y ni siquiera estaba prestando atención», ella razona sintiéndose atrapada en plena acción del delito.

Pero esta mañana, por alguna razón, ella simplemente quiere pinchar el globo de perfección idílico del que ambos gozan.

—¿Cómo es que viviste una vida célibe y monástica durante cuarenta años? —Victoria le pregunta repentinamente con tono escéptico.

—¿A dónde quieres ir con esto? —Erasmus le pregunta incómodo.

—Solo quiero saberlo —Vicky le dice caprichosamente.

—¿Por qué? —pregunta a la defensiva.

—Quizá porque es algo muy difícil de entender —le contesta y suena como un argumento muy vacío donde está tratando de justificarse.

—¿Eso es todo?, ¿falta de compresión? —no muy convencido le pregunta.

—Quizá un poco de celos también —finalmente reconoce Vicky.

—Ahora sí estamos hablando claro —dice Erasmus aplaudiendo la verdad.

—Es lo que realmente querías oír, escucharme decir que me siento celosa —le dice actuando como quien se siente herida.

—No realmente —responde desechando su argumento.

—Por supuesto que no, el gran Erasmus sentado en lo alto del Monte Olimpo no cree ni siente celos —contesta ella contenciosa.

—¿Cómo le llamas tú a los celos?, sí, ya lo recuerdo: esos son solo juegos de la gente que juega —ella le reprende.

—Está bien Victoria, toda esta escena tiene un solo motivo, ¿qué es lo que quieres saber? —le pregunta tratando de dar en el clavo.

—¿No hubo otras mujeres durante cuarenta años? —le pregunta con la expresión de un adolescente jugando con fuego.

—Yo nunca dije que fuese monógamo. No hubo ningún amor verdadero durante cuatro décadas, eso es lo que dije —clarifica Erasmus.

—Ah, entonces hubo muchachas —contesta sorprendida y ya con sus manos quemándose por el fuego.

—Unas cuantas —Erasmus responde críptico.

—¿Cuántas? —le presiona con un nudo en la garganta.

—No mantuve la cuenta —responde tratando de evitar el tema.

—¿Cuántas?, ¿dos, tres, diez, veinte? —insiste.

—Victoria, mírate ¿qué estás haciendo? Un ejercicio fútil y masoquista para ir tras agua que ya corrió debajo del puente —continúa Erasmus tratando de evadir el tema.

—¿Nunca nada en serio? —ella persiste implacable.

—Una sola vez —le responde.

—¿Quién? —pregunta todavía en busca de la verdad. —¿Qué sucedió? —interroga con la necesidad de saber más.

—Me di cuenta de que era un amor únicamente derivado del éxito —responde Erasmus con sabiduría.

—Tradúcelo, por favor, dime qué quieres decir —le pide con ignorancia.

—Esta editora en particular no me prestó ninguna atención cuando estaba comenzando mi carrera como escritor, pero luego estaba deslumbrada más por mi éxito que por mi persona. Sin él, ella jamás se hubiera interesado por mí y, además, concluí que tampoco lo iba a estar en el futuro —revela Erasmus.

—¿No es ese el comportamiento normal? —ella le pregunta, pero de inmediato se da cuenta de que acaba de cometer un error crucial.

—No, no lo es para mí, Victoria —le responde sin una pizca de diversión en su voz.

El silencio se hace finalmente presente entre ellos como si la erupción hubiese acabado, pero ella sabe que no es así. «Él no ha terminado aún Victoria», se dice acertadamente.

—Mi adorada dama, se te acaba de escapar la otra razón, quizá la verdadera, de por qué me dejaste. Miedo e incertidumbre acerca de mis posibles logros futuros —dice al percatarse de la realidad.

Los ojos de Victoria se nublan en un instante. Su rostro se contorsiona y en él se dibuja inequívoco un intenso sentimiento de culpa.

—Esta es simplemente tu manera de desahogarte y sacarlo a la luz —dice Erasmus con precisión mientras envuelve con sus dos manos las de ella y las besa suave y alternativamente. —La editora era ocho años menor que yo y muy atractiva. Recuerdo que vivimos juntos más de tres años y aun así tenía mis dudas acerca de ella, hasta que me preguntó si alguna vez le iba a pedir que nos casáramos —narra Erasmus.

—¿Y lo hiciste? —pregunta Vicky.

—Recuerdo que le respondí con una pregunta —afirma Erasmus mientras Victoria le escucha en suspense. —¿Hubieras estado interesada en mí si yo no fuera lo exitoso que soy? Y ella fue brutalmente honesta: No, me dijo. No lo hubiera estado. Y ese fue el final de nuestra relación —explica. —Irónicamente, en el tema de paridad e igualdad entre una pareja, para mí la única manera de superar el tema del éxito y el amor cuando ocurre a la vez, es que el éxito no sea conocido o no haya llegado todavía o empiece justo al comienzo de la relación de pareja —continúa.

—Así que el hecho de que al encontrarnos de nuevo yo no supiese que tú habías tenido tanto éxito como escritor fue sumamente importante para ti —le pregunta expectante.

—No tienes una idea cuanto, Victoria —le confirma con severidad en su tono.

Victoria se siente aliviada pero al mismo tiempo tonta, habiéndose olvidado por completo de cuál es la verdadera naturaleza de su amado británico.

«Y ni siquiera recuerdo el tipo de fibra de que está hecho ni tampoco cómo la misma está cortada», ella razona mientras se reprende, reconociendo, sin embargo, la necesidad imperiosa de familiarizarse de nuevo con la esencia de Erasmus, lo más pronto posible.

—Cariño, ¿sabes cuáles son los ajustes que he hecho desde que nos reencontramos? —le pregunta Victoria, finalmente decidiendo dar un giro y así empezar a discutir temas sustantivos.

Erasmus la contempla con el tipo de calma absoluta que le fascina a Victoria, ya que la hace sentir segura y protegida.

—Mi adorada dama, lo que ha traído nuestro amor de vuelta no han sido la culpa, la riqueza o la falta de ella, o lo que tú o yo hayamos hecho cuando estábamos separados, ni siquiera las palabras son las que nos han reunido, sino simplemente los hechos y los sentimientos —le dice con profunda precisión.

—¿Los hechos? —pregunta ella sin entender.

—Los hechos expresados a través de un sin fin de pequeños gestos y detalles que nos hemos entregado el uno al otro desde el principio —responde con ojos de plenitud.

—Mi irresistible británico, ¿qué voy a hacer contigo? —le pregunta enamorada.

—Mi radiante hada madrina —le responde perdido en sus brazos.

—Cariño, ¿cuál va a ser el tema de tu clase el día de hoy? —le interroga.

—La genialidad —Erasmus responde con un tono de voz un poco nervioso.

La sola palabra cae como una piedra pesada entre ellos. El rostro de Vicky denota dolor pero sus ojos reflejan comprensión.

—¿Esta es tu última clase del año? —pregunta retóricamente.

—Sí —le responde a sabiendas de que ella lo sabe bien.

—Ya veo —contesta ella distraída.

—No te preocupes mi dama, estoy listo para ello —asegura.

—En ese caso, ve y da lo mejor de ti, estoy segura de que harás un trabajo magnífico —le dice reuniendo todas las fuerzas que su angustia le permite.

Un poco más tarde el profesor Cromwell-Smith se marcha en su vieja y oxidada bicicleta. Victoria lloriquea mientras observa desde la ventana que su alma gemela se aleja pedaleando. Ella sabe que dentro de poco él va a estar hablando del día en que ella desapareció. Por lo menos tiene la tranquilidad de que ya le contó a Erasmus los espacios en blanco que quedaban, lo que ella hizo exactamente el día de su desaparición.

La bicicleta del profesor Cromwell-Smith da vaivenes junto a las divagaciones de su pensamiento. En el día de hoy su camino apunta hacia el futuro, pero su estela se llena de confianza.

«Victoria tiene razón, ella y yo somos un par de supervivientes de un camino existencial largo y sinuoso. ¿Pero sabes qué Erasmus? Lo logramos, aquí estamos, felices y enamorados, con mucha vida por delante», razona con una sonrisa gigante y plena dibujada en su rostro.

Royal Cambridge Scholastic Institute (2018)
(Aula Magna de la universidad)

—¿Cómo están todos hoy? —el animado profesor les saluda.

—¡Geniales profesor! —es la respuesta colectiva que recibe.

—Ejem,ejem —masculla no muy satisfecho con la respuesta y su mano en la barbilla. Ante el escuálido saludo el profesor reacciona como es costumbre. —Ok, intentémoslo de nuevo —les pide. —¿Cómo están todos hoy?

235

—¡Insanamente genial! —responde el cuerpo estudiantil al unísono.

—Magnífico —les contesta ahora satisfecho.

Con la energía del aulario en aumento, el ilustre pedagogo comienza el último viaje del año académico con sus entusiasmados estudiantes.

—El día de hoy concluiremos nuestro curso con el tema del genio y la genialidad. En esta última clase voy a llevarles a un día inolvidable y extraordinario donde el contraste de dos polos distintos de la vida se hizo presente. Por un lado, la historia de un cometa que vino y se fue en un instante de mi vida y por el otro el descubrimiento de uno de esos tesoros que uno preserva el resto de su vida. La historia empieza como sigue…

Harvard (1977)
(Estudio de Victoria y Erasmus)

Victoria lee durante largo rato la carta que supuestamente no va a leer.

«Señora V., antes de dejarla hay algo más que le quiero decir. ¿Está preparada? Quiero proponerle matrimonio. Sí, lo quiero hacer. Quiero con todo mi corazón que Victoria sea mi esposa y compañera para siempre».

Victoria entra en pánico y miedo absoluto. Quiere salir corriendo y escaparse de la situación. Durante horas permanece sentada, totalmente paralizada, hasta perder la noción del tiempo. Cuando finalmente se da cuenta de la hora, el caos cunde y reina por todos lados. Tiene que darse prisa, se dice. Erasmus la va a esperar en la estación en una hora para coger el tren hacia Cape Cod. Sin embargo, el problema es que tiene un ataque de pánico.

«¿No es esto lo que querías desde el día en que lo conociste?», se pregunta, recordando sus deseos de casarse y tener hijos con él.

«Un profesor universitario, eso es todo lo que va a ser». Su lado racional argumenta y pelea en contra de su corazón bañado en lágrimas, usando la misma pobre y obsesiva excusa.

«Además, él es demasiado inteligente y listo para mí», razona mientras el hueco en su corazón sigue creciendo, como si supiera mejor que ella misma a dónde se está dirigiendo, lo cual significa, literalmente, saltar por un precipicio al vacío existencial.

En ese momento suena el teléfono y la saca de su nube negra.

—Hola mamá —la saluda con voz temblorosa.

—Dulce hijita mía, ¿has tomado tu decisión? —pregunta delicadamente aunque haciendo presión sobre ella.

Y es en ese preciso momento cuando Victoria sucumbe tanto a la presión como a las excusas que se ha estado inventando y simplemente pierde el control de sí misma y se sale de la carretera, no solamente alterando el curso de su vida sino poniéndose en un sendero de autodestrucción.

—Sí —responde Victoria.

—¿Y? —pregunta su madre con suspense.

—Ya te lo dije, la respuesta es que sí —le responde a su madre fatídicamente, sin saber lo que está haciendo.

—¡Qué maravillosa noticia! No sabes lo feliz que nos haces. Voy a darles las buenas nuevas a todos. ¿Cuándo vienes? —pregunta su madre llena de alegría y totalmente aliviada.

—Hoy —responde Victoria, ya determinando su propio destino.

—¿Pero no tienes clases? —pregunta su madre sin realmente sentir preocupación alguna al respecto.

—Voy a dejar la universidad, quiero casarme lo antes posible y empezar una familia —responde la otra Victoria, la racional que sale a la superficie después de estar enterrada, quitándole el control a su parte enamorada.

Su madre no le discute nada, ya que eso es lo que ella ha deseado y para lo que ha presionado toda la vida. Se siente simplemente extasiada, ya que lo único que siempre supo y para lo cual fue criada en la vida es para ser ama de casa, exactamente lo que desea para su hija también.

—Estoy segura de que sabes exactamente lo que estás haciendo. Te esperaremos en casa con los brazos abiertos. Ojalá llegues pronto. Ahora me voy a decírselo a todos, adiós —dice su madre dándose prisa en terminar la llamada para ir a anunciarle la buena noticia a toda la familia.

Estación principal de trenes de Boston (1977)

Victoria camina a través de la estación principal de trenes de la ciudad de Boston con todas sus cosas guardadas en dos maletas y sintiéndose miserable.

«Estás traicionándolo y también a tu propio corazón», razona mientras llora a mares.

Cuando entra al recinto principal de la estación, todavía tiene dos alternativas: coger el tren para Cape Cod o coger el tren a Chicago y perder al amor de su vida para siempre.

«¿Dónde está ella?», piensa Erasmus nervioso, quieto en el andén esperándola, ya que quedan menos de diez minutos para la salida del tren. Quiere ir a buscarla al vestíbulo principal de la estación, pero tiene miedo de cruzarse al moverse del lugar donde acordaron encontrarse.

Ella, a su vez, se detiene y reza para que él aparezca.

«Si me encuentras aquí no seré capaz de irme a casa», advierte, pero de todas maneras no se mueve ya que parte de ella quiere que la encuentre.

Cinco minutos es todo lo que queda para la salida del tren. ¿Qué hacer? No se puede perder la conferencia. Erasmus decide ir al vestíbulo principal a ver si la encuentra.

Victoria camina nuevamente, reacia y despacio, hacia el andén del tren que va a Chicago y mientras deja el vestíbulo principal de la estación lo ve en la distancia. Se detiene, no, no es él. Abatida y desalentada, con la cabeza gacha, continúa moviéndose inexorablemente hacia un futuro prescrito y sin amor alguno.

«¿Esa es ella?», cree por un momento, pero la dama con las dos maletas y su cabeza hundida camina en dirección a otro andén y rápidamente la absorbe la muchedumbre.

«No está aquí», observa mientras la busca en el vestíbulo principal de la estación.

Desanimado, Erasmus regresa a su andén y se monta en el tren rumbo a Cape Cod.

«Seguramente le pasó algo y cogerá un tren un poco más tarde. Solo espero que no le haya pasado nada y esté sana y salva», reflexiona justificándola.

La fecha es 15 de diciembre de 1977, veintidós meses después de haberse conocido. Un día que ninguno de los dos olvidará jamás.

Cape Cod (1977)

—¿Dónde está tu otra mitad? —pregunta su anfitrión y mentor, el anticuario escocés Colin Carnegie, al recibirle en la puerta del hotel.

—No lo sé, no llegó a tiempo a la estación de tren. Pero espero que coja otro más tarde —responde Erasmus.

—¿Tuvieron alguna pelea o algo entre ustedes? —pregunta Carnegie.

—En absoluto —responde Erasmus enfáticamente.

—¿Quieres llamarla por teléfono? —ofrece el señor Carnegie.

—Quizá eso es lo que debería hacer —responde un ansioso Erasmus. —No tenemos teléfono, pero quizá pueda llamar a su mejor amiga.

Espera un buen rato para que la secretaria de Harvard ubique a Gina.

—Erasmus, ¿cómo estás?, ¿pasa algo? —pregunta Gina sorprendida, presintiendo que debe ser algo muy importante para que él la llame a ella.

—Vicky no llegó a tiempo a la estación de tren, teníamos un fin de semana planeado en Cape Cod, ¿podrías ir a ver a nuestro estudio y asegurarte de que esté bien? —le pide.

—Por supuesto, yo tengo una copia de la llave. Llámame en una hora —Gina le responde con un muy mal presentimiento apoderándose de ella.

—Así lo haré, gracias Gina —Erasmus le responde.

—Siempre preparada —responde antes de colgar con un tono no solamente preocupado sino también de mal augurio.

—Erasmus, no quiero opinar sobre tu situación, pero lo que tengo organizado no puede esperar. Lo podemos cancelar si así lo deseas. Pero si lo vamos a hacer, tiene que ser ahora —Carnegie advierte.

Erasmus permanece sentado lo que parece ser una eternidad, pero solo son unos pocos segundos.

«No puedo rechazar o ignorar el gesto del señor Carnegie de traernos aquí. Eventualmente, ella llegará», razona Erasmus.

—De ninguna manera señor C. estoy a su disposición — responde con entusiasmo.

Con una sonrisa gigantesca, el anticuario escocés conduce a Erasmus a través del recibidor del hotel hacia una pequeña sala de conferencias adyacente.

—Cada dos años tenemos esta conferencia de fin de semana donde todos los anticuarios de libros de Nueva Inglaterra se reúnen —informa el señor C.

—Estamos sumamente excitados por haber recibido su invitación —responde Erasmus. —Supongo que nosotros aparecemos en los momentos en que ustedes tengan tiempo libre, durante los descansos entre presentaciones, ¿correcto? —pregunta Erasmus con gratitud.

—Así es, de esa manera vas a conocerles a todos, de cualquier forma ellos ya saben acerca de vosotros —añade Carnegie.

Erasmus no está sorprendido por la información porque sabe bien cuán pequeña y unida está la comunidad de anticuarios de libros en Nueva Inglaterra.

«Lo que importa ahora es demostrar gratitud por lo bien que nos han tratado», masculla para sus adentros.

«Sea lo que sea que hayan planeado para nosotros, acéptalo con gratitud y los brazos abiertos», se recuerda.

Pero la noche llena de incidentes está a punto de volverse aún más movida.

—Señor C., acerca de esta noche, explíqueme, por favor, qué es lo que es tan urgente e importante —pregunta intrigado Erasmus.

—Bueno, es una sorpresa, lo vas a averiguar pronto —responde un misterioso señor Carnegie.

La otra curva inesperada en el camino
Pequeña sala de conferencias, hotel en Cape Cod (1977)

Erasmus queda totalmente sorprendido cuando entran en la pequeña sala de conferencias ya que los cinco ocupantes sentados a una mesa redonda, quienes se ponen de pie con sonrisas acogedoras, son nada menos que la señora Peabody, la señora Pointdexter, el señor Faith, el señor Lafayette y el señor Ringwald. Los seis están presentes, incluyendo al señor Carnegie. Erasmus inmediatamente reconoce que hay ocho sillas en la mesa. Son las dos reservadas para Victoria y para él.

—Ella no pudo llegar a tiempo a la estación, la verán mañana — les dice adelantándose a sus preguntas.

Erasmus le da la mano a cada uno y besa a las dos damas en ambas mejillas al estilo europeo. Luego se sienta donde le indican.

—Joven Erasmus, los seis hemos discutido qué hacer en esta rara ocasión en la cual hemos coincidido todos aquí. Es una verdadera pena que Victoria no haya llegado a tiempo pero estoy seguro de que tú le transmitirás el mensaje —declara solemne el señor Carnegie.

Erasmus asiente a la sugerencia con un gesto poco convincente.

—Joven, queremos hablar contigo acerca de un tema que todos pensamos que contiene la llave para tu futuro —declara la señora Peabody.

—Permítenos primero compartir contigo una serie de anécdotas que tienen importantes lecciones existenciales, ya que ellas nos llevarán al tema de este encuentro —declara el señor L. —Si están de acuerdo daré comienzo a la sesión —dice el señor L. y todos asienten. —En mi último año de secundaria fui parte del equipo de fútbol que ganó el campeonato del estado por tercer año consecutivo. Justo antes de la graduación mis padres me preguntaron qué quería hacer antes de empezar la universidad. Mi respuesta fue que me gustaría ir a Europa a ver jugar a mis equipos favoritos de fútbol profesional. Por lo que, como regalo de graduación, al final de la primavera me enviaron al otro lado del Atlántico con tres de mis mejores amigos. Durante las semanas siguientes viajamos en tren, aupamos y vitoreamos a nuestros equipos con la afición, desde las gradas, al ver al Chelsea jugar contra el Manchester en el estadio de Wembley, en Londres. Vimos al Bayern jugar contra el Burusia en Munich, al Saint German jugar contra el Marseille en París y al Real Madrid jugar contra el Barça en Barcelona. En nuestro último fin de semana llegamos a Italia para presenciar al A/C jugar en casa contra la Roma. Decidimos pasar la noche del viernes en la ciudad de Florencia y aprovechar todo el sábado, la víspera del encuentro, para pasear por la magnífica ciudad. Todo empezó la mañana siguiente mientras estábamos admirando el David de Michelangelo cuando pasó un joven repartiendo propaganda. Yo cogí un panfleto que inmediatamente captó mi atención, ya que estaba escrito en italiano e inglés: «Vengan todos y experimenten con el más grande ilusionista en la faz de la Tierra, no se lo pierdan, *teatro di La Buonna Fortuna*, 8:00 p.m.», después de leerlo, convencí entusiasmado a los demás para que vinieran conmigo al *show* de magia. En el teatro nos esperaba una fantástica experiencia. La especialidad del ilusionista era hacer desparecer todo tipo de cosas, animales y a cualquier ser humano. En un instante él estaba en el centro del escenario y en una fracción de segundo estaba en la última fila del teatro. Hizo lo mismo con su asistente después de cortarla en dos; también lo hizo con miembros del público. En un tris desaparecían y reaparecían en los balcones del primer piso del teatro. Pero el acto final desafió las leyes de la gravedad, la lógica y el sentido común cuando un enorme elefante desapareció frente a todos nosotros. «Genial», pensé en *shock* y sorpresa ante lo que acabábamos de presenciar. Poco pude imaginar que el domingo me iba a llevar una de las más grandes lecciones que jamás había recibido en la vida. El día del partido comenzó como siempre con miles y miles de *tifosi* (hinchas italianos) y nosotros haciendo ruido y celebrando el espectáculo desde las gradas antes de que empezara el encuentro. Y para sorpresa nuestra: ¿a quién llevaron al medio del campo? Nada más y nada menos que al mago. El presentador dijo que el ilusionista iba a chutar una pelota tratando de vencer al portero en beneficio de los desamparados, ya que él había sido en el pasado jugador del

A/C Milan. Si lograba anotar el penalti, su fundación para los desamparados recibiría una suma importante, pero si lo fallaba la cantidad sería el doble y la donaría el mago. El estadio entero, incluyéndonos a nosotros, gritó y aclamó al artista. Sin embargo, mi primera impresión del ilusionista dejó mucho que desear. Su ropa estaba mal, tenía los zapatos equivocados y unos pantalones de fútbol que le iban demasiado grandes. Luego, mientras se preparaba, driblando y luciéndose de manera preocupantemente torpe, mi presentimiento aumentó aún más. En el momento en que empezó a correr para golpear la pelota, yo ya sabía el resultado, pero ni siquiera eso me preparó para el desenlace final. El ilusionista plantó su pie izquierdo en el césped mientras su pierna derecha se movió hacia atrás para coger impulso antes de golpear la pelota. Entonces sucedió la debacle, su zapatilla, que estaba medio suelta, pegó antes en el suelo que a la pelota y, no solamente no tocó el balón, sino que además se tropezó en mitad de la carrera y su cuerpo fue propulsado hacia delante en el aire, cayó de boca y aterrizó de cabeza deslizándose hasta que llegó a los pies del divertido portero del A/C Milan. Demás está decir que el evento se convirtió en el hazmerreír de la prensa y el país entero. La prensa habló del caso *ad nauseam* (hasta la náusea) durante semanas. Su popularidad bajó en picada y tuvo que cerrar su espectáculo unas semanas después —concluyó el señor Lafayette.

Erasmus está deslumbrado y memoriza todas las imágenes que le muestran.

—Estoy seguro de que te preguntas qué tiene que ver esto con la genialidad. Ten paciencia y síguenos la corriente, ya verás cómo esta anécdota va al corazón del tema. Señora Peabody, el turno es suyo —le dice el señor L. cediéndole la palabra.

—Gracias, señor Lafayette. Erasmus, te voy a hablar acerca de las penurias y penas de otros. En los años de mi juventud, después de que me gradué como abogado, trabajé como asistente de un famoso abogado criminalista. Durante una tormenta de hielo uno de los socios de su firma de abogados tuvo un terrible accidente de coche cuando un tráiler perdió los frenos y el impacto del choque le partió la espalda, paralizándolo del cuello hacia abajo. Día tras día acompañé al excepcional abogado a visitar a su amigo. Lo más impresionante de estas visitas fue que aparte de las palabras de apoyo, todas fueron reuniones normales de trabajo donde discutían y revisaban cada uno de los casos que estaban llevando. Con más y más frecuencia, mi jefe me decía que su amigo y él se estaban trabajando mucho mejor en cada caso y el incremento de productividad les estaba rindiendo grandes beneficios en el ejercicio de su profesión. Pero al final de ese mismo año se presentó una situación muy fea y desagradable, cuando los otros socios del bufete de abogados, quienes rara vez le visitaban, intentaron negarle su parte de los beneficios anuales que la firma repartía entre los socios, alegando que lo único que él hacía, dada su condición, era servir de asistente legal a mi jefe. Así fue cómo mi jefe y él renunciaron de inmediato a la firma y juntos, en poco tiempo, crearon uno de los bufetes de abogados más exitoso de Nueva Inglaterra. Poco antes de renunciar para dedicarme al mundo de los libros antiguos, tuve el privilegio de presenciar a los dos trabajando juntos y eran prácticamente invencibles. Pero fue a través de un último caso en el que asistí a mi jefe cuando finalmente pude entender y valorar su genialidad. Ocurrió así: Uno de los más prominentes hombres de negocios de Boston fue acusado de sobornar a oficiales públicos y le impusieron adicionalmente cargos por fraude y lavado de dinero. Además, se declaró en bancarrota y perdió toda su fortuna. Luego, el fallido empresario volvió a la Corte en el proceso de nombrar a sus abogados. Su problema era que no tenía con qué pagar a sus abogados, así que era una asignación de oficio (sin pago alguno). Sin embargo, aun así, la mayoría de los abogados más prominentes desfilaron por la cárcel donde lo tenían retenido para ofrecerle sus servicios a quien había sido un leal amigo a lo largo de los años. Sorprendentemente para todos, el abogado los rechazó uno tras otro. A la prensa y al público no les gustó y reaccionaron cuestionando su gratitud; el juez, por su parte, le advirtió de que su paciencia se estaba agotando. Entonces hizo entrada mi jefe. Le acompañé varias veces durante un par de semanas a visitar al deshonrado comerciante en prisión. En una ocasión, cuando salíamos de la visita, un reportero le hizo a mi jefe una pregunta retórica:

—Ustedes son los primeros en visitarle más de una vez, ¿sabían eso?

—No haremos comentarios —respondió mi jefe.

—Dos días más tarde fuimos contratados y en ese momento me pregunté cómo lo había logrado, ya que en ningún momento durante las visitas hubo nada más que conversaciones normales, consejos de un abogado a su cliente. Cuando yo ya no trabajaba para mi jefe, él logró que absolvieran al acusado de todos los cargos y este se reinventó como hombre de negocios, teniendo tanto éxito que debo reconocer que le pagó a mi jefe por todos sus servicios. Lo que sí me consta es que cuando mi jefe se postuló fallidamente para gobernador del estado, el empresario le financió toda su campaña política —concluye la señora Peabody.

—Señora Peabody, ¿alguna vez le preguntó al hombre de negocios por qué eligió contratar a su jefe? —un intrigado Erasmus trata de entender.

—Sí, lo hice, pero para entonces yo ya había entendido todo, así que lo hice simplemente para corroborar lo que pensaba, pero esa respuesta la vamos a encontrar al final de esta sesión —termina la señora P. con una sonrisa amorosa.

—Señor Faith —le dice la señora P. cediéndole el turno.

—Gracias. Mi querido Erasmus, mi anécdota es sobre el ciudadano común y corriente. La misma sucedió en uno de los taxis de color amarillo que operan en la ciudad de Nueva York. Justo al llegar de visita a esa ciudad, ya que en aquel momento yo trabajaba como banquero de inversiones para una firma de Wall Street y residía en Londres. Cuando monté en el taxi no estaba de buen humor, pues la limusina que estaba contratada para recogerme a la salida en la terminal del aeropuerto Kennedy de Nueva York no apareció por ningún lado. Así que después de esperar quince minutos, reaciamente monté en uno de los aterrorizantes, machacados, malolientes y con suspensiones rebotantes taxis de la ciudad de Nueva York. Y cuando, justo al comienzo del viaje, el chofer hizo su primera maniobra temeraria, empecé a rezar para

245

que llegáramos sanos y salvos a la ciudad. Pero cuan equivocado estaba debido a mis prejuicios y estereotipos.

—Permítame, por favor, encender el aire acondicionado con un toque aromático de bosque silvestre —me dijo el chofer con un fuerte acento del medio oriente. —También le llevaré con mi estilo de chofer de limusina, así la suspensión rebotante no se notará cuando conduzca a un ritmo constante —me anunció el chofer con una gran sonrisa.

—Gracias —respondí a la vez que ya experimentaba su conducción similar al de una limusina.

—Usted es americano, pero no vive en el país —dijo el chofer repentinamente.

—¿Cómo lo sabe…? —empecé a preguntar pero él continuó.

—Y usted no ha venido por aquí en un largo tiempo. Lo puedo ver por la manera en que contempla todo a su alrededor —observó el chofer con perfecta precisión.

—¿Es usted siempre tan buen observador? —le pregunté.

—Ese es mi trabajo —respondió.

—¿Pero no está usted absorto en concentrarse en conducir y nada más? —le pregunté en tono de chiste, pero realmente actuando a la defensiva por haberme descifrado con tanta facilidad.

—Entonces se supone que yo soy únicamente… ¿cómo lo llaman?, un autómata, ¿un robot?, ¿como si no fuera un ser humano para usted? —me respondió el chofer del taxi retándome, al no gustarle mi comentario para nada.

En ese momento opté por escucharle sin hablar mientras mi curiosidad aumentaba cada vez más.

—O quizá yo soy un tonto, ¿correcto? —el chofer preguntó con su tono de voz ya un poco demasiado alto.

—De ninguna manera, por favor, continúe, quiero oír todo lo que tenga que decir —le ofrecí para que pudiera expresar libremente todo lo que tuviera en la mente.

—Pues le guste o no le guste, lo va a oír. Los tipos como usted necesitan gente común y corriente como yo, que los sacudan y expongan un poco a la vida cotidiana y así mantenerlos en contacto

246

con la realidad mundana —dijo finalmente entrando en erupción como un volcán amenazante.

Entonces, simplemente me relajé y dejé que continuara.

—He conducido este taxi en esta ciudad más de veinte años. Han nacido bebés en él, he transportado y salvado ciudadanos heridos o lesionados, he llevado y entregado medicinas para preservar vidas, he prevenido crímenes y en ocasiones los he resuelto, se han casado parejas, comprometido y reunido, y otras han roto, he prevenido suicidios y otros, fatídicamente, los he predicho. Han montado en mi taxi psicópatas, depredadores y pedófilos; han montado artistas, directores de cine, escritores, políticos y hasta expresidentes. He entregado documentos cruciales; también he hecho alguna de las tareas más nimias que son parte intrínseca de la vida cotidiana de esta ciudad: desde llevar pañales hasta entregar una nota escrita a mano pidiendo perdón. Le puedo decir cuál es la realidad en cuanto al clima, la economía y la política de cada día. Leo perfectamente a todos los pasajeros masculinos y a muchas de las mujeres, puedo decirles por sus acentos de dónde vienen; veo gente falsa y auténtica, honesta y tramposa. He conducido por horas aconsejando a pasajeros acerca de sus pérdidas o fracasos; he llevado a algunos de un bar a otro a celebrar sus triunfos; he tenido gente que se ha reencontrado después de estar separados durante décadas; he traducido para monjes, mulahs, sheiks, imanes, clérigos, rabinos y curas. He rezado con y por otros, hasta le he dejado mi coche a un policía que perseguía a un ladrón de bancos como en las películas. Y he tenido miles de personas decentes, comunes y corrientes que llegan a la ciudad con sus rostros llenos de sueños, esperanza y gratitud. Otros vienen solo de visita con rostros de niños, como si estuvieran llegando a un parque de atracciones —concluye el señor Faith con su narración, sin añadir comentarios adicionales.

Erasmus absorbe y procesa cada una de las palabras que acaba de escuchar con todos sus sentidos funcionando al máximo. Con cada anécdota sus ojos se van abriendo más y más como si se encendieran luces adicionales en todo su ser.

—Señora Pointdexter le cedo el turno —dice el señor Faith.

247

—Gracias, Señor Faith —le responde la señora Pointdexter.

—Querido Erasmus, te voy a narrar una experiencia acerca de qué hacer cuando las cosas en la vida son caóticas, inmundas y totalmente desagradables. Todo ocurrió en Dubái, donde yo asistía a una conferencia mundial de bibliotecarios, en uno de los centros turísticos de la moderna metrópoli. Varios de mis colegas continuamente me sugerían que fuera al viejo centro de la ciudad, ya que en él iba a conseguir todo tipo de adornos, artefactos y recuerdos típicos del golfo pérsico. También me recomendaron que visitara las tiendas que venden metales preciosos, especialmente oro. El viaje en taxi fue desconcertante y agitado, primero el chofer argumentó que se había perdido, por lo que tardó una eternidad conduciendo y dando vueltas. Finalmente, cuando llegamos al viejo centro de la ciudad, continuó conduciendo en círculos. Así que, pagándole lo que marcaba el taxímetro me bajé abruptamente del coche. Repentinamente estaba en un baño turco, ya que una corriente de aire caliente se apoderó de mí inmediatamente. Luego, cuando inhale el vapor hirviente, lo sentí como si literalmente estuviera en mi garganta y mi aparato respiratorio. Alrededor mío había cientos de hombres descuidados y ruidosos, todos con barba, turbante, bata y sandalias. En ese momento me di cuenta de que estaba totalmente perdida. Rápidamente, todo el lugar se cubrió con una bruma y comencé a asfixiarme, así que instintivamente caminé hacia el agua buscando la brisa marina. Al final me percaté de que estaba en medio de un puerto, pero no uno con barcos gigantescos, por el contrario, uno con cientos de pequeñas embarcaciones amarradas unas con las otras. La actividad era frenética: productos, cajas, paquetes, bolsas de todos los tamaños eran cargadas o descargadas de manera caótica. Todos los hombres en el puerto movían algo o estaban en movimiento constante. Todos lucían desaliñados con la piel quemada y arrugada por el sol. Por algún motivo, la cosa empezó a tener sentido y comencé a entender lo que realmente estaba sucediendo a mi alrededor. No me tomó mucho tiempo darme cuenta de qué embarcaciones estaban recibiendo productos que supuse se iban, seguramente a Irán, el país vecino. También identifiqué los barcos con productos iraníes, asumí, para este mercado. Para aquel entonces estaba sudando a raudales, sin embargo no me moví ni un centímetro de mi excelente puesto de observación. Entre todos los pequeños barcos mercantiles, uno de ellos en particular, captó mi atención sobre los demás. En él, un hombre alto impartía órdenes sin parar, dirigiéndose a todos a su alrededor. Observé sus movimientos durante un rato hasta que entendí cómo estaba organizando los productos por peso y tipo. Conté cómo recibió al menos veinte paquetes distintos en su pequeño barco.

«Coreografía en el caos», razoné para mis adentros.

«Eso es leche en polvo, esas son medicinas», observé mientras minuto a minuto mi opinión y respeto acerca del pandemonio continuaba mejorando. Al mismo tiempo, observé en detalle cómo se iban cargando lote tras lote, así como otros iban llegando. Todo a mi alrededor era a primera vista inmundo, ruidoso y caótico, pero en el fondo era mucho más efectivo y eficiente que mi primera impresión.

—¿Por qué Dubái no despacha directamente a Irán a través de logística a gran escala? —pregunté después.

—Debido, por un lado, al embargo internacional que existe sobre Irán y, por otro lado, a reglas de aduanas y los impuestos existentes para importar cualquier cosa a ese país —me explicó un oficial de gobierno de los Emiratos Árabes Unidos.

—Brillante, simplemente genial, un goteo constante de paquetes hechos a medida, saliendo para Irán y seguramente entrando a ese país en forma de contrabando y a la vez un canal para pequeños exportadores iraníes para vender sus productos e intercambiarlos vía trueque por otros en Dubái —pensé en voz alta cuando me lo explicaron. —A fin de cuentas, dejé Dubái con una importante lección acerca del tema que estamos cubriendo esta tarde —concluye la señora Pointdexter. —Señor Ringwald, el honor es suyo —le dice cediéndole el turno.

—Gracias señora Pointdexter —declara el señor Ringwald, alias el Acertijo.

—Querido joven, esta noche te voy a narrar una historia acerca de la importancia de conocerse bien a uno mismo. Años atrás, antes de que cayera inmerso en el mundo de los libros antiguos, trabajé para una empresa multinacional. Trabajaba en Hamburgo, Alemania, en una empresa local propiedad de inversionistas americanos. Yo les representaba como ejecutivo de la casa matriz americana. El hombre a cargo de la empresa, en el día a día, era un experimentado ejecutivo alemán que había trabajado previamente para la IBM alemana durante casi treinta años. Con el objetivo de aumentar su participación de mercado, la empresa alemana que yo supervisaba, compró otra empresa en Munich, al sur de Alemania. El jefe alemán y yo, representando a los dueños americanos, nos desplazamos a Baviera para dar la bienvenida a los nuevos empleados de nuestra organización. Todos los trabajadores se reunieron en un auditorio para nuestra bienvenida e introducción. El jefe alemán y yo, cada uno, hicimos presentaciones breves seguidas de turnos de preguntas y respuestas. Y fue entonces cuando la situación se puso interesante. Un empleado se levantó y le hizo una pregunta al jefe alemán de Hamburgo. El micrófono entre nosotros dos permaneció sin uso. Al transcurrir varios segundos sin que el gran jefe alemán respondiera, me volví hacia él para averiguar qué le estaba pasando, pero simplemente, siguió sentado en su lugar sin decir una sola palabra, con cara de no tener idea de nada. De repente, olvidándose de que el micrófono estaba encendido, me preguntó en voz susurrante:

—Señor Ringwald, ¿ha entendido usted la pregunta?

—Sí, por supuesto. ¿Quiere que se la traduzca? —le respondí en tono de chiste.

—Sí, por favor. Nadie puede entender a los bávaros en Alemania, sino únicamente ellos mismos —comentó el jefe alemán directamente sobre el micrófono.

—En ese momento el auditorio entero estalló en risas. ¿Un americano traduciéndole su propio idioma al gran jefe alemán?

—De allí en adelante, el chiste de la noche fue que empleado tras empleado me hacían las preguntas a mí y me pedían que si se las podía traducir al gran jefe alemán. Un joven aprendiz que levantó la mano hacia el final de nuestra presentación preguntó:

—Señor Ringwald, ¿cómo compite usted?

—¿Quiere decir cómo competimos nosotros como empresa? —le respondí.

—No, no. Como individuo —el aprendiz aclaró.

—Entiendo, déjeme pensarlo un momento, nunca me habían hecho esa pregunta antes —le respondí intrigado. —¿Cómo se lo puedo explicar...? —dije en voz alta. —Bueno, si usted está compitiendo en contra de mis fortalezas, mi actitud es que voy a acabar con usted, literalmente lo voy a pulverizar, pero si usted está compitiendo en contra de mis debilidades, mi actitud es la de ganarle a fuerza de trabajo y aguante, y resistir mucho más que usted y si al final no le puedo vencer, buscaré la manera de que unamos fuerzas —le respondí sin pensarlo mucho.

Cuando nos marchamos el gran jefe alemán todavía necesitaba hurgar más profundo en su avergonzado amor propio.

—Herr Ringwald, ¿cómo es que usted entendió al muchacho y yo no? —me preguntó el gran jefe.

—Cuando aprendí alemán, al principio no entendía muchas de las frases, sin embargo, sí entendía algunas de las palabras, de esa manera aprendí a entender el significado genérico de las frases. Luego, cuando dominé el idioma, preservé esa técnica. En su caso, si usted no entiende al cien por cien lo que le están diciendo en su idioma, se bloquea y todo le parece incomprensible —le respondí. En esa ocasión yo salí de esa presentación con dos lecciones muy importantes que me han servido el resto de mi vida y ambas sirven al tema de esta noche —concluye el señor Ringwald. —Señor Carnegie —dice cediéndole el turno al anticuario escocés.

—Erasmus, ahora voy a leerte un escrito que se va a ajustar a la medida de las circunstancias, ya que calza perfectamente con cada una de las historias que acabas de escuchar. Después de la lectura, todos te vamos a hacer comentarios, vamos a sacar conclusiones e impartir lecciones existenciales acerca de las mismas anécdotas.

El señor Carnegie empieza a leer con gusto.

Genialidad

Si simplemente nos contentamos
con simplificar lo que la genialidad realmente es
y nos limitamos a que signifique algo
cordial, afable, agradable, sociable,
jovial, gentil y bondadoso,
le robamos su singularidad y magnificencia.
Peor aún, trivializamos al genio
que habita en todos nosotros
y lo que es intrínseca parte
de nuestra esencia y nuestra naturaleza.
Por lo cual, es bueno aclarar que en este escrito,
hablamos únicamente
de aquel tipo de genialidad que proviene y se genera
en nuestro ingenio, el que habita en nuestro ser
desde que el mundo nos vio nacer.
Este es el problema con la genialidad,
no la entendemos bien.
¿Qué significa ser un genio?
¿Qué significa ser genial, actuar genialmente,
poseer genio y tener genialidad?
¿Y cómo es posible volvernos geniales
a nosotros mismos,
a quienes nos rodean y
a todo con lo que entramos en contacto?
La realidad es que existe genialidad dentro de cada uno de
nosotros, y no solo reside en alguna parte de nuestro ser sino que
está lista y deseosa de ser descubierta, alimentada, desarrollada,
usada, explotada y puesta en práctica.
En cierto modo, nuestra genialidad es
como un genio en una botella.
Pero, eso de ser geniales,
lo hacemos muy difícil,
porque pensamos acerca de lo genial
en términos tales como:
lo mejor, lo máximo, lo excepcional, alguien sin igual.

Y pensamos en la ausencia de genialidad como
algo común a todos los demás.
Pensamos acerca de la gente de forma binaria,
arriba o abajo, mejores o peores.
Los genios no actúan de ninguna de esas dos formas.
De hecho, al contrario,
para empezar, quien actúa genialmente
se pone al mismo nivel
de todos sus contendientes.
El genio no se siente mejor que los demás,
ese término simplemente no existe en su diccionario.
Un genio es simplemente alguien,
cualquiera de nosotros o todos aquellos,
que han reconocido, descubierto o encontrado
en ellos y los demás
los mejores talentos y habilidades
con las que Dios los trajo al mundo.
Las ha destapado, liberado,
desarrollado y puesto en práctica.
En el mundo de los genios no hay niveles,
todo es plano y abierto
para que los talentos galopen sin límites.
Un genio no piensa de sí mismo en términos
de ser mejor que los demás o ellos menos que él.
El genio es excepcionalmente bueno
en las cosas que sabe hacer y punto.
La genialidad puede ser encontrada en aquellos lugares
donde tenemos guardados o donde residen,
nuestros verdaderos talentos y habilidades,
especialmente los que son innatos,
notorios e ilimitados.
Somos geniales cualquiera de nosotros,
cuando somos capaces de aprovechar
nuestro máximo potencial
y usar nuestras mejores fortalezas.
En esos momentos podemos hacer uso

de nuestros superpoderes
y convertirnos en artífices
y grandes maestros de nuestro genio potencial.
Pero nunca confundamos la genialidad con la simplicidad,
el genio únicamente trata con cosas difíciles.
Nada que la genialidad enfrente
viene, sale o se da de manera fácil,
lo que ocurre es que a primera vista,
bajo los poderes de cualquiera actuando con genialidad,
las cosas extremadamente complejas
se ven fáciles en manos de
talentos intensamente ensayados,
practicados y desarrollados
y de las habilidades innatas, únicas y especiales.
Pregúntate a ti mismo,
¿en qué soy realmente muy, pero que muy bueno?
¿Qué estoy destinado a ser desde que nací?
¿Qué es lo que me apasiona y realmente me gusta hacer?
Honestamente, dados mis talentos,
pasiones y habilidades,
¿qué es lo que puedo hacer mejor en la vida?
Y si no lo sé, haré de mi vida una búsqueda de ello,
hasta que lo consiga.
Una cosa es cierta, el genio en todos nosotros
no reside en aquellas cosas
para las cuales no tenemos
ni el deseo ni el talento para ellas.
El principal obstáculo y problema es, sin embargo,
que la genialidad puede ser intimidante
y, en vez de abrazar y acercarnos,
nos apartamos y alejamos de ella,
cuando en realidad
necesitamos hacer todo lo contario,
ya que para elevarnos
y alcanzar otras alturas,
tenemos que rodearnos de gente

que son mejores que nosotros
y tienen talentos y habilidades
con las que nosotros no somos
muy buenos o experimentados
o simplemente no las tenemos.
La genialidad es frecuentemente confundida
con algo que solo existe en el espectro de aquellos
con poderes intelectuales,
innatos y extraordinarios
o con una superioridad mental profunda,
inventiva y trascendente.
Los genios son percibidos como
individuos superdotados,
cuyos atributos son tan variados y diversos,
complejos y sofisticados,
que nos sentimos abrumados y fuera de norma
cuando los tenemos enfrente.
La pregunta que nos tenemos que hacer en esos casos es:
¿Tenemos nosotros miedo?
¿Nos sentimos inadecuados e intimidados
por el genio extraordinario?
¿O, simplemente, tenemos miedo por nosotros mismos?
Por ello, siempre es sano recordar que por
cualquier dote, virtud o talento que otro tenga,
nosotros tenemos algo adicional
que ellos no tienen
y es igualmente valioso en el universo de la vida.
Y es, además, prudente y astuto tener presente
que todos somos geniales
en una, algunas o muchas cosas,
con las cuales brillamos y volamos
por todo lo alto,
cuando las emprendemos o hacemos uso de ellas,
pero somos terriblemente torpes o ineptos
en muchas otras.
Es así como el genio en nosotros

no se compara con nada ni nadie,
porque no solo es algo fútil
que no añade valor alguno,
sino siempre lleva una lección de humildad
esperándonos a la vuelta de la esquina,
en los senderos de la vida,
para recordarnos a través de
nuestras muchas faltas y defectos,
que somos inexorablemente iguales
a todos los demás,
a través de un balance universal.
¿Qué es lo que estamos esperando entonces?
Nuestro genio está deseoso y dispuesto.
Nuestro genio en la botella
está listo para ser destapado y liberado.
Desatemos el genio que todos tenemos dentro,
para así explotar al máximo
nuestro potencial y habilidades,
y alcanzar lo mejor que la vida nos ofrece.

—Erasmus, yo cometí un grave error de juicio cuando subestimé al taxista que conocí en Nueva York. Pronto me di cuenta de que el hombre era genial en lo que hacía. ¿Cuál era la diferencia entre él y yo, el poderoso banquero de inversiones? Absolutamente ninguna, ambos estábamos al mismo nivel, cada uno actuando en la vida usando nuestras mejores habilidades —declara el señor Faith.

—Mi querido pupilo, el genio y la clave del éxito de mi jefe, el abogado criminalista, era que nunca miraba a nadie como menos que él, sin tener en cuenta sus circunstancias; para él, el hecho de que su socio hubiera quedado parapléjico o que su amigo estuviera en la cárcel no cambió para nada su percepción acerca de ellos y continuó tratándolos como lo hacía antes de sus percances, por lo que ellos reaccionaron de la misma manera con él —le explica la señora Peabody.

—Querido Erasmus, ese día en Dubái me vi envuelta en un ambiente con un calor asfixiante, caótico, inmundo y ruidoso, en un lugar extraño de un país lejano y, sin embargo, al controlar mis instintos y no rechazarlo, encontré que había verdadera genialidad en todo lo que estaba sucediendo. Además, siempre recuerda esto, nada que sea genial nos llega fácilmente en la vida —dice la señora Pointdexter.

—Mi joven aprendiz, ese día en Alemania, el gran jefe no pudo superar el obstáculo de otro acento en su propio país e idioma ya que optó por la salida más fácil y se bloqueó completamente, pensando que no era digno de él tratar de entender el fuerte acento bávaro y, de hecho, terminó peor ante sus empleados. Por otro lado, en mi respuesta acerca de cómo competir y triunfar, le expliqué al joven que para ello tenía que ser consciente de mis fortalezas y las debilidades de mi oponente a efectos de hacer uso de mis mejores habilidades y esfuerzos para derrotarlos y, si no podía derrotarlos me uniría a ellos ya que no existen los llaneros solitarios en el mundo actual porque prácticamente todo se hace en equipo —le aclara el señor Ringwald.

—Joven académico, en Italia yo demostré el tipo de comportamiento que uno tiene que evitar a toda costa para hacer uso de nuestra genialidad. Mi percepción del ilusionista durante su actuación fue que el hombre era simplemente un genio, pero cuando le vi en el estadio, al día siguiente, mal vestido, torpe con el balón y tropezándose al tratar de golpear la pelota, ante mis ojos dejó de ser un genio y perdí toda la admiración por él. ¿Te das cuenta? Vemos todo y a todos de esa manera. Arriba o abajo. La genialidad no hace ninguna de las dos cosas —le aclara el señor Lafayette cediéndole el turno al señor Carnegie para que haga un resumen de todo lo dicho.

—Joven alumno, a primera vista el señor Faith no supo reconocer la genialidad en el taxista y casi perdió una gran oportunidad de descubrir su mundo. Le tomó algún tiempo a la señora Peabody percatarse y reconocer la genialidad de su jefe, el abogado criminalista, pero a fin de cuentas descubrió que él poseía el don de reconocer y destapar la genialidad de otros, independientemente de sus circunstancias. En Dubái, la señora Pointdexter fue lo suficientemente curiosa como para encontrar la

257

genialidad en el caos. Y el señor Ringwald demostró genialidad al entender el idioma local mejor que una persona nacida en el país y al demostrar cómo competir haciendo uso de los mejores talentos que él u otros poseen. Finalmente, el señor Lafayette nos demostró cómo el ilusionista, ante sus ojos, era al principio un genio y poco después ya no lo era, cuando nada había cambiado realmente. Descubrió dos puntos clave: en primer lugar, usualmente colocamos a la gente en niveles cuando la genialidad ve todo y a todos al mismo nivel; y en segundo lugar, somos geniales en algunas cosas, pero torpes payasos en algunas otras.

A fin de cuentas, todo lo que vio en el gran ilusionista durante su acto fue a un ser humano demostrando sus mejores talentos y pasiones. Vio la genialidad pura en acción —concluye el señor Carnegie.

Erasmus no puede contener su sonrisa. Sus seis anfitriones se levantan y hacen un círculo a su alrededor y uno a uno le abrazan. Él responde por igual y, además, da nuevamente un beso en cada mejilla a las damas.

—Gracias —dice con una mano sobre su corazón.

—Estamos seguros de que esta reunión te ayudará a encontrar y hacer uso de tu máximo potencial en la vida. Te veremos mañana en los descansos —el señor Carnegie lo despide con palabras de profundo afecto.

Erasmus camina con pasos ligeros. Él sabe que le han obsequiado con un regalo precioso que preservará por siempre. Cuando está a punto de salir de la pequeña sala de conferencias se vuelve una vez más y se despide con gratitud:

—Este es un magnífico regalo —dice.

Mientras Erasmus camina hacia su cuarto, ha perdido toda noción del tiempo y la realidad. Finalmente ve su reloj y se da cuenta de que ha transcurrido bastante más de una hora desde que habló con Gina. Los nervios se le crispan cuando se da cuenta de que olvidó a Vicky por completo. Corre hacia su cuarto pero su corazón se hunde cuando no la encuentra en él. Inmediatamente llama a Gina, pero pasa casi media hora hasta que ella llega a la centralita telefónica.

—¿Gina? —Erasmus le pregunta.

—Erasmus, finalmente lo hizo —le informa dándolo como un hecho en tono sombrío.

—¿Hizo finalmente qué, Gina? —pregunta lleno de angustia.

—Se marchó, Erasmus. Recogió todas sus cosas y se fue de Boston —Gina le dice dándole un devastador golpe.

Royal Cambridge Scholastic Institute (2018)
(Aula Magna de la universidad)

El profesor Cromwell-Smith se siente exhausto pero aliviado a la vez. Al igual que el año anterior, ya no le queda nada más que decir ya que se le han acabado las palabras.

Mientras observa a su audiencia estudiantil ve a Victoria sentada y asiente con un gesto de profunda gratitud al pararse a aplaudir con igual intensidad y un torrente de lágrimas. Él la sonríe como un gesto de orgullo de que haya tenido la fortaleza de venir y así enfrentarse finalmente a este doloroso pero también extraordinario día. El Aula entera se pone en pie para aupar al agotado erudito. Una vez que baja la algarabía él continúa.

—Como habrán visto, la vida a veces nos presenta el dolor y la tragedia al mismo tiempo con belleza y de manera extraordinaria, así como la renovación y nuevos comienzos. Ese día memorable tuvo ambas cosas, un cometa que llegó y dejó mi universo en un abrir y cerrar de ojos, simultáneamente con un encuentro con seis bondadosos mentores anticuarios preocupados por mi futuro. Ese día inolvidable todos ellos hicieron grandes esfuerzos para dotarme de la mejor sabiduría y consejos que nadie pudiera recibir para lograr una vida plena —concluye el profesor.

—Profesor, ¿y el año que viene? —repentinamente pregunta un preocupado estudiante.

—Tendremos el mismo formato, pero la próxima vez visitaremos los largos cuarenta años que Vicky y yo estuvimos separados.

Ya listo para despedirse, el erudito profesor tiene una cosa más que decirles.

—Siempre recuerden lo siguiente, todos ustedes tienen un genio dentro. Su reto es descubrir, aprender y utilizar cuales son los mejores talentos y habilidades que tienen, los que sean, sin importar cuales. Destapen al genio en su botella que aguarda por ustedes. ¿Qué esperan? —concluye el profesor con ojos de gratitud fijos en su alma gemela.

Por su parte, las manos de Victoria cubren una vez más su corazón cuando ella le dice te quiero con sus labios. Él le responde de la misma manera con palabras de amor con los labios y ambas manos sobre su corazón.

—Esto es todo, les veo el próximo año —dice el profesor humildemente inclinando su cabeza.

En ese momento, como de costumbre, hace el movimiento de un director de orquesta, abriendo sus brazos da punto final a la clase y sus alumnos con entusiasmo le aclaman como Dios manda.

—¡Insanamente Genial!

Nota de autor.

Conducido por una inexplicable curiosidad y un presentimiento de que había mucho más que descubrir y entender acerca de la separación de mis padres, aún antes de terminar de escribir *Genialidad* empecé a trabajar en su continuación. Mientras más me sumergía en las anécdotas y detalles me percaté de que valía la pena contar la historia de sus vidas, no solo cuando estuvieron separados sino que igualmente importante era desenterrar la verdad completa de por qué mi madre abandonó a mi padre queriéndolo como lo quería y siendo feliz como era.

Erasmus Cromwell-Smith II

Escrito en T. D. O. K. en el verano del año 2056.

Índice

Índice de Poemas

Reconocimiento

Por ser una secuela, *Genialidad* fue un reto desde el comienzo al final, más de veinte personas colaboraron conmigo en la creación de este libro. Siempre estaré en deuda con ellos por haberme ayudado a crear una obra digna de su predecesora *El triángulo de la felicidad.*

Para los miembros del comité especial de editores de *Genialidad*, ustedes son un grupo ecléctico de autores, historiadores, pedagogos e intelectuales. Sus comentarios y críticas fueron inestimables. Al igual de importante fue la intensa conexión emocional con esta secuela por parte de ustedes. Esto fue algo altamente inspirador y motivador para mí, haciendo que la continuación de un intenso viaje introspectivo fuera mucho mejor.

Gracias a todos.

A mi equipo Amy, Alfredo, Andrea, Ana Julia, Barry, Bobby, Burt, Charles, Elisa, Isabel y su equipo, German, Janet, María Elena, Mark y Mary Ann, sin su motivación, fe y esfuerzo, *Genialidad* no hubiera sido posible.

Finalmente, es solo gracias a la fe ciega y al apoyo de mi familia, que hicieron posible llevar a cabo este esfuerzo de manera independiente, sin estar constreñido por filtros o ediciones comerciales, lo cual resultó que *Genialidad* sea una auténtica y genuina creación artística al igual que lo fue su predecesora *El triángulo de la felicidad.* Su soporte me permitió sacar a la luz, para el disfrute de todos, una obra que es exacta, palabra por palabra, a la obra que soñé y visualicé antes de crearla. ¡GRACIAS!

Erasmus Cromwell-Smith II es un escritor norteamericano, dramaturgo y poeta. El triángulo de la felicidad es su primera novela creada durante una muy intense e íntima introspección sobre la vida, creencias y principios del propio autor. Este libro, Genialidad, es el segundo de la serie El equilibrista.

Lightning Source UK Ltd.
Milton Keynes UK
UKHW020804110821
388680UK00011B/642